LES NÉGATIFS

COLLECTION SCRIBES DIRIGÉE PAR CLÉMENT RIBES

AUDREY JARRE

Les négatifs

SCRIBES

NÉGATIF : n.m., Phototype dont l'image représente l'inverse des luminosités du sujet.

DICTIONNAIRE LAROUSSE

« La Photographie représente ce moment (...) où je ne suis ni un sujet ni un objet, mais plutôt un sujet qui se sent devenir objet. Je vis alors une micro-expérience de la mort : je deviens vraiment spectre. »

ROLAND BARTHES,
La Chambre claire

Fig. 1 - ALICE

1

Tout a vraiment commencé le soir où ils m'ont enterrée vivante.

C'était juste le temps de filmer la scène avec une des caméras de l'université et de prendre quelques photos. Malgré tout, je n'avais aucune garantie qu'ils ne m'abandonneraient pas là, nue dans la terre, à hurler. Des gens finiraient par venir. Tout était filmé, il y avait des preuves. Je me rassurais comme je pouvais.

Ils avaient appelé le court-métrage *Buried, live*, ou alors c'était peut-être seulement le nom de code du projet. C'était écrit sur les carnets. Pour la plupart des gens, ça n'aurait pas ressemblé à autre chose qu'à de la cruauté, mais pour Nathan et Léonore, c'était de l'art.

Rien n'avait été laissé au hasard. Ils m'avaient recouverte d'un terreau frais acheté dans un grand magasin de jardinage, et non pas de la vraie terre qui composait le sol du bois. Sa consistance était agréable, comme du sable mouillé, très dense. La couleur aussi était belle, un brun sombre, un peu comme du marc de café.

J'avais peur d'en avaler quand j'ouvrais la bouche. C'était tout fin, le genre à se glisser dans la trachée et à s'y bloquer pour accélérer le dénouement.

Moi, j'avais déjà l'impression d'être morte à l'intérieur depuis que je passais mes week-ends à attendre dans l'appartement de Willowbrook, alors j'ai accepté la consigne. Au moins, c'était nouveau. Il fallait que je me déshabille et que je m'allonge dans le petit bois, dans un trou creusé à cet effet. Il faisait exactement ma taille. Nathan l'avait lue sur mon passeport à mon insu, mais il aurait pu me demander.

2

La première fois que j'ai couché avec Nathan, c'était dans le lit de sa meilleure amie, en face d'une fenêtre qui mangeait le ciel. Ça avait duré quinze minutes : on était tous les deux un peu gros.

La chambre aussi était nue. Sa propriétaire n'avait pas besoin d'ornements. La décoration d'intérieur, c'est pour les gens qui empruntent le goût des autres. L'amie dont je souillais les draps était une fille lointaine et fière. Léonore avait un prénom français qu'elle prononçait comme une Américaine : *Lee-nor*. C'était le genre d'héritière blasée qui buvait du rosé en canette et achetait des livres de voyage pour les empiler sur sa table basse. D'ici je voyais les trois premiers : *Capri*, *Ibiza*, *Mykonos*. Des endroits où elle était allée, plusieurs fois. Son père n'était là qu'une semaine sur deux et elle organisait des fêtes dans son appartement.

Ils habitaient au trente-troisième étage d'un immeuble avec gardien sur la Deuxième Avenue, exposé plein est. Quand le soleil se levait sur New York, ça faisait comme un petit feu au-dessus de son bureau. J'enviais l'interminable rangée de carnets entassés sur les étagères comme autant de secrets. Moi, je n'avais jamais eu autant de choses à écrire. J'espérais secrètement que la moitié des cahiers fût vide, et que Léonore aussi.

Ce soir-là, Nathan m'avait proposé de venir boire un verre avec ses amis. C'était la première soirée où je les rencontrais, on ne sortait ensemble que depuis peu. Ces figures récurrentes des récits de Nathan m'intimidaient. De loin, ils avaient des vies trépidantes et la prestance des gens que je ne voyais que dans les films.

Pour cette rencontre, Nathan n'avait pas proposé un pub irlandais crasseux en sous-sol, ni un toit-terrasse avec piscine et cocktails : ma nouvelle verticalité d'expatriée ne connaissait pourtant que ces deux extrêmes. On s'était faufilés dans un petit trou, en rez-de-chaussée, percé dans les briques du quartier de Chelsea. Il y avait vingt places tout au plus, on y servait des vins nature et de la chartreuse.

J'avais commandé le seul cocktail à moins de vingt dollars, une variante du mojito décliné avec un alcool plus rare. Du mezcal, peut-être, je ne sais plus : au serveur j'ai juste dit le nom du cocktail comme s'il s'agissait d'une formule magique : Cheeky Mint.

Chikiminte.

Nathan et moi, on se fréquentait depuis dix jours. On déambulait dans toute la ville pour faire durer nos rendez-vous plus longtemps. On se roulait des pelles au coin des rues en attendant que les rubis des feux deviennent des émeraudes.

On traversait les carrefours en se donnant la main et je voyais, dans les prémices banals de l'amour, la preuve d'une passion durable.

Malgré tout, j'étais consciente de tomber amoureuse d'un étranger. Quand on a des sous-titres dans sa tête, tout est vécu deux fois plus fort. On interprète tout. Ce qu'il disait, je le traduisais, choisissant d'ajouter aux mots dont le sens n'était pas clair les intentions qui m'arrangeaient.

J'étais arrivée la dernière au bar. Il ne restait qu'un tabouret en bout de table sur lequel siéger. Nathan s'était déjà installé en face. Sans dossiers pour s'appuyer, tout le monde était un peu affalé sur la table, penché vers le centre comme pour partager un secret.

Ils m'accueillirent en scandant mon prénom : « Alice ! » Ça me faisait toujours bizarre de l'entendre prononcé à l'américaine. J'avais l'impression qu'on s'adressait à quelqu'un d'autre. Pas besoin d'écarter les lèvres démesurément, ni de placer sa langue tout en haut de la bouche. Le *i* perdait de son aigu, il était beaucoup plus dynamique, plus fort. Ça voulait dire que je pouvais l'être aussi.

Sur les six convives, deux avaient une fausse carte d'identité et un peu moins de vingt et un ans. Je me sentais bien grande, avec mon passeport lie-de-vin, ma France polycopiée que je flashais comme un totem à tous les videurs de Manhattan. J'avais vingt-deux ans, un copain vaguement artiste. J'étais heureuse même si, avec moins de mille dollars par mois, ma vie de stagiaire à New York ressemblait plus à celle de David Copperfield – le pensionnaire, pas le magicien – qu'à celle de

Sarah Jessica Parker. Femme d'attentes et d'illusions, j'étais dedans. J'avançais dans le monde des adultes, assise sur le siège conducteur et libre de ne jamais freiner. Je remontais les rues prévisibles de la ville dans l'ordre croissant.

Pour la première fois, j'avais le sentiment de pouvoir agencer ma vie à ma guise. Chez mes parents, et même sur le campus de mon école de commerce, j'avais toujours en tête l'heure du dîner ou de fermeture du restaurant universitaire. On dînait et on faisait les choses à heures fixes. Ici, la ville ne dormait pas. Ce n'était pas une connerie tout juste valable pour les paroles de chansons. J'avais le droit de manger mal, à n'importe quelle heure, et de commander des boissons chères avec de parfaits inconnus.

La seule personne à qui je pouvais en vouloir d'avoir pris de mauvaises décisions, c'était moi-même. J'étais seule et libre.

Léonore était assise à ma droite. Nathan lui avait confié que je bossais dans l'art, me dit-elle en guise d'introduction.

Ce n'était pas une question, mais plutôt une ouverture. « Oui, c'est ça », j'acquiesçai, feignant l'indifférence, c'était « vraiment passionnant ». Ce n'était pas tout à fait vrai non plus mais je n'avais pas le cœur à déjà la contredire. On venait de se rencontrer.

Mon statut d'expatriée me rendait spéciale : j'appréciais ce reclassement spontané. Je venais d'ailleurs, donc j'étais intéressante.

Je travaillais comme stagiaire au service marketing d'un petit musée confidentiel rattaché à l'Alliance française de New York. C'est ce qui était écrit sur ma demande de visa J1 pour six mois. C'est ce que j'avais répété plusieurs fois à l'ambassade et aux divers guichets de l'aéroport, où des fonctionnaires américains avaient tenté de me pousser dans mes retranchements pour savoir si je disais la vérité. Presque.

Dans les faits, mes responsabilités étaient minuscules. Depuis mon arrivée, mes tâches me laissaient une latitude créative un rien supérieure à celle d'un équipier McDonald's. J'imprimais des prospectus et je disposais des affiches dans les cadres prévus à cet effet pour promouvoir la prochaine dégustation de vin ou loterie pour gagner un voyage en Provence. Parfois, je corrigeais une faute d'orthographe logée dans le nom d'une appellation d'origine contrôlée.

Les meilleurs jours, je déposais dans les beaux quartiers de New York d'innombrables invitations pour des galas caritatifs destinées à des gens plus importants que moi. À cette occasion, leurs portiers recevaient, cérémonieux, les enveloppes dûment léchées. En fin de semaine, ma langue était râpeuse d'avoir eu tant d'illustres correspondants. Quand je quittais les halls d'entrée des beaux immeubles, on se faisait parfois un clin d'œil avec le gardien du temple de verre. On faisait tous deux partie de ce sous-monde qui fait fonctionner les autres mais qui doit être tout à fait transparent la plupart du temps. Des petits *spectres* polis.

Cette réalité existait partout, sauf dans ma bouche. À Léonore, je parlais de notre programmation contemporaine riche, de nos performances en plein air, des caprices de cette jeune artiste française dont il avait fallu déplacer les cinquante sculptures de l'aéroport de JFK jusqu'au sud de Manhattan en un temps record.

« Qu'est-ce qu'il y a de bien à voir chez vous en ce moment ? » m'interrompit Léonore alors que je faisais défiler mon laïus habituel, comme sous prompteur.

Elle avait l'air excédée par la situation. Selon elle, il n'y avait vraiment rien de potable dans les théâtres new-yorkais. Il n'y en avait que pour les touristes et leur foutu Broadway. Ce qu'il y avait de bien, elle l'avait déjà vu, ou sinon il fallait se traîner jusqu'au Queens pour assister à des trucs réjouissants. Elle avait la flemme de prendre le métro.

D'ailleurs, elle n'avait jamais entendu parler de mon centre culturel, « pour être honnête », précisa-t-elle. Elle avait toujours pensé qu'il s'agissait d'une vague école de langue.

Je me contentais de la plus souple des vérités lorsque je présentais mon quotidien à mes interlocuteurs. Je leur proposais un billet pour telle performance expérimentale, montrant par ce geste sûr et généreux que moi aussi, j'en étais. J'avais compris la règle du jeu en vigueur dans cette ville : tu es ce que tu vois, où tu vas, et avec qui.

J'usais de la même technique avec Léonore. Il fallait l'approcher, lui donner à manger à la main, comme à un petit oiseau rare. J'émiettais la vérité. Après tout, c'était la meilleure amie de Nathan. Il fallait faire une bonne première impression.

J'affectai l'air de celle qui en a vu d'autres. Patti Smith donnait un concert-lecture de son livre la semaine prochaine, est-ce qu'elle voulait venir ? J'avais prononcé le nom de l'artiste avec le même détachement que si j'avais dit « ma cousine » ou celui d'un acteur de série B.

J'avais autre chose de prévu ce soir-là, mais j'aurais détesté jeter le billet, prétextai-je.

En vérité, je n'avais rien à faire la nuit du concert, et très envie d'y aller, mais j'avais tout à gagner à lui laisser le strapontin acquis à la sueur de mon front par la tenue bénévole de la buvette du 14 juillet. Je pouvais marquer des points faciles.

« J'adore cette fille ! » avait-elle lancé à Nathan en me pointant du doigt.

J'ai louché sur sa main : elle avait une manucure élaborée avec plusieurs nuances de bleu, l'index outremer. Elle a acquiescé d'un hochement de tête décidé après avoir vérifié son agenda sur son téléphone, comme si on n'annulait pas tous ses plans pour voir Patti.

En tout cas, moi, c'est ce que j'aurais fait.

« Ouais, je suis dispo. Merci Alice, tu gères ! »

Moi aussi, j'adore cette fille qui dit s'appeler Alice, et que je ne suis pas vraiment. J'aime jouer ce petit rôle : il est bien mieux que toutes les précédentes versions de moi-même. Mais ça, personne ne le sait. Ici, je ne suis pas chez moi.

Peu importe ce qu'ils voient en moi tant que j'appartiens chaque jour un peu plus à la ville. Elle et moi ne devenons qu'une. Je me fondrai avec New York, j'en épouserai l'énergie insatiable. Un jour, je leur donnerai raison. C'est pour ça que j'ai déménagé.

Je suis libre d'être qui je veux.

Après le verre, Léonore nous avait proposé de continuer la soirée chez elle. Tout le monde avait suivi. C'était un mardi soir et personne n'avait envie de rentrer dormir, à part moi.

Deux taxis nous avaient fait traverser Manhattan en moins de dix minutes dans une course-poursuite urbaine sur les avenues qui, si elles m'apparaissaient encore exotiques et excitantes, étaient pour eux banales. Mes yeux avaient capturé chaque détail, mais je m'étais retenue de prendre des photos. Personne ne regardait par la fenêtre, ils étaient tous sur leurs téléphones.

Le reste de la cour de Léonore attendait devant le gardien de l'immeuble : une brochette de filles pâles échouées sur le canapé rouge de l'entrée. On aurait dit un hall de banque : vide et cher, climatisé. C'était un frigo de luxe. Je n'étais encore jamais venue ici lors de mes tournées de factrice d'invitations de gala. C'était encore plus cossu. Ici, on ne m'aurait même pas permis d'entrer. On m'aurait demandé de déposer la lettre devant la porte.

Quel gâchis. Si j'avais de l'argent, mon hall d'entrée serait surchargé, j'y mettrais une bibliothèque et surtout pas des néons. Je demanderais à mon gardien de passer du jazz en lui faisant miroiter quelques dollars neufs. J'imagine que le bon goût se monnaie.

On était montés à huit dans l'ascenseur sans dépasser le poids maximum autorisé. Il y avait deux sacs d'os parmi les nouvelles arrivées. Quand Léonore avait appuyé sur le bouton trente-trois, c'était allé très vite : on s'est tous envolés comme des oiseaux. J'étais collée contre Nathan. L'accélération m'avait donné envie de lui. Soudain, on était en haut. Son regard, qui, la plupart du temps, trahissait un parfait ennui, était posé sur moi. J'étais dans l'objectif, le photographe visait. *Point and shoot.*

« Je suis super content que tu sois là », avait-il dit en me pinçant légèrement à la taille.

S'il était content, c'était que nous étions bel et bien là tous les deux. Je ne rêvais pas. J'avais mis les deux pieds dans le film. Je ne voulais plus être spectatrice, et il semblait rester un tout petit peu de place pour exister dans leur monde. Un coin d'ascenseur, pour être exacte. Je n'avais pas l'intention de rater ça.

L'appartement était incroyable. Il donnait envie de faire des excès.

Deux bouteilles de vodka avaient atterri sur la table basse et j'avais vite perdu le sens des conversations. Mon anglais était pâteux, il sortait de ma bouche comme un morceau de pain mouillé, méconnaissable.

J'avais dit oui à tout : un joint sur la terrasse, un baiser sur la bouche de Léonore (« Toi, je t'aime déjà ! » s'était-elle exclamée avant de me coller son gloss à paillettes sur les lèvres), et rester dormir.

Léonore nous avait laissé sa chambre dans un accès de lucidité : « Mon père n'aime pas quand quelqu'un d'autre dort dans son lit, il le *sent*. »

On l'avait à peine remerciée avant de s'écrouler sur le lin jaune, ivres morts et tout habillés. On avait même gardé nos chaussettes. À travers le triple vitrage, le ballet des ambulances faisait comme une berceuse à contretemps.

Au matin, dans un silence d'église, Nathan avait déboutonné ma chemise et dégrafé mon soutien-gorge. Mon corps était strié de marques, et c'est comme ça qu'il m'avait prise : imparfaite.

3

J'ai mis le préservatif dans une enveloppe que j'ai jetée dans la corbeille à papier de la chambre. La salle de bains était à l'autre bout de l'appartement. Je n'ai pas osé prendre une douche avant de partir, de peur que Léonore ne s'imagine la scène. On avait fait l'amour dans son lit de princesse pendant qu'elle rangeait le salon, jetait les bières orphelines et vidait les verres dans l'évier.

Même si elle pouvait s'en douter, ce n'était pas très classe. Après tout, on venait de se rencontrer. Je ne voulais pas qu'elle me prenne pour une allumeuse. Ce n'était vrai qu'à cause des circonstances. C'était la première fois que je faisais ça. En fin de soirée, à Paris, je rentrais seule et je dormais dans mon lit, pas dans les draps en lin d'une héritière affable.

Peut-être que j'aurais dû n'en avoir rien à faire, mais j'avais envie de devenir amie avec Léonore.

Elle était tout ce que je n'étais pas : sûre d'elle, extravertie, riche. J'aimais la délicatesse de son visage lorsqu'elle parlait, il n'avait en lui rien de vulgaire. La façon dont elle bougeait les bras trahissait une éducation sophistiquée, tout chez elle était mesuré. J'avais besoin qu'elle comprenne que je faisais partie de son équipe, et que jamais pour elle je ne serais une concurrence. Je voulais appartenir, pas gagner.

J'avais décidé de repasser me changer chez moi avant d'aller travailler. En principe, il fallait que je sois au centre pour dix heures, j'avais parié sur une éclipse discrète. Je savais que je n'arriverais pas à me concentrer de la journée, encore ivre de la nuit, mais au moins, je ferais acte de présence.

Mon arrivée dans le salon n'est pas passée aussi inaperçue que je l'aurais souhaité. Léonore a arrêté de faire la vaisselle, posé le verre à pied plein de mousse qu'elle était en train de rincer et s'est tournée vers moi avec un sourire plein de dents. Sa peau brillait.

« Hey, Alice, *early bird* ! »

Elle avait l'air sincère quand elle m'a dit que c'était « vraiment trop cool » de me rencontrer. La reine s'est abaissée jusqu'au sol, toisant la fourmi.

Elle s'est essuyé les mains avec un torchon, sûrement pour venir me dire au revoir à l'américaine avec un câlin qui fait comme les pinces d'un crabe autour du dos. J'anticipais la prison de cette étreinte. Je ne suis pas d'un naturel démonstratif. Surtout, je n'avais pas envie qu'elle sente la sueur séchée sur ma chemise, ni le sexe sur ma peau.

Je l'ai remerciée avec emphase mais rapidement, sans m'arrêter, dans le couloir, prenant de la vitesse. Sur le quai, il y avait eu le sifflement, la fermeture des portes, dans ma tête j'étais déjà partie.

« C'était vraiment une soirée géniale, merci ! »

Un
Mot
Par
Pas.
De plus en plus vite, salut !

J'ai appelé l'ascenseur d'une poussée impérieuse. Lui aussi avait compris la nécessité de la fuite : il a mis trois secondes à arriver, et il était vide.

Nathan m'a rattrapée au moment où j'allais m'échapper de la scène de crime. J'étais déjà dans la cage de verre, le doigt pressé contre le bouton-relief de la réalité : *LOBBY*.

« Attends-moi ! On n'a pas pris de petit-déjeuner », a dit sa voix dans l'embrasure de la porte.

L'appartement de Léonore était juste en face de l'ascenseur. Depuis la cabine, je ne voyais de lui qu'un œil et une moitié de bouche. Je l'ai trouvé beau ainsi découpé, visage Picasso.

« C'est le repas le plus important de la journée ! » a-t-il dit en riant.

Il a proposé une cantine, des aliments chauds sur la langue et un café. Ça semblait être un affront de ne pas prolonger l'instant.

J'ai dit d'accord. « Mais une heure, pas plus. »

J'ai appuyé sur un autre bouton et la porte s'est rouverte. L'histoire pouvait continuer. Ben, un petit blond rescapé de la nuit chez Léonore, s'était joint à nous. Il était caché derrière Nathan. Ombre frêle, je ne l'avais pas vu. Si j'avais su qu'il ferait partie du plan, je n'aurais pas accepté. Mon retour en solitaire s'était transformé en expédition.

J'étais frustrée que Ben insiste pour se joindre à nous. J'étais bien trop fatiguée pour avoir une conversation suivie avec quelqu'un que je venais de rencontrer. J'aurais préféré m'affaler contre Nathan et continuer entre deux bouchées notre série ininterrompue de baisers moites.

Léonore, elle, n'a pas témoigné l'envie de venir. Elle avait sûrement autre chose à faire. Il aurait fallu que je trouve une nouvelle excuse, c'était mieux comme ça. Mais peut-être que mon ego aurait aimé qu'elle insiste. J'étais à la fois soulagée et blessée par son silence. Je n'étais pas assez importante, pas encore digne de ses mots.

J'ai abandonné l'idée de repasser me changer chez moi avant d'aller au travail. Je n'en aurais plus le temps, l'effort serait vain, je n'y gagnerais que plus de sueur et une accélération inutile de mon rythme cardiaque dans un ballet de klaxons.

De toute façon, personne au bureau ne faisait jamais attention à la façon dont j'étais vêtue. J'avais lu dans un magazine féminin, acheté sur le départ à Paris-Charles-de-Gaulle pour calmer ma peur de l'avion par des chroniques futiles, qu'il y avait deux façons de bien s'habiller. On pouvait le faire pour se faire remarquer ou alors pour se faire oublier. J'appartenais à la deuxième catégorie.

Ce matin, je portais un ensemble assez neutre pour être mis

deux jours de suite. J'avais passé une chemise grise légère sous un pantalon noir trois quarts d'une marque japonaise que je possédais également en gris et en bleu nuit. Il ne me serrait pas trop au niveau de la taille et il n'attirait pas non plus l'attention sur mes fesses. C'était comme jouer à cache-cache.

Peut-être, si j'y pensais un peu plus longtemps et que la fatigue continuait à remonter le long de ma colonne vertébrale, que je n'irais au travail que cet après-midi. Ce ne serait pas un drame. J'étais suffisamment dispensable pour que l'on ne se rende pas compte de mon absence avant une journée complète, tant que le travail était plus ou moins fait d'ici demain matin. C'était là encore un avantage de ne jamais attirer l'attention sur moi ou sur mes productions. Je ne brillais pas, il était donc naturel pour les autres de m'ignorer. Ils ne le faisaient pas exprès, et je ne leur en voulais pas : ils étaient les victimes de mon camouflage élaboré. J'avais toujours procédé ainsi, ça marchait bien. J'accrocherais les affiches à quatorze heures plutôt qu'à dix heures, et les francophiles de Manhattan n'en trouveraient pas leur vie changée.

Tout ça s'était passé dans ma tête, le temps de redescendre du nid haut perché au bitume. Quelques secondes en leur compagnie avaient suffi pour remettre en question mes premières décisions. Ils avaient le don de convaincre sans parler. Ben et Nathan évoquaient quelqu'un que je ne connaissais pas, une fille qui n'avait pas pu venir hier. Je n'écoutais pas.

Pour abréger mes souffrances par anticipation, je leur ai dit que j'étais un peu pressée. On a mangé dans un *diner* quelconque de l'Upper East Side ; j'ai oublié le croisement de rues et le nom du restaurant. La serveuse s'appelait Wanda, peut-être un pseudonyme. Depuis, je ne suis jamais repassée devant.

New York est plein de ces lieux anonymes, qui constituent l'entièreté de votre monde le temps d'un repas avant de disparaître, semble-t-il, dans un néant dont on peinera à les ressortir.

4

« Le combo 4, avec extra bacon, s'il vous plaît. »

J'ai commandé la même chose que les deux autres, sans même regarder le menu. Je leur faisais confiance. C'étaient eux, les habitués. Moi j'avais envie de faire pareil que tout le monde.

La serveuse a d'abord déposé trois grosses assiettes pleines sur la table en formica blanche, avant de revenir avec le café. J'étais la seule à avoir précisé allongé au moment de la commande. Pour eux deux, ça allait de soit de boire de la merde liquide.

« À ce stade ce n'est pas allongé, c'est dilué », ai-je raillé.

C'était la vie gustative que j'avais choisi de mener en allant traîner dans ce genre d'endroit, il fallait que j'assume. Si j'avais voulu plus de gastronomie, je n'aurais pas cherché un stage de césure aux États-Unis. Je ne pouvais pas me plaindre, on m'avait prévenue.

Comme Wanda posait les tasses trapues et fumantes sur la table, son ventre avait heurté la carafe d'eau pleine de glaçons.

Elle l'avait sauvée du naufrage dans un geste presque élégant, en tout cas mesuré.

Seul un glaçon était sorti de la carafe et avait glissé, laissant une large traînée humide sur la table. Le petit cube de glace avait arrêté sa course juste devant moi, et je l'avais posé sur mon front. Ça faisait du bien. C'est là que j'ai vu le petit pin's avec son prénom qui était accroché au-dessus de son bonnet D.

Wanda a passé un coup de torchon sans renverser d'autres verres ou tasses. Je l'ai félicitée intérieurement. Ces gestes de rattrapage étaient inscrits dans sa chair. Ici, les choses et les personnes prennent de la place. Elles se déplacent avec une souplesse qui épouse leurs courbes, en longueur comme en largeur. C'est la norme des grands volumes : immeubles, camions, personnes.

J'ai admiré son adresse d'équilibriste obèse quand elle a répété ce manège à la table d'à côté. Le suspense était à son comble : le café coulerait-il sur la banquette en long torrent boueux ? Au dernier moment, elle sauvait la mise. J'aurais eu envie d'applaudir, comme au cirque.

« Pourquoi est-ce que tu as choisi New York ? » a demandé Ben entre deux gorgées de bile filtrée alors que je continuais à suivre Wanda du regard, hypnotisée.

Répondre à une question qui commençait par « pourquoi » à une heure aussi matinale ne s'improvisait pas. Je n'avais pas de réponse toute prête, je n'y avais jamais pensé en ces termes. Il fallait que je réfléchisse, et surtout que je m'en souvienne pour le prochain idiot fini qui me poserait la question dans un de mes moments de faiblesse.

Choisir New York, d'accord, mais par rapport à quoi ?

Il n'avait pas précisé, comme si j'avais eu une option dans tous les pays du monde. C'était comme si toutes les opportunités étaient non seulement désirables, mais accessibles. Je n'étais pas si demandée. Je ne savais à peu près rien faire. J'allais là où l'on me demandait. C'était le propre de mon statut de stagiaire. J'avais appuyé sur le bouton « rechercher » sur l'intranet de l'école. La machine, magnanime, m'avait donné la pomme désirée en retour.

Le silence s'est éternisé près d'une minute sans que ni lui ni moi ne nous en formalisions. C'était agréable de manger avec des gens qui supportaient bien les blancs dans les conversations. J'étais déjà moins fâchée qu'il soit venu avec nous qu'au début du repas.

Malgré l'indifférence qu'il opposait à mon visage muet, je m'en voulais de ne pas répondre du tac au tac. J'aurais dû m'y attendre. Il m'avait déjà posé la question en des termes différents la veille, quand j'avais trop de vodka dans le sang pour articuler une phrase complète.

Ça l'intéressait de savoir pourquoi j'étais partie de mon continent-fantasme, la « vieille Europe de l'Ouest ». Quand il a dit ça, j'ai pouffé nerveusement et imaginé une femme âgée, avec des lunettes rondes et de grandes bottes.

À l'entendre, lui aurait choisi l'Italie ou l'Espagne : un endroit avec de la lumière en toutes saisons. Il avait envie de marcher sur des vieilles places ensoleillées et d'utiliser beaucoup de voyelles.

Ben n'avait jamais quitté les États-Unis : sa famille était aisée, mais plus chauvine que curieuse. Passer plusieurs semaines dans un pays où on risquait de leur parler une autre langue que l'anglais les terrifiait. Ils allaient tous les étés au lac Powell, dans l'Utah. Ils y possédaient un grand bateau rectangulaire qui voguait entre les roches rouges et ils brûlaient religieusement des litres d'essence à coups de promenades en jet-ski.

« Tu es déjà montée sur un *houseboat* ? C'est une des incarnations de l'enfer », avait-il craché.

Lui, il aurait aimé aller à Rome ou à Madrid voir des cathédrales. À la place, il passait du temps sur Google Street View pour s'en faire une idée, mais il n'y avait pas les bruits ni les odeurs. Il m'avait parlé des différents quartiers de ces villes avec un académisme si forcé que je n'avais pas pu m'empêcher de rire. S'il avait pu me citer des rues et des restaurants, il l'aurait fait. C'était à pleurer.

J'étais déjà allée à Rome une fois, ça lui avait plu quand je lui avais dit la veille. J'avais essayé de lui en parler comme si je connaissais la ville comme ma poche, même si j'y avais passé trois jours grâce à une promo Ryanair et que j'avais suivi au pied de la lettre l'itinéraire dicté par le *Guide du routard 2012*, zappant juste l'intérieur du Vatican par manque de ferveur religieuse et d'appétence pour les foules.

Chacun son tourisme à deux balles, je n'étais pas mieux que lui. On s'était perdus dans cette conversation, j'avais fini par aller me coucher, alors il était naturel qu'il me repose la question. « Pourquoi New York ? »

Je n'étais toujours pas prête. En fait, je ne savais pas pourquoi j'étais là.

« Facile, a répondu Nathan à ma place après avoir terminé sa dernière bouchée d'œufs brouillés – il les avait mangés à toute vitesse. C'est la seule ville décente pour les artistes ! »

Je l'ai regardé avec intérêt. Il parlait déjà à ma place, constatai-je en silence. Pourtant, il n'avait pas tort.

« Ailleurs on ne peut pas créer et être pris au sérieux. Il faut déjà être arrivé pour parler de ce que l'on fait.

— *Fake it until you make it*, dit Ben avec une ironie qu'il ne chercha pas à masquer.

— C'est exactement ça, ai-je acquiescé. Ici, on trouve de tout. Il n'y a pas à choisir. Et quand les gens vous encouragent à faire vos trucs, ils sont sincères. Personne n'a l'air complètement perdu, ni tout à fait arrivé. »

J'avais dit ça avec l'air de m'y connaître. Je bluffais. Comme la plupart des gens à vingt ans, je privilégiais l'étendue des possibilités à leur qualité. Je me droguais aux options comme d'autres enchaînent les cigarettes. Pas tout à fait adulte ni encore libérée de l'adolescence, j'avais prélevé le pire des deux mondes pour en faire ma personnalité temporaire. Je prenais de grosses décisions à l'instinct et avec mauvaise foi. Les « trucs » que je faisais se limitaient à des plans sur la comète et une envie mal placée. Si les autres ne l'étaient pas, moi j'étais tout à fait perdue.

« Si tu veux, a dit Ben, pas convaincu par le feu de ma réponse candide, à juste titre. Toi aussi, tu es photographe ?

— Pas vraiment. Je fais d'autres types de portraits », ai-je répondu du tac au tac.

En disant ça, j'ai pincé mes lèvres comme j'avais vu le faire si bien les artistes que l'on recevait chaque semaine au centre culturel au moment de la session de questions-réponses. C'était bien une phrase d'esthète : à la fois évasive et prétentieuse.

C'était Nathan, le photographe.

Je crois que c'est ça qui m'avait happée. Je l'avais imaginé cadrer, et je m'étais plantée devant l'objectif. Si je voulais être son amante, c'était pour être sa muse.

Pendant l'année scolaire, Ben étudiait avec lui dans la même fac un peu alternative dans le nord de l'État de New York, March College.

Il fallait prendre le train puis conduire jusqu'à un village posé sur les bords de l'Hudson. Le vieux rail tranchait la verte région, lentement, comme un couteau qui s'éternise dans la viande.

C'était un campus de gauche où l'on envoyait sa marmaille se donner une chance d'exposer un jour au MoMA. D'abord, ils passeraient dans mille galeries anonymes, mais ils le toléreraient, l'ego gonflé comme un airbag par l'éventualité du succès et les discours grandiloquents de leurs professeurs passés par la même institution.

Pour Noël, on leur offrait des objectifs à plusieurs centaines d'euros dans de petites boîtes sur lesquels ils fantasmaient en groupe au fond de leurs petites chambres. J'ai toujours trouvé que les optiques avaient des noms de robots de vaisseau spatial : EF 50 mm f/1.8, R2D2, Nikkor Z 24-70 mm F4 S. Les étudiants du programme de photographie de March ne juraient que par deux valeurs sacrées : l'équipement et la « vérité ».

Pour eux, la photo était bien plus qu'un hobby ou un sujet d'étude. C'était une religion.

Ils formaient une sacrée paire, tous les deux. Je les imaginais parcourant la ville comme un duo de cinéma, avec, en lieu et place de pistolets, leurs reflex. Ressort comique additionnel de mon film mental : Ben était tout petit, même rachitique, alors que Nathan était très grand, avec un début de ventre doux qui sortait de sous son tee-shirt quand il levait les bras. « Ben & Nathan », ça ressemblait trop à un nom de dessin animé pour être pris au sérieux.

Pour faire sérieux, il faudrait changer les vrais noms, mais j'ai envie de raconter la véritable histoire. C'est seulement la vérité qui tuera tous les mensonges.

« Trop de mystère, Alice, arrête, a-t-il dit, la bouche pleine de bacon, paillettes roses, brisé en mille croustilles sous les canines, tu écris, c'est ça ? »

De là où j'étais, je voyais les *hashbrowns* broyées dans le fond de sa bouche. On aurait dit un moulin à huile, c'était hypnotique.

Je me demandais s'il se rendait compte du gros plan qu'il m'offrait ainsi, si c'était fait exprès. Parler la bouche pleine était peut-être son unique façon de montrer qu'il était capable de transgresser ses codes de classe.

La seule autre personne que j'avais vue mastiquer avec autant de décontraction était mon père quand il mangeait du fromage. Il jouait alors le rôle du retraité qui n'a plus rien à prouver. Il en profitait pour dire les pires horreurs, mélangées au bruit du morbier broyé sous les mâchoires. Il savait que pour écourter la scène je le laisserais disserter sur la supériorité des politiques économiques de droite et passer au dessert, qu'on en finisse.

J'ai répondu à Ben que oui, il avait raison, j'écrivais.

Il n'a pas répondu tout de suite, comme s'il pesait ses mots pour trouver la combinaison la plus adéquate entre détachement et intérêt pour mon art en gestation.

J'imaginais ce qui devait se passer dans sa petite tête blonde. L'écriture, contrairement à la photographie, était à la portée de tous les possesseurs de papier et crayon. Elle ne se masquait pas derrière une éducation technique, il n'y avait aucun prérequis tangible avant de croire que ce qu'on avait fait était bon. On pouvait donc y faire n'importe quoi, et c'était probablement mon cas.

Nathan mangeait sans presque nous regarder, comme si tous les deux s'étaient entendus à l'avance sur le script de ce film muet. C'était peut-être un test, une validation sobre de ma présence dans leur monde par un tiers de confiance. Si c'était vrai, j'appréciais moyennement cet examen d'entrée dès le petit-déjeuner. La gueule de bois me rendait molle, j'avais l'impression que mon corps, sous l'afflux de questions, se recroquevillait sur lui-même.

J'ai vu que Ben avait trouvé comment répondre quand son regard s'est illuminé et qu'il m'a demandé si j'écrivais sur *eux*.

À l'époque, il n'avait pas encore raison, mais vu la tournure des événements, je me dis que j'aurais dû commencer ce jour-là, pour être plus exacte dans mon propos, noter tous les indices qui me permettraient de dresser leur portrait fidèle a posteriori. J'aurais écrit une meilleure histoire si j'avais pris des notes.

J'ai dit que non, « tu rêves », mais sans préciser ce sur quoi j'écrivais. Il a répondu que c'était dommage, sans relancer la conversation.

D'habitude j'aime aller dans les *diners*. Le bruit de la nourriture rapide – entrechoquement des assiettes posées et reprises à vitesse olympique, tintement de la cafetière énorme qui remplit toutes les tasses sans jamais se vider elle-même – et l'odeur de friture matinale y composent un paysage sonore et olfactif fait de réconfort, pas de surprises. Je trouve les banquettes en cuir pastel agréables et la démesure des assiettes m'amuse. J'aime aussi avoir la certitude de manger quelque chose de standardisé. C'est la garantie de s'enfiler à rythme rapide un repas chaud et prévisible.

Mais mon corps de juillet encore moite collait au siège. J'avais le sentiment que la sueur serait là, entre moi et les choses, pour toujours. Je sentais la pile de *hashbrowns* s'épaissir à mesure qu'ils pénétraient dans mon corps. Je pouvais presque retrouver leur forme dans ma cuisse, comme on sent un objet sous un drap. Tout ça, c'était à l'intérieur de moi, et dehors il y avait du silence, une fois de plus.

Ce n'était pas un bon petit-déjeuner du tout. La magie de Wanda, la prestidigitatrice de carafes, était passée.

Même si j'avais retrouvé l'adresse du *diner*, je n'y serais pas retournée de mon plein gré. Les saucisses étaient un peu brûlées, j'avais l'impression de mâcher du charbon brut. J'étais persuadée que ma langue était noire. Je mourais d'envie d'aller vérifier aux toilettes, mais je ne voulais pas les laisser seuls tous les deux. Peut-être auraient-ils parlé de moi.

J'aurais préféré être seule avec Ben, ou bien avec Nathan. Entre les deux, je me sentais de plus en plus observée. J'osais à peine parler ou manger désormais. C'était une performance matinale que je n'avais pas prévue. En plus, j'étais maintenant trop en retard au travail pour y penser avec le détachement que j'avais eu plus tôt. J'avais envie d'aller me coucher dans un lit qui m'appartenait, et l'impression de ne pas avoir dormi depuis des jours.

« T'as à peine touché à ton assiette, tu voulais autre chose ? » m'a demandé Nathan une fois qu'il eut fini la sienne.

Il mangeait comme d'autres montent des marches, quatre à quatre. Il ne restait qu'un peu de ketchup sur le côté de son plat. Ça faisait une petite tache rouge foncé, comme du sang quand on s'entaille le doigt. Je crois qu'il s'est aperçu que quelque chose n'allait pas à ce moment-là. À mes yeux, c'était trop tard. On avait rompu l'instant parfait et perdu tout ce qui avait rendu la nuit cinématographique.

Par ce repas, j'étais ramenée au monde réel. J'étais à nouveau consciente de ce que j'y faisais et de mon corps imparfait tel qu'il se déplaçait dans la ville. C'était le corps de quelqu'un qui faisait la fête et qui manquait de sens des responsabilités. L'inverse d'un corps neutre : pour les autres, je pensais n'être qu'un condensé de chair qui appelait au jugement.

« Non, ça ira », j'ai répondu, en bonne adepte des mensonges et prophéties autoréalisatrices.

Après avoir fait à deux uniquement des choses qui ne

servaient aucun but matériel, principalement boire et flâner, on mangeait ensemble quelque chose d'affreusement terrestre : des œufs. On était passés, en vingt minutes, du ciel au cul de la poule.

5

On a laissé passer quelques jours sans se voir pour se remettre de nos émotions. Le petit-déjeuner avait été si désagréable que j'en avais presque oublié notre étreinte.

C'était apaisant de vivre ma vie de stagiaire lambda loin de Nathan et ses amis. Je n'avais pas à réfléchir aux prochaines choses spirituelles que je pourrais répondre, ou à la prochaine discussion intéressante que je devrais lancer, l'air de rien. Au travail, j'exécutais mes tâches sans parti pris artistique, et personne ne trouvait rien à y redire. C'est pour ça qu'ils m'avaient choisie.

Par texto, vers sept heures du soir, je recevais des variations sur le thème de « Tu me manques » auxquelles je répondais au bout de cinq à dix minutes selon les bonnes pratiques glanées sur Internet.

Je n'avais pas parlé de Nathan à mes amies de Paris. Elles auraient trouvé ça un peu rapide, elles m'auraient mis le doute, je les connaissais. Une bande de cœurs de pierre féministes à l'excès, toujours le mot pour briser mes rêves.

Je les entendais déjà : « Qu'est-ce qu'il faisait, ce mec, avant que t'arrives, il t'attendait ? C'est louche. »

Je n'avais pas grand-chose de mieux à faire, alors on a recommencé à se retrouver sur un rythme modéré. On se voyait tous les deux jours, sans y penser, par opportunisme. Qu'est-ce que tu fais ce soir ? Moi rien, et toi ? Non plus. Voyons-nous, allons, ensemble, ajouter quelques heures à la nuit, la rallonger artificiellement par des étreintes et des mots. Des bouts de ficelle. Tomber amoureuse était une tâche qui m'occupait pleinement, je m'y consacrais corps et âme.

Il était vraiment plus intelligent que la plupart des mecs avec qui j'avais eu des aventures, et un bien meilleur amant que l'étudiant avec lequel j'avais maintenu une sexualité amicale lors de ma dernière année de licence, avant l'année de césure. Il cochait toutes les cases. J'étais contente, et si ça allait vite, c'était tant mieux. Je n'avais pas de temps à perdre pour marquer mon territoire et devenir aussi essentielle à sa vie installée qu'il l'était à la mienne. Ici, j'étais neuve. Le soir, personne ne m'attendait.

J'allais au travail, je collais les affiches, je ne faisais pas de vagues. L'Alliance française ne m'aurait pas nommée employée du mois, mais je « faisais le taf », comme m'avait dit la régisseuse, Marion, une Lyonnaise revêche qui n'avait pas sa langue dans sa poche.

La directrice de la programmation, Andréa – tout le monde était français, ici, et on ne travaillait quasiment qu'entre filles –, m'avait même félicitée pour ma prise d'initiative. Un soir, après une projection de *La Règle du jeu* au cinéma du centre, j'avais disposé les prospectus de notre prochain événement à côté des petits-fours sur lesquels se jetaient nos cinéphiles d'un soir. J'avais d'abord cru qu'elle venait pour me réprimander : je m'étais endormie devant le chef-d'œuvre de Renoir, affalée dans un siège du dernier rang, victime de ma dernière nuit blanche avec Nathan.

On faisait l'amour et on parlait beaucoup. Enfin, je l'écoutais et j'essayais de ne pas répondre entièrement à côté. Ça ne me dérangeait pas, j'apprenais des choses.

En début de soirée, je sortais généralement avec Katherine, Mary et Daniela, mes colocataires à la résidence Webster, un foyer de jeunes filles sur la 34e Rue.

La première était allemande, les deux autres américaines. Toutes les trois travaillaient aussi dans les secteurs séduisants et sous-payés qui nous rendaient éligibles pour vivre à très bas prix dans notre résidence de jeunes filles : la mode et la culture. On visait les nombreux événements gratuits, répertoriés sur un site qu'avaient sûrement mis dans leurs favoris tous les stagiaires et autres travailleurs exploités de New York afin de ne pas mourir d'ennui le soir venu, quand tous les riches étaient au restaurant, occupés à sacrifier leurs dollars neufs sur l'autel de la nourriture trop salée, des taxes et des pourboires.

Nous, on continuait à manger à peu près n'importe quoi, sous prétexte que c'était bon marché, nouveau et « typique ». Un milkshake à la vanille coûtait toujours moins cher qu'un filet de pommes brillantes dopées aux OGM acheté dans les supérettes. On achetait des cookies très mous par dix au supermarché, on prenait un peu de poids, mais on rigolait bien.

J'étais la seule à avoir déjà un copain plus ou moins stable ici, mais je ne m'épanchais pas dessus comme j'aurais pu le faire à la maison. C'était la condition de notre amitié, on devait être à peu près égales. Mary avait laissé le sien à Denver, dans le Colorado : ils s'appelaient presque tous les soirs sur Skype pendant une heure. Katherine sortait tout juste d'une rupture et n'était pas d'humeur à parler avec des êtres du sexe masculin plus de dix minutes, sauf sur recommandations chaleureuses. Quant à Daniela, elle enchaînait les rendez-vous ratés et nous délectait de ses récits croustillants le lendemain au matin, avec les bagels, dans la salle du petit-déjeuner. Comme c'était le seul repas qui était compris dans notre loyer, on se gavait.

Nathan, c'était mon jardin secret dans la ville.

Plus tard, quand les problèmes commenceraient, elles diraient à mon entourage qu'elles n'avaient rien vu venir. Je ne peux pas les blâmer. C'est moi qui ai voulu établir ces séparations entre les différentes parties de mon quotidien afin de vivre ma vie new-yorkaise comme je l'entendais. Si elles ont pu voir, de loin, le début de ma descente aux enfers, si j'ai semé quelques indices dans mes regards vides et dans les changements de mon corps, je ne me suis jamais ouverte à elles. Ça ne les regardait pas.

6

Le problème de ma relation avec Nathan, c'est qu'on ne savait rien faire à moitié. Je pense que c'est pour ça que je suis tombée si vite. Il n'a fait qu'une bouchée de moi, j'acceptais tout. Je voulais cueillir chaque seconde avec l'avidité des orphelins à qui l'on jette un regard, le jour des portes ouvertes.

Quand on s'est revus après la soirée de Léonore, on a rejoué notre partition. On a encore passé trop de temps ensemble, jusqu'à commencer à s'ennuyer et ne plus avoir rien à se dire d'intéressant. C'était notre spécialité, comme les gens qui n'arrivent pas à s'arrêter de manger et ne se rendent pas compte qu'ils n'ont plus faim. Chaque fois que ça arrivait, je me sentais coupable : la source s'était tarie.

Ce soir-là, j'étais au beau milieu d'un récit d'enfance quand Nathan m'a demandé ce qu'on allait faire après. J'avais quelque chose de pas totalement vain à dire et j'aurais dû mal prendre cette énième interruption du cours de ma pensée, mais j'ai oublié ce dont je parlais. Ce n'était donc pas très important. Peut-être que je meublais le silence.

« On va où maintenant ? »

Je déteste ces quatre mots ainsi reliés, dans cet ordre, comme un collier de perles empoisonnées. C'était la question exacte, toujours dans ces termes, qui surgissait sous ses lèvres charnues et engloutissait, vague cruelle, ma marée montante d'anecdotes quand on avait déjà trop parlé. Aujourd'hui encore, quand on me pose cette question, ça fait comme une petite piqûre d'abeille. Rien de létal, mais c'est désagréable, je sens le venin qui se diffuse et affaiblit tout le corps par contagion. Je sentais qu'il avait envie de rester avec moi mais que ma conversation traînait en longueur. Il perdait patience et il me le signalait.

C'était sûrement l'effet de la deuxième langue. Parfois, je me perdais en anglais. J'acquiesçais et je terminais les phrases, mais au fond je ne comprenais plus rien. J'avais besoin de mettre mon corps en mouvement pour renouveler les thèmes et l'intention. Il nous fallait un jeu, ou mieux, un exercice. Nathan ponctuait nos sorties de contraintes photographiques. Il me prenait le plus souvent de dos, on ne voyait pas mon visage. Pourtant, c'était la partie de moi que je préférais. Il ne me demandait rien de sorcier, il fallait que je marche, ou que j'entre dans un parc. C'était de la photo de rue banale. Il me suivait.

Ce jour-là, on n'avait pas encore pris de photos. C'était un samedi et on était depuis deux heures avec la même boisson dans un café bourré de hipsters. Les serveurs nous regardaient de travers. J'avais commandé un *flat white*, et Nathan un café filtre. Jamais on ne donnait plus d'un dollar de pourboire. Pourtant, aux États-Unis, c'est sacré. Une fois, il m'avait dit que ça ne se faisait pas mais que lui aussi, quand il bossait comme serveur à son resto, son job étudiant, parfois, on l'oubliait. Il se disait que ça passait, et il n'avait pas assez d'argent pour se permettre d'être généreux. Il préférait ne rien donner du tout et que les gens pensent qu'il avait oublié plutôt que de passer pour un pauvre en ne donnant pas assez.

D'habitude, on faisait durer la conversation, statiques, jusqu'à ce qu'elle nous donne une porte de sortie : notre prochaine escale dans la ville. Je l'ai déjà dit : il y avait assez de bars et de cafés à New York pour ne jamais retourner au même endroit. C'est ce qu'on faisait. On voulait s'approprier toutes les portes, vitrines, terrasses de certains quartiers, je le suivais.

Moi j'avais envie de tout voir, et lui, de me montrer que tout ça, il le connaissait déjà.

Il était déjà dix-huit heures, l'heure de se projeter dans une nuit calme ou agitée, ou, pire encore, de se séparer. C'était quand même samedi soir.

Une partie importante de notre temps lors de ce mois de juillet était consacrée à trouver un endroit où faire l'amour. Ma résidence était réservée aux filles, et lui vivait avec sa mère dans le Connecticut, à une heure de train du centre-ville, en attendant la rentrée scolaire. Une fois, il avait accepté de nourrir le chien de son frère, Dan, tout un week-end, pour nous garantir l'intimité d'un appartement qui ne serait pas celui d'un ami. Dan était rentré d'un mariage un peu plus tôt que prévu le dimanche parce que sa fiancée avait eu une migraine. Il nous avait trouvés en train de changer les draps.

La plupart du temps, nous utilisions les salles de bains des nombreuses soirées auxquelles il était invité par ses camarades de promotion de March, des petits bourges insipides qui me laissaient le plus souvent une impression de malaise. J'avais revu Léonore et Ben. Ils semblaient approuver ma présence et, par capillarité, ma relation avec Nathan. Les serviettes de ces salles de bains étaient toujours douces, lisses comme si elles avaient été repassées, ce qui était probablement le cas. On en faisait un petit lit d'appoint sur le carrelage ; Nathan appelait ça notre camping sexuel. J'aimais bien cette nouveauté qui me donnait matière à rêver, même quand j'étais seule.

Je dis : il était invité, et lui seulement. Moi, j'étais nouvelle : j'étais celle qui accompagnait, pas celle qu'on invitait pour elle-même. Le « plus un », éternelle addition anonyme sans résultat attendu au bout de la ligne. New York était une ville dure. Il y avait bien sûr mes amies du travail ou de la résidence, mais nous sortions plutôt, lorsque la soirée était aux frais de l'Alliance française, dans les musées ou dans des bars aux grandes baies vitrées pour nous donner le goût de la ville. Les Allemandes de la résidence voulaient toujours rentrer avant minuit, les filles du centre culturel s'invitaient dans des fêtes pour lesquelles je n'étais jamais assez maquillée.

Les amis de Nathan étaient les seuls assez habitués à leur vie ici pour accepter la banalité réconfortante d'une soirée en appartement. J'avais tout de suite le désir de ce type d'interactions, mais, ici, je ne pouvais l'obtenir que par lui.

Ce soir-là, ça faisait déjà deux heures qu'on attendait d'être invités quelque part, et ça ne venait pas. Il était minuit et quart, on était allés jouer les pique-assiettes à un vernissage naze où l'on ne connaissait personne, puis au cinéma dans l'East Village. Le film était trop long, on s'était pelotés pour faire passer le temps. On buvait du café le soir, ce qui n'est jamais une bonne idée. On ne savait pas quoi faire. La nuit traînait sur le trottoir, ça faisait un bruit insupportable.

« Je me suis disputé avec Léonore », a-t-il fini par m'avouer. Il était donc peu probable qu'elle nous invite quelque part le soir même, ou le lendemain d'ailleurs.

Il n'a pas dit que c'était à cause de moi. J'ai dit « merde » en français, c'est sorti comme ça. Il a eu une idée et il m'a prise par la main pendant treize blocs jusqu'à la Grand Central Station sans un mot. On a marché vite dans le silence moite de juillet, j'avais les cuisses échauffées.

« On va faire du tourisme ? » ai-je demandé en reconnaissant le bâtiment vers lequel il marchait avec tant d'empressement.

J'y étais déjà venue deux ou trois fois, mais on pouvait faire quelques pas sous l'horloge, si ça l'amusait. J'étais bonne cliente pour ce genre de sorties.

« Tu es déjà allée dans le Connecticut ? » m'a-t-il demandé en guise de réponse.

J'ai fait non de la tête. Il nous avait guidés vers les trains souterrains, ceux qui partaient sans panache vers les destinations de la côte : Norwalk, Westport, Fairfield. C'est là que tout a vraiment commencé, avec la rame de minuit cinquante-six. Le dernier train allait partir, les gens se pressaient aux portes. On a commencé à courir pour l'avoir, ça m'a donné chaud. On allait ensemble quelque part, vite et droit dans le mur.

7

On s'est engouffrés dans le vieux wagon gris aux mille destinations après avoir acheté notre billet sur une machine sans parler à personne. C'était l'opposé d'un train direct : il s'arrêtait partout, un vrai tortillard. Je me suis dit que ce train était idéal pour les gens hésitants, il y avait une option pour s'enfuir et faire demi-tour toutes les dix minutes. Au cas où, les échappatoires étaient là, signalées par des points sur la carte.

« Moins une ! » j'ai dit quand le train s'est ébranlé. La porte venait de se fermer derrière nous.

Les places n'étaient pas numérotées. On a parcouru deux wagons pour pouvoir s'asseoir à côté, en face de deux adolescents dont j'enviais les bagels et bières fraîches. Ils les avaient sortis de leurs sacs à dos comme des magiciens, révélant d'un coup le creux dans mon estomac. Ils avaient mordu dans mon ventre, pas dans le sandwich.

J'avais super faim. Nathan et moi, on oubliait souvent de manger, portés par le désir, et je me le rappelais toujours trop tard. Il n'y avait que les petits-déjeuners qu'on respectait à peu près. C'était nouveau pour moi, cette orgie salée, tout ce cérémonial du matin, alors j'en faisais mon sacerdoce. En choisissant de tomber amoureuse de Nathan, j'avais choisi les cafés longs et les œufs cramés. Tant pis pour le reste.

J'ai demandé ce qu'il y avait à Westport et il m'a répondu : « Ma mère et ma voiture. »

On s'est embrassés, une fois sur le quai de Westport. On avait retenu ce baiser-là pendant au moins sept stations, il avait un goût de sexe, c'était un appel d'air. J'étais contente d'avoir attendu. Le baiser avait beau être bruyant, on n'en avait rien à faire. On était seuls à être descendus et je n'avais pas encore compris que le *french kiss* en public avait moins bonne presse outre-Atlantique.

Je transpirais encore un peu d'avoir couru pour avoir le train, mais je portais un tee-shirt noir. Mes auréoles étaient invisibles et je m'en foutais de l'odeur. J'ai toujours trouvé que la sueur était un fluide sensuel.

Quand on est sortis de la station, j'ai été surprise du calme qui régnait dans la ville, pour un samedi soir. Je le lui ai fait remarquer et il a répondu qu'on était à Westport, je m'attendais à quoi ? Une fête de quartier, des ados avinés qui rentrent à vélo, un couple de retraités qui fait une promenade digestive pour soigner son insomnie, un truc comme ça, j'ai dit.

Il a rigolé : « Tu regardes trop de films. »

Même si ces gens étaient sortis quelque part, ils seraient déjà rentrés, et ils auraient pris leur voiture. Il m'a dit que les villes du Connecticut ne trouveraient jamais leur place dans le cinéma américain et je n'ai pas su le contredire, j'y connaissais rien.

« Et la photo ? ai-je quand même tenté.

— La photo, c'est autre chose, a-t-il dit. C'est un instant statique. On peut mentir sur ce qui existe réellement, personne ne pourra jamais vérifier. »

Il a hésité devant la gare. Il y avait une seule grande route, mais il n'avait pas l'air sûr de vouloir aller à gauche ou à droite. Finalement, il a jeté un coup d'œil à sa montre et ça a semblé lui donner la réponse qu'il attendait. On est allés à droite.

« Et ici, a-t-il complété, solennel, les choses ne bougent pas. »

On a tourné sur une rue somnolente jusqu'à trouver la seule maison où il y avait encore de la lumière. Ses habitants avaient décoré un vieux hangar au fond du jardin de façon à ce qu'il soit vraiment accueillant. On aurait dit une kermesse perpétuelle. Il y avait une série de loupiotes multicolores sur une corde noire qui courait le long de la porte. On s'est assis comme si on avait prévu de venir ici depuis le début. Il n'y a pas eu d'effusions de joie : à part l'hôtesse, qui s'était levée pour nous ouvrir et rassise illico après nous avoir tendu deux bières, personne ne faisait attention à nous.

« Des amis d'enfance », a-t-il précisé.

Ceux-là étaient restés à Westport, ils n'allaient à New York que pour la journée : je ne les avais pas encore croisés. Quand il a dit ça, il a fait un grand arc de cercle avec ses bras, il semblait désigner le monde entier. Alors comme ça, ils faisaient tous partie du même monde où j'étais étrangère.

Je voyais presque la barrière physique qui me distinguait d'eux. Ils vivaient dans un monde rempli d'espaces, d'arrière-cours et de jardins amples. Moi, j'avais déjà inscrit dans mon cœur les lois de la vie verticale. Je regardais tout cet espace avec déférence, mais je me disais aussi qu'il était facile de perdre du temps si on avait trop d'endroits où aller dans sa propre maison.

J'aimais l'idée d'un espace restreint et interchangeable où pouvaient cohabiter toutes les tâches, une cellule monacale qui soit la condition de la disponibilité de toutes les choses en ville, parce qu'elles étaient à côté. Ma petite chambre de New York faisait huit mètres carrés, mais à moins d'un kilomètre de sa porte, il y avait le monde entier : magasin de chaussures, cantine coréenne, bibliothèque.

On avait encore nos sacs à dos sur les genoux, Nathan a sorti son appareil et m'a prise en photo de très près.

J'ai protesté : « Tu dois me voir floue », et il a répondu que j'étais toujours un peu insaisissable pour lui, que ça ne changeait pas de d'habitude.

Je me demandai si ce qu'il trouvait « insaisissable » chez moi était mon côté étranger, ou si j'avais vraiment un truc de spécial. Était-il fasciné par une caractéristique qui ne me devait rien, qui n'existait que par ma transplantation provisoire depuis Paris, ou par un trait de caractère que j'aurais développé sciemment ?

Autour de nous, dans le hangar, les gens ne parlaient pas trop. Tout le monde zonait, en petits groupes, ou sur son téléphone. Des gamins de vingt ans buvaient l'alcool qu'on leur refusait dans les bars, frustrés d'être si proches de la limite d'âge. Plus d'acné, chacun sa voiture, une arme au fond d'un tiroir mais toujours pas le droit de boire une bière pression.

C'est peut-être ça, le silence le plus pur : des gens qui

n'ont rien à se dire parce qu'ils se connaissent trop bien et qui attendent ensemble le moment de découvrir un monde plus grand qu'eux.

On n'est pas restés longtemps. Vers trois heures, on est rentrés chez sa mère comme des cambrioleurs. Il avait la clé, mais on était fébriles et un peu ivres, il a fait claquer le volet contre le mur. Ça a fait un tel boucan qu'on a réveillé tout le monde, c'est-à-dire elle et le chien.

« C'est juste moi, maman, on se voit au petit-déj' », a-t-il crié, et la lumière s'est à nouveau éteinte sous la porte de la chambre principale.

« Je te présenterai demain », a-t-il précisé avant qu'on ne s'élance à pas légers dans le couloir étroit.

Les aboiements de Michel se sont arrêtés net quand il a vu la figure de son maître. Il est venu lover son petit corps mou contre ses genoux, et Nathan l'a caressé avant de se rappeler ma présence : « Bonne nuit, petit père. »

Il m'a dit qu'ils l'avaient adopté deux ans auparavant, quand son grand frère était parti de la maison avec l'autre chien.

« Michel, c'est pour Michel Foucault », m'a-t-il précisé avec un air sérieux et je n'ai pas réussi à m'empêcher de pouffer sans qu'il en prenne ombrage.

Sa chambre était neutre. J'étais déçue de ne pas y trouver papier peint et jouets d'enfant. Il y avait un lit double et un petit bureau.

« Pour mes dix-huit ans, j'ai eu le droit de refaire ma chambre. C'était mon cadeau d'anniversaire », m'a-t-il expliqué quand je lui ai posé la question : où étaient les peluches, les petites voitures, les affiches de mauvais concerts ?

Il avait eu le droit de repeindre sa chambre et, comme couleur d'adulte, il avait choisi le gris.

On a enlevé nos vêtements en chuchotant. C'était excitant de prêter attention à tous les bruits : froissements du tissu, glissements de la main sur la peau. En rigolant, on s'est dit que maintenant que sa mère savait qu'il était rentré, on pouvait faire un peu de vacarme sans l'inquiéter, mais que ça devait ressembler au bruit d'une seule personne.

Avec tout ce qu'on avait bu, j'ai eu envie d'aller aux toilettes. J'y suis allée avec un long tee-shirt de Nathan estampillé du message « Philosophy is sexy » en lettres capitales. J'aurais eu l'air maligne si elle m'avait croisée comme ça, à moitié nue, les pieds enfoncés dans la moquette, encore un peu de la salive de son fils aux commissures des lèvres.

« Ça ne t'embête pas de vivre chez tes parents ? » j'ai demandé une fois au lit.

Il m'a dit que vivre avec son père, ça l'aurait dérangé, mais que sa mère le comprenait et le laissait tranquille. J'ai rétorqué que toutes les mères comprennent leur fils, mais à l'entendre, chez elle, il y avait un truc en plus. Elle le laissait faire de la photo sans lui dire que c'était bouché. Elle le laissait jouer le rôle de l'artiste génial torturé, et, depuis sa petite maison du Connecticut, elle y croyait ferme. Son fils était un génie.

8

On a attendu que sa mère parte faire les courses pour se lever. C'était son rituel du dimanche, elle était réglée comme une horloge. Depuis qu'elle était à la retraite, elle ne sortait presque que pour ça : c'était notre seule chance. Sinon, il aurait fallu attendre qu'elle promène Michel, escapades qui devenaient de plus en plus courtes à mesure que progressaient leurs arthrites respectives.

Il avait changé d'avis pendant la nuit, c'était trop compliqué de me présenter. Elle aurait insisté pour que l'on déjeune ensemble et elle m'aurait embêtée avec un tas de questions. J'avais haussé les épaules, c'était à lui de décider, je n'étais pas près de lui présenter les miens, de parents. C'était bien qu'on reste à égalité.

« Ça te donne une heure pour te préparer, ça suffit ? »

J'ai répondu que c'était plus qu'assez, mimant une moue offusquée. On n'avait pas encore l'habitude de se réveiller ensemble, il me croyait plus sophistiquée que je ne l'étais.

On a utilisé presque toute l'heure impartie pour faire l'amour, puis on s'est douchés en vitesse dans la baignoire.

Le rideau n'avait pas été changé depuis les années quatre-vingt : c'était un camaïeu de coquillages hideux. D'une main, je tenais le dos potelé de Nathan, de l'autre, je m'agrippais au rideau déperlant. C'était agréable d'être ensemble avec la lumière du jour, mais des deux côtés, j'étais préoccupée par les textures sous mes mains, et à quel moment j'allais tomber. Derrière la fenêtre en verre opaque, on devinait le soleil de juillet, il nous invitait à sortir.

On est allés prendre des photos en ville. Nathan m'a même donné une consigne. Je lui ai dit que je préférais rester à la maison à écrire. J'étais même prête à rentrer chez moi à Manhattan pour me reposer pendant qu'il ferait ses « devoirs », mais il n'y a rien entendu. Il voulait qu'on fasse ça *ensemble*, et puisqu'il l'avait décidé, c'était la seule version de cette journée qu'il pouvait accepter. Il devait rendre une série de photos pour un cours qu'il avait la semaine suivante. Il voulait me montrer ce sur quoi il travaillait. Je n'avais pas encore idée de l'étendue de son génie, semblait-il dire en me proposant de voir son travail.

« Écrire et photographier, c'est pas très différent, il faut juste te mettre à la bonne distance », a-t-il dit.

J'ai haussé les épaules. Je n'avais pas d'appareil photo, qu'est-ce qu'il voulait que je fasse de sa consigne à la con ?

« Tant que tu ne sais pas photographier, tu feras de plus belles choses avec ton téléphone, t'inquiète. »

J'ai fait la moue, mais il m'a sorti une petite phrase, apparemment sincère, qui m'a fait changer d'avis : « Écoute, Alice, j'ai besoin de travailler là-dessus, mais j'ai aussi très envie de passer la journée avec toi. »

Je ne me souviens plus des termes exacts, peut-être qu'il a dit quelque chose de différent, mais c'est comme ça que je l'ai entendu. Il a aussi dit « S'il te plaît », deux fois, montant dans les aigus. *Please, please !*

J'ai débranché mon téléphone et je l'ai suivi. Dès qu'on était gentil avec moi, ça ne loupait pas, je disais oui. Je crois qu'il le savait déjà. Il préparait le terrain.

« Maintenant, on est des enquêteurs », a dit Nathan.

J'ai éclaté de rire mais il m'a regardée avec un air sérieux. On devait suivre la personne qui nous semblait prête à faire les choses les plus étranges ou répréhensibles, et l'observer jusqu'à ce qu'elle entre quelque part où on ne pourrait plus la suivre – chez elle, le plus souvent. Si jamais ils entraient dans un restaurant, on devait tenter d'y manger. Chez le coiffeur, d'avoir un rendez-vous, et ainsi de suite.

Après avoir passé trente minutes avec des inconnus à créer des simulacres de hasard, on en savait forcément un peu plus sur eux. Sur cette base, on garderait le meilleur triptyque : la rencontre et le soupçon, la filature, puis l'adieu. Ça devait raconter une histoire a posteriori, même si elle était différente de la réalité. On peut raconter ce que l'on veut à partir des images. Jusque-là, je suivais. Les mots, c'est un peu pareil.

« Dans la ville, on n'arrête pas de croiser des gens, et on ne se préoccupe pas du tout de l'endroit où ils vont. Ils pourraient faire les pires horreurs et on ne le saurait jamais », a-t-il conclu avec un grand sourire. Il fallait tester cette hypothèse.

J'ai trouvé le principe du jeu amusant mais, après trois ou quatre filatures, on s'est vite heurtés à un constat attristant. À midi, le dimanche à Westport, Connecticut, personne n'allait commettre de méfaits terribles ou faire quoi que ce soit de très intéressant.

Dans les faits, presque toutes nos pistes nous menaient jusqu'au parking du supermarché.

« On pourrait juste photographier les paniers de courses, tant qu'on y est », ai-je marmonné à notre troisième apothéose devant Walmart. Banane ou yaourt grec, à qui profite le crime ?

Nathan a profité de ces temps morts pour me faire un petit cours express de photographie. Selon lui, et surtout selon ses maîtres à penser, dont il buvait les rares paroles entre deux clichés, il fallait trois facteurs pour devenir un excellent photographe. Pour devenir un photographe tout court, d'ailleurs.

Le premier, c'était de développer une compréhension de la façon dont la photo traduit le monde. Comment est-ce que le photographe l'organise, artificiellement, pour la milliseconde où il serait immortalisé.

« C'est la grammaire du photographe, tu vois », a-t-il dit. Beaucoup de préparation, un seul instant. Et souvent, l'instant, même si on le prépare, on le rate. Il m'a donné un exemple en me demandant de photographier des cyclistes.

« Même si tu sais que tu dois photographier ces vélos qui passent vite, tu en loupes un sur deux. Alors imagine la galère, pour attraper la bonne émotion. »

Le deuxième, c'est la fondation technique, un peu comme un vocabulaire : c'est la condition nécessaire à la possibilité de s'exprimer. Il faut faire ses gammes avant d'improviser. « C'est comme ça que tu peux faire n'importe quoi. » Pour la technique, il n'avait pas le temps de me former aujourd'hui, mais je voyais à peu près de quoi il parlait.

Enfin, la dernière partie, c'est le travail sur soi-même pour comprendre ses biais cognitifs, son conditionnement, ses émotions, afin de trouver le sujet qui soit le plus cohérent avec ses envies. Photographier les bonnes choses, pas les plus évidentes.

« Okay, chef », j'ai dit, et il a secoué la tête. Il aurait aimé que je prenne le tout davantage au sérieux.

« Comment on sait qui gagne le jeu, du coup ? » avais-je demandé avant de commencer son petit manège. Malgré mes airs fleur bleue, j'avais l'esprit de compétition.

« Celui qui prend la photo la plus choquante gagne », avait dit Nathan, confirmant ainsi mon instinct premier.

Avec lui, c'était toujours le choc qui primait.

Il m'avait déjà montré plusieurs photos qui m'avaient profondément heurtée. Enfin, plutôt je les avais trouvées. J'étais tombée dessus, dans sa chambre. Elles étaient rangées dans sa table de nuit. Quand il était passé aux toilettes, j'y avais passé une main innocente pour récupérer un préservatif et j'étais tombée sur une petite pochette grise. Il y était griffonné un prénom. Karen, ou Karine, je crois, je ne me souviens plus très bien. Je n'avais pas résisté à l'envie de l'ouvrir.

Ce qui m'avait un peu rassurée, c'est qu'il ne s'était pas énervé quand il m'avait vue assise sur le lit, les photos étalées autour de moi, le regard un peu vide. Il m'avait assuré que la consigne venait de ses professeurs, et j'avais trouvé ça gonflé de leur part de demander à leurs élèves de photographier des corps nus et violentés.

Sur les épaules de la fille qui apparaissait le plus souvent sur les clichés, il y avait des marques de morsures. Sous le tatouage d'ours qu'elle arborait sur l'omoplate gauche, on pouvait distinctement voir la marque d'une dentition adulte sur la chair rougie. Je m'étais un peu inquiétée, qui étaient ces modèles, ces femmes attachées aux chaises ? Qui était Karine ?

N'avais-je pas lu les grands théoriciens, étais-je étrangère au rôle de la mort dans la photographie ? Il m'avait assuré qu'elles étaient consentantes, et qu'il s'agissait d'une mise en scène, avec d'autres élèves. Je les croiserais sûrement sur le campus, si je voulais venir y passer un week-end, à la rentrée scolaire.

S'il avait mis moins de conviction dans ces dernières phrases, si sa voix avait un peu faibli, je m'en étais contentée.

Selon Nathan, ça ne servait à rien de prendre ou de regarder une photo si ce n'était pas pour être profondément perturbé par ce qu'elle représentait. Un cliché devait poser une question pressante ou révéler un dysfonctionnement de la société : elle n'avait jamais le droit d'apparaître sous son meilleur jour. Le monde se vivait mal coiffé, la joue bouffie, le mauvais côté face à l'objectif. S'il y avait un paquet de chips par terre, il fallait l'y laisser.

« Le meilleur enquêteur, c'est celui qui voit un détail qui échappe à l'autre sur une même scène de crime », avait-il ajouté.

Il y tenait, à son histoire de crime, comme tous les gamins qui grandissent avec trop de télévision dans des endroits où il ne se passe rien. *Le poète doit se faire voyant*, ce genre de truc, on l'avait vu au collège, et visiblement les photographes pensaient tout à fait la même chose. C'était amusant de jouer à un jeu dans la ville. Mais quand même, avais-je pensé, on n'avait pas idée de passer son dimanche comme ça. Je serais bien restée au lit avec du café.

À la place, on avait pris des photos surexposées de gens chiants qui faisaient gentiment leurs courses après la messe.

9

La première fois que Nathan a pris une photo de moi nue, c'était sur le campus de March.

Je me rappelle le long dénivelé qui amenait des salles de cours à la rivière, un escalier sensuel embaumé par les roses. Les marches étaient irrégulières mais, de part et d'autre, les parterres symétriques rectifiaient l'ensemble, comme si les différences de hauteur étaient voulues et faisaient partie du jeu.

Il fallait être attentif pour descendre, pas le genre d'endroit où on peut être sur son téléphone en même temps, ou alors sous réserve de s'éclater le front contre une arête impardonnable. Ça faisait une diagonale parfaite de pierres et de fleurs, tout cela donnait le sentiment qu'on était arrivé quelque part.

On n'entretient pas un jardin aussi bien s'il n'a pas une certaine importance. Il y avait au moins dix teintes de rose dans le massif, et s'il n'avait pas les traits racés d'un jardin à la Le Nôtre, c'était un point d'intérêt pour des Américains habitués aux pelouses stériles. C'était le début de l'été; il n'y avait personne sur le campus, à part les nostalgiques et les impatients.

Quand j'y pense aujourd'hui, et sans m'aider d'une seule photo, j'en vois encore les détails dans leur intégralité.

Je crois avoir croisé une bonne vingtaine de personnes ce soir-là. Personne n'avait de raison d'être dans le jardin et c'était peut-être ce qui rendait notre présence à tous complice. On se jaugeait du regard, en se demandant pourquoi les autres étaient venus, eux aussi.

Il n'y avait rien d'illégal à être ici. Pour pouvoir passer la barrière du campus de March, on avait montré la carte d'étudiant de Nathan à un vigile pointilleux. Tous les gens présents sur la pelouse avaient dû faire de même. On ne faisait pas plus strict comme portique d'entrée, il fallait avoir payé les frais de scolarité pour avoir le droit de se prélasser sur l'herbe.

C'était inutile d'être venus jusque-là. Inutile au sens que rien n'allait se passer, en dehors du coucher de soleil : pas de concert, de colloque ni de fête. C'est ça qui était beau. On était là pour s'allonger dans le jardin, en faire le théâtre de ce que l'on aurait nous-mêmes créé. Nous n'avions nul besoin d'une curation de loisirs, le déroulé de la nuit restait à inventer.

J'aime beaucoup aller dans des endroits où j'ai peu de raisons valables d'être. C'est mieux quand les choses sont gratuites et absurdes ; ça donne le sentiment qu'il y a encore de la place pour le destin et les imprévus. Il n'y a rien de plus triste à mon sens que d'acheter un billet pour un concert des mois à l'avance. Certes, il y a un risque qu'il soit complet, mais aimera-t-on encore seulement cette musique avec la même intensité, le jour enfin venu ?

Peut-être que les autres pensaient la même chose que moi et que l'on était reliés par ce désir sous-jacent de vivre une vie plus spontanée, ou alors ils n'avaient nulle part d'autre où aller pour zoner fin juillet. C'était une option plus probable.

Je n'avais jamais vu une université aussi belle, mais c'était aussi la première fois que je voyais un campus américain et une pelouse couleur dollar. Je profitais, les yeux grands ouverts, du résultat d'un arrosage automatique parfait. De la pierre et des étendues vertes à perte de vue.

Pour mes nouveaux amis, on apprenait plus de choses assis en tailleur sur l'herbe que dans les bâtiments austères nommés à la gloire d'*alumni* bien dotés. Je voulais bien les croire. L'éducation s'est toujours faite entre les lignes.

Nathan avait pris deux bières dans le frigo de son appartement. Elles étaient déjà tièdes. J'aurais préféré du vin, mais la beauté du jardin suffirait ce soir à satisfaire mon sens esthétique. Je n'avais plus besoin d'y ajouter des accessoires.

On s'est posés un peu à l'écart des groupes qui buvaient en cercles concentriques, plus bas, vers la rivière. On devinait son bruissement timide et la présence de quelques animaux.

Les bruits étaient inhumains, c'est le seul qualificatif qui me vient. Ils s'élevaient par à-coups du lit de la rivière, comme des cris de petits monstres. Tous étaient explicables par un esprit rationnel qui s'y pencherait avec sérieux : un rocher lisse recouvert par l'eau, une famille de canards en mouvement, ou encore une branche qui s'affaisse. De là où l'on était assis, ils pouvaient encore relever du merveilleux.

J'ai commencé par enlever mes chaussures. Le gazon sous

mes pieds faisait comme des petits baisers humides ; ils avaient dû arroser cette zone plus tôt dans la soirée. La plante de mes pieds, à laquelle j'infligeais de fréquents sévices en leur imposant des talons aiguilles, me remercia sans doute de cet égard libérateur. Je portais des baskets, mais au milieu de cette nature sauvage elles ne semblaient pas à propos.

C'était agréable d'être protégée de la terre par ce lit propre et vert. Je m'y serais roulée sans problème, dévalant le long de la pente, comme les enfants sur les larges collines des parcs municipaux.

Gamine, je faisais ça, dans le parc départemental de banlieue en face duquel j'habitais. L'hiver, on y faisait de la luge, collines recouvertes de neige, nos pas comme des trous dans de la moquette blanche. Une fois nos petits corps revêtus de ces poudreux atours, rien ne nous distinguait plus des bêtes sauvages. À l'époque, il neigeait encore en région parisienne, on pouvait espérer retrouver cette activité chaque année. L'été, on voulait continuer à descendre les toboggans naturels esquissés hors saison sur les monticules. On vérifiait plus ou moins l'absence d'obstacles, on s'allongeait sur le flanc gauche ou droit, on roulait. Jusqu'en bas, où l'on se réjouissait d'être vivant.

En enlevant mes chaussures, je retrouvais d'un seul geste la liberté et l'enfance. Les lacets traînaient de part et d'autre comme une chevelure laissée à l'abandon, pleine de nœuds. J'avais défait le premier corset.

« T'es drôlement belle comme ça », a dit Nathan avec une emphase inhabituelle.

Il y avait dans sa voix à la fois l'enthousiasme le plus aigu et la sincérité la plus pure. De mémoire, seuls les Américains arrivent ainsi à mêler ces deux sentiments qui rendent ailleurs sceptique. On a vite l'impression d'être unique au monde quand les phrases sont prononcées avec ce niveau de vérité subjective. C'est dangereux.

Je me sentais mieux, les chevilles ainsi libérées de la prison de polyester des chaussettes. J'avais une piqûre de moustique pile au niveau de l'élastique, toute rouge. Les joues aussi, écarlates, parce qu'on venait de me dire que j'étais jolie, et que ça, je ne l'entendais pas très souvent, surtout pas pour briser le silence. D'habitude, c'était toujours dans un contexte particulier où la phrase perdait sa saveur. Là, elle se suffisait à elle-même, n'exigeant ni remerciement ni réponse.

Les photos ont découlé des compliments, c'était leur suite logique. Quand il a pointé l'appareil sur moi, j'ai voulu sortir mes chaussettes du cadre mais il a insisté pour que je ne bouge pas d'un millimètre. Le ciel était rose et vert, avec un peu de jaune moucheté çà et là sur le canevas.

« Je te veux avec tous tes vêtements, mais sans », a-t-il dit, l'air très sérieux, et je l'ai pris au mot.

Il a remis ses lunettes en place pour mieux me voir. En comptant les verres de sa monture à écailles et son objectif, il y avait maintenant deux filtres entre lui et moi : c'était moins intimidant.

Les baskets sales aussi étaient dans le cadre de la photo. C'était mon point de référence. Puisqu'elles étaient là, elles ajoutaient naturellement un cachet artistique aux clichés. Tant qu'il y aurait ces éléments-là, rien ne m'évoquerait la pornographie. On était dans la recherche de la beauté la plus pure, les vêtements étaient un obstacle à la saisie de la réalité du corps, c'était tout.

« Continue », m'a-t-il encouragée quand j'ai ôté ma montre.

J'ai regardé autour de nous, il n'y avait personne. Sans chaussures et sans heure à mon poignet il n'y avait plus de réalité pour me retenir de lui obéir. On était dans un espace-temps immobile où le passage impitoyable des secondes s'était arrêté. Le moment de la photo.

J'ai enlevé les couches une à une face à l'objectif, mais sans chercher l'obscénité. Rien à voir avec un effeuillage de bas étage. Je cherchais le confort, la même libération pour mes hanches, mes seins, mes cuisses, que celle que je venais d'accorder à mes chevilles. Partout sur mon corps, j'avais la trace des fermoirs, des élastiques, des boutons. Je n'avais plus de vêtements, mais il y avait sur ma peau la trace de leur présence, un instant auparavant.

Ils étaient posés à côté, comme une série d'armes avec lesquelles j'aurais rougi certaines zones, des morsures textiles. La luminosité baissait, les ombres devenaient plus grandes. J'étais habillée de marques et de lumière.

« Regarde-moi ! » ordonnait-il parfois, sans prendre de pincettes, quand je regardais derrière, embarrassée, à la recherche de ma contenance perdue avec le dernier vêtement. Sa voix avait baissé d'une octave, elle était plus sombre.

Quand je repense à cette soirée, je me demande pourquoi j'ai accepté de jouer à son jeu, une fois de plus. Est-ce que j'avais envie d'être libre, me conformer à ses contraintes absurdes me donnait-il le sentiment de l'être ? Est-ce que j'avais aussi le sentiment d'être jolie, ce soir-là, parce qu'il me l'avait dit, voulais-je immortaliser ce fait rare par une série de photographies ?

Ce qui est certain, c'est que j'avais une confiance aveugle dans l'usage des photos. Quand il me prenait en photo, je voyais seulement l'artiste, et pas le copain, ni l'homme. C'était comme si les photos n'avaient pas vocation à être stockées sur terre et qu'elles n'étaient que pure abstraction. Elles n'avaient rien à voir avec le sexe.

Moi, j'aurais volontiers existé sans rien d'autre que sa présence pensive sous les couchers de soleil impudiques. Ce soir-là, c'est peut-être le moment où nous avons été le plus heureux.

10

J'y suis retournée. C'était déjà le cinquième week-end que je passais à Willowbrook en deux mois. Nathan y habitait de nouveau maintenant que l'année scolaire avait commencé, il avait quitté Michel et sa mère. Les initiés disaient « *upstate* », alors c'est ce que je répondais à mes collègues quand elles me demandaient où j'allais passer ma fin de semaine, elles qui s'éparpillaient dès quatorze heures le long des Hamptons en bonnes adeptes des sacro-saints *Summer Fridays*.

De fin juin à début septembre, on finissait plus tôt, c'était une invitation à aller faire quelque chose d'intéressant et à le raconter le lundi. À quatorze heures, l'Amérique faisait semblant de s'arrêter pour aller s'activer toujours plus et toujours plus vite, mais ailleurs. Une pause qu'on pourrait romancer, on avait intérêt à ce qu'il se passe quelque chose. Je respectais religieusement ce principe.

Pour aller *upstate*, il fallait donc prendre le train depuis New York. Le billet n'était pas très cher, je pouvais me le permettre en mettant de côté ou en sautant deux repas, mais la ligne était affreusement lente. C'était l'arrêt de mort de tous les impatients. Elle longeait l'Hudson et peut-être que si elle était allée plus vite, elle se serait enfoncée : le train serait devenu sous-marin. Il en avait déjà les manières épaisses et le flegme.

Cette fois encore, Nathan était venu me chercher en voiture à la gare pour parcourir les derniers kilomètres. On avait fait là en dix minutes ce qui nous aurait pris une heure en train.

Il était descendu de voiture et m'avait attendue sur le quai pour que je me love dans ses bras. Il avait caressé mes cheveux en désordre, comme on fait pour rassurer les chevaux. C'était un tout petit effort, qu'il sorte de sa voiture et qu'il m'attende debout quelques minutes, mais pour moi ça comptait.

Dans le train, je n'arrivais pas à me concentrer ou à lire un livre. Je réfléchissais à ce que je lui dirais une fois dans la voiture. Comme un conférencier de pacotille, je peaufinais l'histoire qui ferait ou briserait mon introduction. L'ouverture. Je pense que je me donnais beaucoup de mal pour rien. Souvent, il ne semblait pas vraiment m'écouter. Je mettais sa distraction sur le compte de la concentration nécessaire à la conduite. Je préférais encore l'indifférence à un accident de la route. J'encaissais.

La première fois que je suis allée passer le week-end là-bas, c'était une expérience tout à fait nouvelle, quasi mystique. La deuxième fois, c'était vraiment bien : pour moi, la campagne a toujours été plus romantique que la ville. La troisième et la quatrième fois, j'avais l'impression qu'on s'était construit notre petite routine de couple : je trouvais du réconfort dans la répétition. Ça me changeait de New York, dont la nouveauté constante et obligatoire m'avait maintes fois désarçonnée.

La cinquième fois, en revanche, j'ai commencé à m'ennuyer. Il y avait moins d'incendies sensuels sur les pelouses, plus de nouilles chinoises dans la cuisine, moins de temps ensemble.

Pour payer son loyer pendant ses études, Nathan travaillait comme serveur dans un restaurant plutôt haut de gamme. C'était le genre d'endroit « *farm to table* » qui faisait fureur dans un pays nourri aux OGM depuis toujours. Les repentis du système agroalimentaire y dégustaient des aliments de saison dont ils ne connaissaient pas le nom au préalable, s'enorgueillissant du fait qu'ils aient été cultivés à quelques kilomètres du lieu où leur bouche les mâchait, moyennant finances.

Il me l'avait présenté comme un travail agréable et plutôt inspirant : il côtoyait un jeune chef talentueux, parlait à des clients de prestige et ramassait, de fait, de bons pourboires. « Km. Zéro », ça s'appelait. Je trouvais le choix du système métrique amusant, c'était le genre de distinction affectée qui correspondait bien à Nathan.

Dans les faits, il servait des assiettes chères en flattant l'ego du chaland et faisait la plonge dans une arrière-cuisine anonyme jusqu'aux petites heures du matin. Son vrai ressenti sur son travail, et donc ma connaissance de la réalité de ce dernier, ne ressortait que lorsqu'il était très fatigué, quand il rentrait se coucher après son service. Là, il avouait qu'il en avait marre, et qu'il regrettait d'avoir pris un prêt étudiant pour faire comme tous ses amis au lieu d'apprendre sur le tas sans s'enchaîner à une banque pour les dix prochaines années.

Je n'en aurais rien eu à faire qu'il soit « juste » serveur. Il n'aurait pas dû en avoir honte non plus. Les jobs alimentaires ont toujours existé, et ce n'est pas parce que j'avais décroché un intitulé pompeux à l'Alliance française (« coordinatrice marketing ») que mon travail était beaucoup plus intellectuel que le sien. Certaines personnes faisaient ça toute leur vie, et je les admirais pour leur adresse et leur bagout. C'étaient les artistes de l'assiette. Mes tours de passe-passe avec les affiches du centre culturel n'étaient pas aussi créatifs.

Ce qui me dérangeait dans son emploi, c'est qu'il travaillait le samedi et le dimanche, à l'heure où nous aussi, on aurait pu aller au restaurant, comme un couple normal.

J'avais quand même fait le trajet depuis un endroit beaucoup plus excitant que son appartement miteux. Je passais mon week-end à Willowbrook, alors que j'habitais à Manhattan : j'avais le sens du sacrifice des meilleures heures de ma semaine.

Il prenait son service à seize heures les deux jours, ce qui fait qu'il passait son samedi à anticiper, et son dimanche à récupérer avant de rempiler sur un deuxième soir de travail. Moi, j'étais là du vendredi soir au dimanche après-midi, et dans les faits, je ne le voyais pas beaucoup. Je me sentais à la fois énervée et coupable.

C'était moi qui étais venue, d'accord, et je savais dans quoi je m'embarquais, mais c'était lui qui continuait à m'inviter.

Le soir, moi, j'avais quartier libre. Sur le principe, ça aurait pu être une perspective réjouissante.

Au début, j'ai aimé être seule dans son appartement. À l'époque, je ne savais pas quoi faire de ma vie une fois le stage au centre culturel terminé, alors je préparais les entretiens de cabinet de conseil en stratégie pour mon stage suivant. Ce n'était pas une perspective réjouissante, mais ça semblait parfois être la seule option valable. On peut se tromper, mais seul le mouvement permanent nous donne l'impression d'être dans la bonne direction. Avec des heures de travail absurdes, j'aurais enfin le sentiment d'être importante.

J'apprenais des choses inutiles et je lisais les conseils d'hommes en costume qui n'avaient rien à voir avec moi. Assis bien confortablement dans leurs chaînes YouTube monétisées, ils avaient l'air de savoir de quoi ils parlaient. Si c'était si bien que ça, McKinsey ou le BCG, alors il fallait que j'y aille moi aussi. Ce n'était pas possible qu'autant de monde poursuive un but aussi vain, il devait y avoir un fond de vérité, une béance inaccessible à l'œil nu.

Combien de balles de golf peut-on mettre dans un 747 ? Assise sur le canapé jaune, je passais en revue des séries de questions psychotechniques débiles auxquelles je pouvais être soumise lors du processus de recrutement. J'ai essayé d'écrire aussi, c'était d'ailleurs ce que j'étais supposée faire. Quand j'avais rencontré Nathan, c'est comme ça que je m'étais présentée. J'étais une fille qui écrivait, qui vivait de l'art, pour qui tout était littérature. Que dalle. Mes poèmes sonnaient mièvres et mon journal était plein de ressentiment.

J'ai vite arrêté et je me suis concentrée sur les chiffres.

FIG. 1 – ALICE

Combien de litres d'eau faut-il pour arroser les pelouses de March College pendant un semestre ? Combien d'heures faudra-t-il attendre jusqu'à ce que Nathan revienne s'effondrer au lit à deux heures du matin sans même me faire l'amour ?

11

C'était la cinquième fois qu'on esquissait ce ballet. Il était seize heures et dix minutes et j'avais envie de pleurer. Nathan venait de partir, il m'avait embrassée sur le front.

L'hôtel-restaurant était en face de l'appartement : de là où j'étais, je les voyais s'affairer en rythme. Ils préparaient la soirée, mettaient en place les tables, coupaient de larges et vertes rangées de légumes produits dans la vallée de l'Hudson. Ils étaient une dizaine de jeunes, probablement tous étudiants dans une discipline artistique à March : ils semblaient avoir été recrutés pour leur look intello et leur capacité à baragouiner trois phrases en français aux clients cosmopolites sans avoir l'air trop idiots.

Ce qui me faisait mal, c'était la masse de temps morts, nécessaires à la construction d'une équipe soudée pour le restaurant, mais terribles pour la Pénélope de fortune qui attend dans un appartement vide. Les pauses clopes qu'ils prenaient ensemble me fendaient le cœur parce que moi, je n'avais personne à qui parler pendant que leurs cigarettes se consumaient. Ils prenaient l'air.

Je laissais la fenêtre fermée pour imaginer les conversations, garder un peu de matière pour que Nathan me les raconte en ses propres termes.

En transparence par les fenêtres – l'appartement n'était qu'au deuxième étage –, je les ai vus lancer le dîner du personnel un peu plus tôt que d'habitude. Nathan était assis à la droite d'une blonde plutôt mignonne, menue, qui se tenait droite, avec de grandes lunettes. Il semblait s'amuser. Il avait l'air vif qu'il prenait quand il racontait des anecdotes croustillantes pour choquer son auditoire, souvent sans se soucier qu'elles fussent vraies.

J'avais l'impression qu'il souriait toujours plus avec les autres qu'avec moi, peut-être était-ce simplement un effet de perspective. Je n'aurais pas pu comptabiliser ça de manière scientifique, ça restait juste une frustration comme ça.

Un peu plus tard, je suis allée à la pizzeria au coin de la rue pour enfin me lever et arrêter de regarder Nathan par la fenêtre telle une voyeuse. Comme je n'avais pas assez faim pour une pizza à moi toute seule et que je n'avais personne avec qui la partager, j'ai commandé deux *garlic knots*. Ce sont des nœuds de pâte saupoudrés d'ail, cuits au four, comme des larmes de pizza. Ça n'avait rien de très nourrissant mais j'emmerdais ma santé, les légumes ou encore le concept de repas complet : j'avais envie de réconfort, ça passait par du gluten et des saveurs fortes qui resteraient dans ma bouche.

Quand je suis repassée devant l'hôtel-restaurant après avoir récupéré ma commande, Nathan était encore en pause, avec sa cigarette. À croire que c'était le service qui faisait office d'intermède, et que l'essentiel se jouait en dehors. Il portait un petit tablier qu'il devait laver lui-même. Une fois, je l'avais repassé pour lui. C'était un geste d'amour comme un autre, mais maintenant il me semblait ridicule.

Les premiers clients allaient arriver d'ici quinze minutes. Je connaissais les horaires d'ouverture par cœur. En passant à côté, avant de remonter à l'appartement, je lui ai lancé un regard que je voulais un peu mystérieux. Il m'a fait un signe de la main. Il était avec la blonde, beaucoup moins jolie vue de près, un peu une tête de souris, aucune chair, en grande conversation avec lui. Ça suffisait à me rendre jalouse. Comme pour l'ersatz de pizza aillé, je n'avais que les miettes, la fin de soirée. J'accédais enfin à Nathan quand la source s'était tarie et qu'il n'avait plus l'énergie de discuter vraiment. À ce stade de la nuit, il perdait à la fois sa tolérance et sa curiosité.

Une fois la porte de l'appartement fermée derrière moi, et sans prendre la peine de m'asseoir ou de me laver les mains, j'ai mangé les deux *garlic knots* sans m'arrêter, l'un après l'autre. Je mordais dans la pâte comme j'aurais sans doute mordu dans ses cuisses, s'il m'avait seulement laissé le temps d'éveiller nos sensualités avant de dormir.

Ce soir-là, en rentrant à la fin de son service, après s'être plaint de ses pourboires (« tous des radins, ces intellos ! ») et du chef de rang (« quel lèche-bottes, celui-là... »), il m'a parlé de leur nouvelle recrue, la petite souris blonde avec qui je l'avais vu discuter plus tôt.

« Cette fille est incroyable ! Tu n'as pas idée de tout ce qu'elle fait. »

Et comme moi je n'avais rien d'autre à dire, je l'ai laissé me le raconter par le menu. Ça changeait des longs discours sur le service du soir. Les voyages, la peinture, les foutus cours de chant. « Ah, super, j'acquiesçais, dis donc, quelle vie palpitante, il y en a qui savent tout faire. »

Mon agacement ne transparaissait jamais en anglais, je disais tout d'un ton égal. Ma froideur pouvait se masquer sous une incompréhension de l'accentuation des phrases. J'avais mon maquillage permanent.

Moi, de mon temps libre, je ne faisais plus rien, ou plutôt j'attendais. Alors qu'est-ce que j'avais à répondre, quand on me demandait ce que j'aimais faire ? Probablement que j'aimais Nathan.

Pour être franche, il aurait fallu dire que j'aimais patienter, faire le vide puis le dissiper : perdre mon temps.

12

C'est le troisième mois que des choses vraiment étranges ont commencé à se produire.

J'en parle comme de phénomènes paranormaux. Il s'agissait de comportements humains. Je n'ai juste pas pris l'habitude de questionner sur le moment. On me proposait de faire quelque chose et, par réflexe, parce que c'était nouveau, je disais oui.

Quand j'en ai enfin parlé à ma mère de vive voix, bien longtemps après les faits, c'est sur la date du 4 octobre que nous nous sommes accordées. C'est là que j'aurais dû l'appeler, lui dire que quelque chose n'allait pas, et que j'avais besoin d'aide.

À ce stade, j'étais encore persuadée que tout ce qui m'arrivait était normal. Comme je n'avais pas beaucoup d'expérience en matière amoureuse, je prenais les rituels qui m'étaient infligés comme un mal nécessaire à toute idylle un peu sérieuse.

Par ailleurs, j'étais seule dans un autre pays, où s'intégrer passe souvent par le fait de ne plus poser de questions. Tout devait sembler normal, et non plus exotique ou incompréhensible. Ce qui aurait émerveillé au premier jour se doit d'être accueilli avec flegme.

Je me soumettais à ce que les autres voulaient pour moi, espérant ainsi me rendre indispensable. Peut-être qu'ils ne remarqueraient plus jamais que j'étais une pièce rapportée.

Il y a une frontière très fine entre le statut de muse et celui de victime. Je n'avais pas fait toute la différence dans ma tête entre l'un et l'autre. Je partais du principe que je disposais de mon corps comme je le souhaitais, et que participer aux œuvres d'art des autres n'était pas différent de m'astreindre à une activité sportive ou à un régime, par exemple. J'acceptais bien de soumettre mon corps chaque année à des rituels codifiés, m'étais-je dit. L'art, ce n'était pas si différent, et c'était plus prestigieux.

Tout a donc vraiment commencé le soir où ils m'ont enterrée vivante.

Je n'avais pas tout de suite compris qu'ils me voulaient comme héroïne. Je n'avais pas non plus deviné le concept de leur projet. Il avait pourtant été sous mon nez pendant plusieurs semaines avant les faits.

« Il ne faut pas attendre que les choses meurent pour s'en séparer », disait, placide, une des notes dans le journal à la couverture en kraft sur lequel Nathan préparait ses projets.

Je lisais ce carnet en douce lorsqu'il travaillait au restaurant, et peut-être qu'il le laissait en évidence sur son bureau à cet effet. J'avais d'abord pris cette phrase comme l'arrêt de mort de notre relation, une métaphore du plaisir qu'il n'y trouvait plus.

Un soir, il était rentré de son service un peu moins fatigué que d'habitude. Il m'avait enfin parlé de son nouveau projet dans le détail. J'avais arrêté de fantasmer sur le contenu du carnet, ou de me méfier, puisqu'il le partageait avec moi de vive voix, sans même que je lui en fasse la requête explicite.

« Est-ce que tu accepterais de jouer dans notre film ? »

D'un côté, j'avais été rassurée : il m'impliquait toujours dans ses projets, j'étais nécessaire. De l'autre, j'avais beaucoup de questions. Ça l'énervait que je l'interroge tout le temps sur ce qu'il se passait et que je m'intéresse au moindre détail par volonté de contrôle. J'avais pris l'habitude de filtrer mes demandes et de ne garder que l'essentiel.

« Au fait, pourquoi est-ce que vous me prenez *moi* pour le projet ? » avais-je osé demander après quelques minutes à le laisser m'expliquer sa nouvelle fantaisie qui m'emmènerait un mètre sous terre.

« On ne pouvait pas trouver mieux que toi, c'était évident », avait-il répondu avec un grand sourire. Si c'était une fausse réponse, sur le moment, je m'en suis contentée.

J'avais vite compris que Léonore n'était pas de mon côté cette nuit-là.

C'était elle qui m'avait déshabillée dans sa chambre d'étudiante. Cette dernière, à l'inverse des dortoirs où vivaient les autres, ressemblait curieusement à sa chambre de New York : mêmes carnets en lignes dures, livres d'art et de voyage, draps en lin comme un miroir.

Elle avait d'abord enlevé mon pull, puis mon haut. Elle les avait pliés méticuleusement en un petit tas sur son lit. Ce n'était pas une scène sensuelle : elle relevait plutôt du médical. Quand ma peau nue s'était finalement dévoilée sous les couches de vêtements successives, elle avait eu un petit rire satisfait. Je l'ai interprété comme celui d'une concurrente rassurée, et j'avais probablement raison. Seuls mes seins me donnaient l'avantage sur elle. Elle m'avait prêté un grand peignoir en éponge bleu et des claquettes pour marcher jusqu'au bois.

Léonore avait mis du noir sous mes yeux et du rouge sur ma bouche à gros traits grossiers après avoir dit : « On va arranger ça », d'un ton expert. Il fallait que mon visage terreux ressorte sur le sol, ou alors on perdrait l'effet visuel escompté.

« Qu'est-ce que tu es pâle, Alice, c'est par-fait ! » avait-elle dit, et, interdite, je l'avais remerciée pour le compliment.

Elle m'avait prise par le bras pour aller jusqu'au bois. Sa main était chaude. On descendait lentement la pente du jardin pour que je ne glisse pas dans les tongs. J'étais seule à me rendre jusqu'au bois avec elle mais ça avait quand même des airs de peloton d'exécution, ou alors plutôt d'une balade millimétrée avec une infirmière revêche dans le parc d'un asile de fous.

À aucun moment je n'ai montré de signes de rébellion. C'est ce qu'on me reprocherait plus tard : on dirait que j'étais consentante. J'avais déjà dit oui, il n'aurait pas été correct de faire demi-tour parce que j'estimais m'être trompée.

Après tout, Nathan m'aimait. Il n'aurait pas voulu me faire de mal.

Une fois l'enregistrement commencé, c'est lui qui avait parlé. Il m'a demandé de dire mon nom face à la caméra, comme un bout d'essai pour un casting.

J'entends encore en boucle la phrase dans ma tête. « Est-ce que tu es vraiment satisfaite de ta vie ? Si tout s'arrêtait, là maintenant, de quelles images te souviendrais-tu ? »

Tout en me recouvrant de terre avec une pelle, Nathan me parlait. C'était du matériel de bac à sable : une pelle jaune et de petite taille, dont l'anse était faite pour une main de bébé. Il y avait un poulpe rieur du côté gauche. Ça devait sûrement être perturbant de suivre notre conversation normale, ininterrompue, tout en regardant la scène. C'était, je suppose, ce qu'ils recherchaient. L'anormale étrangeté du *small talk* qui tue. La fin des conversations. La mort annoncée dès l'enfance.

Ils avaient écrit toutes ces significations foisonnantes sur une petite feuille pour préparer le livret d'exposition. C'était un projet pour valider leur semestre. Nathan voulait le joindre à son dossier de candidature à la *graduate school*. Il fallait que ce soit bientôt prêt.

« Est-ce que tu es vraiment satisfaite de ta vie ? » demandait l'acteur face à moi.

J'avais peine à reconnaître les traits du garçon avec lequel je sortais depuis deux mois. Mon amant était devenu mon fossoyeur.

« Je pense qu'on peut toujours faire mieux », répondait l'Alice du film. Du moins je crois, je ne me souviens pas trop de ce que j'ai dit. Ce film, je n'ai jamais voulu le regarder en entier. Je ne m'y reconnais pas.

« Qu'est-ce que tu ferais différemment, si tout était encore possible ? »

Après le tournage, on est rentrés à l'appartement de Willowbrook tous les deux. Il m'a rincée sur le parking pour que je ne salisse pas trop la voiture. Là, j'ai pris une longue douche, mais le sentiment d'étouffer ne m'a pas quittée.

La texture de la vieille serviette de bain sur ma peau me rappelait la terre granuleuse qui pendant quelques heures m'avait lentement recouverte. J'avais l'impression que je retrouverais du noir sous mes ongles de pied pendant encore des semaines. Je m'étais promis d'aller immédiatement faire une pédicure à Chinatown le lendemain. Si les esthéticiennes zélées se formalisaient de ce qu'elles trouvaient, je leur dirais que j'avais fait du jardinage.

J'avais encore chaud, mais je grelottais. C'était le contrecoup de la scène. J'étais restée deux heures dans le trou. Je m'étais assise sur le canapé du salon sans prendre la peine de me rhabiller : je voulais le moins de strates possibles entre moi et le monde. Enfiler des vêtements m'aurait donné le sentiment d'étouffer, si j'avais, encore une fois, perdu contact avec la lumière du jour, le temps de passer ma tête dans le col d'un sweat-shirt.

Nathan, lui, était déjà occupé à visionner la vidéo à son petit bureau. Il accordait déjà plus d'importance au personnage qu'à l'actrice. La plupart des gens vivent trop dans l'anticipation et en oublient le présent : lui était centré sur ce qui s'était passé, sur la façon dont il l'avait enregistré et sur comment il allait le raconter.

C'est moi lors de la performance qu'il voulait voir, pas moi en train de pleurer après parce que je regrettais d'avoir dit oui. Il préférait la muse libre à la femme véritable. C'était cette version de moi-même qu'il me fallait être si je voulais garder son attention sur le long terme.

Je me souviens d'avoir pensé qu'il me faudrait du temps avant de pouvoir m'allonger sur une pelouse, à même l'herbe mouillée, sans revivre la scène que l'on venait de tourner.

On m'avait enterrée vivante dans un bois désert à des milliers de kilomètres de chez moi et je n'avais rien trouvé à y redire.

Fig. 2 - NÉGATIFS

« On prend en photo les jeunes enfants parce qu'ils ne savent rien. C'est vous qui avez pris toutes les décisions pour eux. En prenant la première photo du nourrisson, vous affirmez votre pouvoir sur quelqu'un. Vous faites l'expérience de la domination pure et simple. Cette personne n'a pas décidé d'être là. Et pourtant, elle existe, démultipliée dans l'objectif comme sujet d'une histoire que vous êtes désormais libres de raconter. »

Manifeste de la photographie réelle, I

NATHAN / 1

Si vous me permettez, il faut que je commence au tout début. Genre, par mon enfance. C'est important. Promis, je ne vais pas tout raconter. Seulement ce qui m'a amené là. Ce qui *nous* a amenés là, d'ailleurs. Parce que je ne suis pas seul, dans l'histoire. Je peux vous appeler Vera ? D'accord, pas tout de suite. C'est vous qui voyez, si vous êtes plus à l'aise comme ça. Vous mettez de la distance entre vous et moi comme si j'étais un fou dangereux. Elle ne vous suffit pas, cette vitre ?

Je n'ai pas toujours eu confiance en moi, et encore moins dans mes idées. Tout ça, c'est récent, vous savez. Je vais vous dire les choses telles que je les ai vécues, moi, et puis vous pourrez vous faire votre propre idée. C'est votre travail, non ?

J'ai toujours fait partie de ces gamins que l'on regarde avec compassion parce qu'ils ne sont pas habillés comme il faut et qu'ils jouent à domicile pendant les vacances scolaires. Pas de logos sur le torse, ni de colos avec cours de tennis et tuteurs d'allemand. Pas de grands-parents dans les Fire Islands avec des jardins ouverts sur l'océan non plus. L'argent a toujours été un problème, pas parce qu'il n'y en avait pas à la maison, mais parce que mon père le dépensait toujours pour ses poules.

Ce qu'il aimait faire, c'était rester pour le week-end à l'endroit où son travail l'avait amené en déplacement pour la semaine. Je n'ai jamais compris ce qu'il faisait dans la vie, ni pourquoi ça impliquait qu'il voyage autant. « Représentant », ça ne voulait rien dire pour moi. Je sais juste qu'il n'était pas souvent là, et que d'un côté, ce n'était pas si mal. Ma mère et moi, on avait nos routines. C'est grâce au Scrabble que j'ai appris à épeler tous les mots importants. On mangeait des frites.

Il nous proposait parfois de le rejoindre, mais c'était toujours sur un ton vague, au moment où c'était de toute façon impossible. Dix-sept heures quarante le vendredi soir, le téléphone de la cuisine qui sonne, puis sa voix sur haut-parleur : « Ce serait sympa d'être ensemble, ici à Miami, le sable est chaud, il disait, quand je m'allonge dessus je ne mets même pas de serviette, il m'enveloppe. »

Il n'y avait pas de vol et l'aéroport était loin, mais il y mettait les bons mots et ma mère raccrochait, rêveuse, elle y avait cru au moins pendant trente secondes. Elle pensait à la texture du sable, j'en étais sûr, et à la seule fois qu'ils étaient allés à la mer ensemble, pendant leur lune de miel en Floride, quand ils étaient jeunes et beaux, que je n'étais pas là, et que la pauvreté avait du coup moins d'importance. Elle avait dans sa tête une version de mon père que je n'avais jamais connue. Elle la convoquait dans le salon, hologramme fané qu'elle était seule à voir.

Maintenant que j'y pense, c'était un genre de poète. Il devait leur dire la même chose, aux filles.

Je me demande où il les récupérait, s'il les draguait dans les salles de conférence toute la semaine et les avait à l'usure, ou bien s'il les cueillait dans les bars, une fois le coup de téléphone inutile à Westport barré de sa liste.

Peut-être que c'étaient des putes. Quand il n'y parvenait pas. C'était plus facile de trouver des prostituées qui tolèrent d'être frappées que des femmes qui ne font pas ça pour l'argent, enfin j'imagine.

Au collège, un jour, la prof d'anglais nous a demandé de préparer un exposé sur quelqu'un de vivant qui comptait pour nous. Tout le monde l'a fait sur son père ou alors sur un autre membre de sa famille. Je suis le seul à l'avoir fait sur un artiste. Ma mère venait de me donner à lire *Maus*, d'Art Spiegelman, et je l'avais dévoré en deux nuits.

« Ce n'est pas parce que tes grands-parents ne sont pas morts dans les camps que tu ne dois pas t'intéresser à tout ça », m'avait-elle dit.

À la fin du cours, mon voisin de table, un tout petit mec nommé Ben, m'avait demandé pourquoi j'avais fait mon intéressant.

« Les gens que je connais me déçoivent, je préfère parler de ceux qui font des choses bien », avais-je répondu, et nous étions devenus amis.

Lui aussi, sa famille le décevait. Il n'avait simplement pas le cran de le dire à voix haute, devant toute la classe. Comme quoi la pauvreté, elle est aussi à l'intérieur, parfois elle ne se voit pas à l'œil nu. On peut avoir plein de jouets chers et quand même avoir envie que le faux pistolet de cow-boy flambant neuf qui dort dans le coffre de votre chambre soit un vrai *gun*, pour tous les tuer.

Je dis ça comme ça, Ben ce n'est pas le genre de fou furieux à rêver de tueries de masse. Il ne serait jamais sorti d'un lycée en boitant, couvert de sang avec une arme à feu dans la main. Il aurait juste bien aimé buter son père, une fois pour toutes, comme moi j'aurais aimé finir le mien.

Je ne suis pas quelqu'un de violent, j'avais envie de défendre les gens que j'aimais. Ma mère n'avait rien mérité de tout ça. C'est elle qui comptait, parce qu'elle était tout ce que j'avais.

Avant de la tromper à répétition, mon père la frappait. Je ne sais pas ce qui était le mieux.

Vous allez me dire, c'était peut-être mieux qu'il soit loin, qu'il évacue ses humeurs par le sperme davantage que par les coups. Ma mère, je crois qu'elle préférait qu'il rentre tous les soirs, et qu'il la jette sur le sol de la cuisine quand il avait passé une sale journée. Elle s'accrochait à sa jambe, et avec toute sa force, il se dégageait, mais elle restait les deux mains autour de sa cheville. Alors elle glissait sur le sol, quand il s'éloignait d'elle, comme un enfant sur la neige. Je n'ai jamais bien compris les mécanismes de l'attachement.

Vous voyez, je disais pas des conneries, c'est là que tout a commencé. Ben, l'argent, la violence : j'avais douze ans et tout était déjà là. Pour la plupart des gosses, tout y est en germe.

Vous avez eu quelle genre d'enfance, vous, Vera ? On tape aussi sa femme, là d'où vous venez ? Et Léonore, elle vous l'a racontée, la sienne ?

LÉONORE / 2

Tu es née dans l'Upper East Side. C'est tatoué sur ton front et sur le livret de famille à l'encre indélébile. Tu étais à peine sortie du ventre que tu étais habillée en marques. Tes pieds faisaient la taille d'un pouce mais ta grand-mère paternelle avait ramené une layette Baby Dior à la maternité. Ta mère, la roturière relative qui aurait plutôt choisi Petit Bateau, l'avait regardée avec de grands yeux : « Elisabeth, vraiment ? »

Ta mamie voulait le mieux pour toi, elle le lui a dit : sa petite-fille serait une princesse. À quoi bon continuer à exister, aigrie par la beauté dégradée et les genoux faibles, passé la soixantaine, si ce n'était pour offrir le meilleur à sa descendance ? Tu étais et resterais fille unique, alors elle avait focalisé tous ses efforts sur toi, parfaite petite poupée. Pas de frère ou de cousine avec qui partager les oppressantes attentions, ni un beau jour l'héritage. Déjà, tu te savais hors d'atteinte ; le monde réel n'aurait jamais de prise sur toi.

Ta mère avait grogné pour le principe mais avait accepté les cadeaux et la jeune fille au pair qu'elle vous avait recommandée chaleureusement. Elle avait gardé la fille de l'attaché culturel avant de changer tes couches.

C'était une jolie Française qui te chuchotait « bonjour » et « merci ». Toi, tu babillais, elle t'appellait mademoiselle Léonore, pas Léonore tout court. Elle dormait dans la chambre d'amis au bout du couloir, c'est la seule partie du royaume à laquelle tu n'avais pas accès, et c'est donc là que tu avais envie de jouer. Le soir, tu l'épiais quand elle mettait son pyjama.

Tu avais vite servi de mannequin aux copains créateurs de tes parents pour leurs collections bébé, petit poupon muet puis gamine nubile et docile sur les photos qu'ils voulaient tous prendre avec toi. Déjà à cet âge, on sentait ta réticence à participer au monde et ta capacité à l'observer, sans avoir l'air d'y toucher. C'étaient les amis de ton père, ils gravitaient dans la même sphère, hors-sol, défoncés dès le matin et persuadés d'avoir de bonnes idées. Ta mère était sobre et chiante, alors ça compensait.

Le groupe d'amis de ton père était omniprésent, ils existaient en bande sourde autour de toi. Malgré les séances photo pour des marques criardes qui t'ennuyaient, tu avais trouvé une sorte de paix dans la présence de ce collectif qui ne se devait rien et semblait coexister dans une paix relative, avec toujours à cœur l'harmonie. À chaque fois, ils arrivaient et rejoignaient ceux qui étaient déjà là, l'appartement ouvert aux quatre vents, dans la position où les autres évoluaient : plongeon immédiat dans le fauteuil ou bien assise pensive sur l'un des fauteuils du bar. Tout avait l'air nécessaire, important.

Même les premiers arrivés semblaient reprendre au pied levé

une conversation commencée autrement, alors qu'avant il y avait le silence. Il n'y avait jamais d'introduction ou de formules de politesse, c'est là que tes parents se détendaient.

Dans la vie réelle, c'est-à-dire au travail, ton père était toujours tendu et droit. Debout, le visage dur, il négociait constamment. Ta mère aussi. Tu aimais les voir enfin au repos, avachis sur les canapés, les mains levées vers le ciel pour maintenir leurs verres de vin à l'équilibre quand ils riaient et que leurs corps se secouaient le temps d'un subreptice éclat. Comme ça, tu aurais pu les aimer.

Ton enfance fut paisible et gâtée mais elle ne t'appartint pas ; ton entourage t'avait modelée à son image. C'était compliqué de s'y retrouver entre le vrai et le feint.

On t'offrait des vêtements pour que tu ressembles à l'une ou l'autre de tes marraines, on disait, l'air ravi : « *baby* Mary ! » ou « *tiny* Laure ! » selon que tu arborais la marque fétiche de l'une ou de l'autre. On t'appellait à chaque fois pour que tu viennes dire bonjour aux invités comme on demanderait à un chien de s'asseoir pour montrer qu'il est bien dressé. Seulement, il y avait du monde tous les soirs, c'est usant de paraître.

« Léonore, tu viens manger ? » hurlait ta mère, depuis la cuisine, sur le ton à la fois tendre et exaspéré qu'adoptaient toutes les femmes au foyer du monde. Elle avait arrêté de travailler pour s'occuper de toi, et elle faisait tout sauf ça.

L'appartement était grand, alors elle poussait le volume de sa voix au maximum. Même si tu ne faisais rien quand elle t'appelait, tu décalais ta venue de quelques minutes. Tu n'allais pas tout laisser en plan juste parce que l'on te sommait de descendre dîner des surgelés ou des derniers canapés du traiteur en vogue.

Tu finissais toujours par obtempérer, et même si tu renâclais pendant de longues minutes, ils n'y trouvaient rien à redire. Leur fille avait des projets, une personnalité bien à elle. Elle ne zonait pas comme tous ces gamins dont on ne savait quoi faire. Elle prenait soin d'elle.

Tu aurais aimé qu'on te réduise à une autre de tes nombreuses qualités, mais c'est pourtant ta beauté que l'on louait en permanence depuis l'âge où tes lèvres s'étaient fendues, laissant apparaître deux rangées de dents de lait, déjà blanches et alignées. Tu n'en avais pas trouvé l'intérêt avant, mais ça avait fait son effet. Tu avais persisté dans l'exercice. C'est vrai que tu avais ce don d'être une emmerdeuse, mais d'être souriante en toute circonstance, de façon proportionnelle à ton mépris. C'est ça qui donnait confiance aux gens, qui les faisait aller vers toi.

Tu avais tout compris. Les adultes tombaient autour de toi comme des mouches. Ils enviaient tes parents à voix haute, devant leurs propres mioches : « Qu'est-ce qu'elle est mature, votre fille ! »

Mature, c'était le mot. Comme un bon fromage, cher. Tu avais tout fait avant tout le monde : marcher, parler, lire, et même jusqu'à faire pointer tes seins, à la surface de ton petit corps parfait.

La première fois que vous étiez allés en Grèce, tu avais pris la mesure des changements de ton corps. Ton père et ses copains avaient acheté des maisons dans le même petit village, dans le sud de l'île de Patmos. Le plan était d'y aller ensemble tous les étés pour troquer la chaleur de la ville pour celle de la mer Égée.

Tu aimais les îles du Dodécanèse, plus sauvages que les Cyclades, tu l'avais lu dans le guide. Vous y croisiez quelques célébrités à qui tu n'osais demander des autographes mais que tu étais persuadée, par ta fréquentation assidue des magazines people de ta mère, de connaître intimement. Tes parents s'accointaient davantage avec des magnats de la finance qu'avec des chanteuses, mais tu confondais déjà photo et réalité. Quand les paparazzis avaient le malheur de photographier une star quelconque en train de bronzer sur une plage où tu t'étais déjà rendue, ton cerveau faisait des raccourcis faciles. Tu essayais de te rappeler si oui ou non tu étais présente ce jour-là, si tu faisais partie de la grande histoire. Tu cherchais ton ombre sur la photo.

Ce jour-là, Mary et Laure étaient parties faire un massage minceur au spa avec ta mère, il n'y avait que les hommes autour du barbecue. Quand tu as plongé dans la piscine de la villa avec ton deux-pièces triangle déjà trop petit et que tu es sortie de l'eau, les regards se sont tournés puis détournés de toi à une vitesse inconstante.

« Dis donc, c'est que notre Léonore est devenue une vraie petite femme ! » avait dit Rob à la cantonade, et si ton père avait ri, tu avais perçu sa gêne.

D'une certaine façon, par ta puberté soudaine, il perdait son pouvoir sur toi, et ça le dérangeait. Ils avaient alors continué à parler de toi comme si tu n'étais pas avec eux pendant quelques minutes. Tu apprendrais vite que certains hommes n'agissent pas seulement comme cela avec les enfants mais continuent à le faire toute leur vie avec les femmes.

« Elle va en faire tourner, des têtes, celle-là, à la rentrée », avait conclu Rob avec un rire si gras qu'on aurait pu en détacher la couenne.

Ils étaient ensuite revenus à leur sujet de conversation initial comme si de rien n'était, se désintéressant tout à fait de toi. C'était comme si Rob avait seulement réalisé qu'il n'était pas très opportun de s'attarder sur le physique d'une gamine à peine pubère, surtout quand c'était la fille de son meilleur ami. Tu étais presque une adulte. On n'avait plus le droit de te fixer, te détailler, enfin tu n'étais plus une chose. L'indécence de ta chair pressée de jaillir t'avait sauvée, tu y voyais enfin un avantage.

Ta mère avait cessé de te brosser les cheveux à peu près à cette époque-là. Une fois, elle avait prononcé le mot « aguicheuse » à ton égard en te découvrant dans ta première robe bustier, chipée à une copine. Tu l'avais noté avec une faute d'orthographe dans ton carnet, et tu en avais découvert la signification à retardement, deux jours plus tard, à la bibliothèque du collège.

C'est comme ça que tout avait commencé. Tu avais grandi trop vite entre un père qui t'adorait et une mère qui te méprisait, les deux à juste titre, robinets d'argent, grands salons froids, attentions rares, et un jour tu étais devenue ce que tu détestais le plus chez les deux.

Tu t'étais emparée de la condescendance de tes parents envers le reste du monde et tu l'avais faite tienne, comme un héritage. Tu serais pour toujours de l'autre côté du cadre, les autres tenus à bonne distance. Ça t'avait pris comme une envie de pisser, tu voulais faire de la photo.

Toi qui avais toujours détesté poser ou être épiée, tu t'apprêtais à infliger ça au reste du monde, ceux qui auraient l'honneur d'être de l'autre côté de ton objectif. Au moins, il y aurait pour toujours une barrière entre eux et toi, infranchissable comme un quatrième mur de théâtre : la lentille.

Et là, sur ce campus où tu t'étais retrouvée davantage par hasard que par affinités, tu t'étais rendu compte que grâce à ton nom et à ta morgue, sans être plus spéciale que les autres, tu pouvais être la reine.

NATHAN / 3

Ça aurait été plus naturel que je n'aille pas à l'université, comme les autres ploucs. Tout m'y a poussé pourtant : mon instinct grégaire, ma fierté de mec, Ben. Ce n'était pas mon idée et pourtant cela m'a vite paru évident.

Quand j'ai reçu la lettre d'admission à March, j'ai imaginé les scènes de liesse non déguisées dans les autres maisons, celles des gens normaux, pour qui quitter le nid est une évidence, quelque chose qui se prépare à l'avance et se célèbre avec fracas. Vous avez dû faire des études supérieures, Vera, avec un job comme le vôtre. Je suis sûr que vous voyez de quoi je veux parler. Les bouteilles de champagne bien rangées dans le frigo anticipent les occasions de se réjouir. Les bulles sont au frais, alors il s'agit d'avoir un succès à fêter. C'est la prophétie autoréalisatrice des familles à qui tout réussit. Nous, ce jour-là, on avait du Coca tiède, et c'était déjà bien.

Mes camarades avaient rejoint tous les clubs possibles pour que leurs lettres de motivation fassent le bilan ému de leurs nouvelles passions. Danse, ukulélé, échecs. Il valait mieux être médiocre dans trois disciplines que bon dans une seule. Moi, je faisais seulement partie du club photo du lycée. C'était la seule chose qui m'intéressait. Selon Ben, ce n'était pas assez, alors jusqu'au bout, j'ai douté.

« C'est la banque ? » s'est inquiétée ma mère depuis la cuisine lorsque j'ai déchiré l'enveloppe.

J'avais les mains qui tremblaient, j'ai dit que non, « c'est rien ».

C'était pire que les lettres de relance de la banque, je trouve après coup, c'était le début de ma perte. Je n'ai rien lâché sur le moment. Je suis juste rentré dans ma chambre, avec la lettre.

J'ai fermé la porte derrière moi, sans hâte, pour ne rien laisser transparaître. Je me suis assis sur le lit, les deux pieds bien ancrés dans le sol. Là, une fois hors de sa vue, j'ai hurlé mais sans faire de bruit. Ma bouche s'est tordue dans une grimace extatique, mon visage était déformé. Ils m'avaient accepté. Elle n'aurait pas compris pourquoi ça me rendait heureux, ou alors elle aurait tenté de m'en dissuader.

Ma mère n'a pas été à l'école. Je crois qu'elle a arrêté à seize ans, au moment où on ne fait plus chier les parents de la classe ouvrière avec le concept de scolarité obligatoire. L'argent que je m'apprêtais à dépenser, elle l'aurait investi ailleurs, en tout cas pas sur moi. Je ne suis pas un produit d'épargne, plutôt une action risquée, sur laquelle on se garderait bien de miser sa chemise.

La joie a grossi dans ma poitrine, c'était insupportable, ça débordait de ma cage thoracique. Je m'énervais tout seul de me réjouir de cette victoire à ce jeu vain dont je n'étais même pas l'initiateur.

I'm in, dude ! j'ai tapé à la hâte sur mon téléphone. Ben m'a envoyé une série d'émojis appropriés en guise de réponse. Confettis, flammes, appareil photo. Lui aussi, c'était bon, il irait à March l'an prochain.

Il le savait depuis une semaine, mais il n'avait rien dit, « au cas où », il me l'a avoué après.

Je me suis souvent demandé si c'est parce qu'il doutait encore de mon talent, ou si c'était par bonté enfantine, parce qu'il voulait que l'on se réjouisse ensemble, que l'on partage cette micro-extase devant la lettre comme deux apprentis sorciers confirmés dans leur don.

C'est surtout grâce à Ben que j'ai envoyé le dossier.

Il m'a pris dans un coin, un jour, et il m'a confié ce que personne n'osait me dire. Si je n'allais pas à la fac, il y aurait toujours un doute dans la tête des gens qui m'interrogeraient sur mon parcours universitaire.

« Et vous, vous êtes passé par où ? » me glisserait-on entre deux verrines dans les vernissages, le jeudi soir, comme s'il fallait *entrer* quelque part et que j'étais, tout ce temps, resté en dehors du monde.

Le doute ferait rage dans les cerveaux des collectionneurs, mondains, et autres pique-assiettes dont l'opinion, apparemment, avait de l'importance. Est-ce que je n'y étais pas allé par manque de talent ? Par flemme, manque de mordant ? Que s'était-il passé pour que je ne rejoigne pas la grand-messe des études supérieures ? C'était une case à cocher comme une autre, une occasion unique de remettre en question mes pratiques avant de jouer, à mon tour, le jeu des adultes.

La photo, pour moi, c'était « venu hyper naturellement », certes, avait-il continué. Je n'avais pas eu besoin d'apprendre de façon formelle, et il reconnaissait que j'avais toujours de bonnes idées. *You're a damn genius.* Il m'avait flatté un peu pour que je l'écoute mieux. Mais refaire un peu de technique, travailler au contact des autres, recevoir des critiques, j'avais besoin de ça. Je me leurrais, avec le fantasme de ma solitude. Je n'allais pas « partir sur les routes et devenir Stephen *fucking* Shore ». Il me fallait un cadre.

Il m'avait dit ça, un peu froid, dans une salle de classe vide, comme on dirait ses quatre vérités à un jeune collégien prometteur ayant troublé l'ordre du cours de maths par provocation. Mon seul crime était de ne pas avoir envie d'aller à l'université, où j'étais sûr de trouver des gens avec davantage de pouvoir et de talent que moi. Peut-être que je n'avais pas envie de me confronter à ça.

Lui, il ne savait pas ce que c'était, de se sentir moins important que les autres, tout le temps.

Sans rien dire à ma mère, j'ai tout de suite renvoyé le chèque de préinscription. C'était simple : deux cents dollars pris sur mes économies, c'est-à-dire à peu près tout ce que j'avais, et une photo d'identité pour la carte d'étudiant. Je crois que c'était le bout de plastique le plus cher que j'aie jamais possédé en dehors de ma *credit card.*

La banque a bien voulu me faire un prêt étudiant. Je n'avais pas encore merdé, je portais le nom de famille de mon père et pas celui de ma mère aux mille créanciers.

C'est comme ça que je me suis retrouvé le cul sur un banc de bois, fin août de l'an de grâce 2012, et que j'ai vu Léonore pour la première fois.

LÉONORE / 4

Il était sept heures du matin quand le son du réveil avait ébranlé ton téléphone. C'était une musique de clown, un cirque ambulant. L'entendre faisait apparaître sous tes yeux un chapiteau dont les rouges devenaient de plus en plus chauds.

Tu t'étais dit plusieurs fois que tu devrais la changer, mais toutes les autres options étaient encore plus agressives. Elles t'arrachaient au sommeil avec leurs longues griffes sonores. Les tonalités midi de ton vieux Nokia te manquaient presque. Au moins, on savait déjà que ce serait désagréable au moment de les programmer. Là, tu te faisais avoir à chaque fois.

Tu avais roulé hors du lit avec un petit gémissement. Douche, tasse de café, serrées toutes les deux, puis tu t'étais coiffée devant le miroir. De quel côté était ce foutu mouvement déjà ? Ça chauffait ta crinière entre les plaques, le lisseur tournait à plein régime, et maintenant tes cheveux brillaient, filaments d'or noir.

Tu t'étais attardée sur le reflet de tes seins dans la glace, et tu avais choisi un soutien-gorge léger, qui ne t'oppressait pas. Il tenait le monde en place sans restreindre les longues respirations que tu devais prendre pour te détendre. Un, deux, trois, tu comptais les secondes. Il te fallait au moins ça.

Aujourd'hui, c'était toi, la nouvelle.

Ce n'était pas la première fois que tu faisais une rentrée universitaire. L'année précédente, tu avais essayé la *business school*, mais ce n'était pas le bon moment, ni le bon endroit.

Tu te couchais à l'heure où tu aurais dû te lever. Ce n'était pas de la paresse, mais du désespoir. Tu avais passé ton temps à dormir pendant les premiers cours du matin, et ceux de l'après-midi ne t'intéressaient déjà plus.

C'étaient des études qui t'auraient, à en croire ton père, rendue encore plus riche que tu ne l'étais déjà, permis de « faire fructifier le patrimoine familial ». Ça l'aurait rendu fier que tu deviennes comme lui. Vous auriez enfin eu des sujets de conversation. Le soir, tu faisais la conversation avec des gens qui voulaient devenir traders et tu buvais pour oublier cet endroit qui te transportait si loin de toi-même. Le patrimoine, cela faisait longtemps que tu avais perdu foi en lui.

Ta seule joie, c'était de faire la fête, le jeudi. Ivre, tu aurais pu être n'importe où. Après trois bières, dans un état de demi-conscience, tu regardais les femmes autour de toi. Plutôt, tu te comparais à elles. Tu enviais leurs poses lascives, la façon dont leurs corps prenaient la lumière sans qu'elles y mettent d'effort particulier. Leur parade nuptiale avait quelque chose d'authentique, des dizaines de silhouettes libérées du corset du lycée, évoluant d'un coup dans les pièces avec l'inconsistance des inconnus, infidèles à toutes les versions précédentes d'elles-mêmes, contemporaines de leur désir immédiat.

À la fin de l'année, tu avais demandé à recommencer à zéro, pendule, aiguilles dressées comme des I, et tu étais partie à March faire de la photo. *Bye-bye* finance de marché – comptabilité – stratégie d'entreprise, *so long, false friends !* Tu ne pouvais pas te contenter de te laisser aller, ou alors tu aurais lentement disparu. Toi, il t'était impossible d'être dans l'absence de contrôle. Les impuissants, tu préférais les regarder plutôt que leur appartenir.

Ton père t'avait toisée quand tu lui avais fait part de ta décision.

« C'est pas comme ça que tu pourras continuer à mener ton train de vie, ma cocotte. »

Il avait lâché une phrase du genre. Il y avait un animal péjoratif à la fin pour souligner son propos, peut-être pas une poule mais quoi d'autre ?

Tu avais dit tant pis, toi, tu voulais être artiste, c'était important pour toi. Il avait les moyens de laisser sa fille s'épanouir, non ? Il avait haussé les épaules, tu avais toujours été *awkward*, il s'y attendait à moitié. Maintenant les contours de sa bouche ne signifiaient plus rien. Il était déçu et il ne savait pas dans quel sens ranger ses lèvres pour te le faire comprendre.

Même quand il riait, il avait l'air de t'en vouloir.

Avec tes frais de scolarité de la première année, il aurait pu s'acheter une nouvelle voiture. Ta mère était morte deux ans auparavant, cancer du sein, il compensait par des objets.

La vie à travailler dans un bureau aux tons crème, chemise

repassée puis nouée tous les jours autour de ton torse comme un maquillage permanent, non merci. Il ne pouvait pas comprendre, tu le savais, c'est le genre d'homme qui comptait ses points de fidélité American Airlines avant d'aller dormir. Il se regardait fièrement dans le miroir du *lounge* dans cet état à demi mort entre deux avions, correspondance-champagne, satisfait d'être attendu quelque part par des gens comme lui.

Tu étais rentrée dans l'amphi avec quelques minutes d'avance. C'était le premier cours, vous étiez tous là : la promotion complète du programme de photographie de March s'apprêtait à communier.

Les gens étaient beaux. C'était sûrement un biais cognitif qui découlait de ton soulagement d'être là, mais tu avais détaillé les visages et tu avais constaté qu'ici tu ne trouvais aucun clone. Tu avais osé les regards appuyés et francs de celle qui est parfaitement à sa place, les gens t'avaient rendu la pareille. Tu étais chez toi, ton père pouvait bien la fermer.

Le prof, un binoclard moche qui avait très certainement une riche vie intérieure, vous avait demandé de vous présenter un à un. Parler en public tu n'aimais pas vraiment ça, mais à lui tu n'avais pas eu envie de mentir. Il était ce que tu voulais devenir, reconnu dans l'institution et dans la vie réelle pour son érudition et pas seulement pour ses donations généreuses. Ton père avait beau être idiot, ça ne l'empêchait pas d'avoir deux bâtiments à son nom dans son *alma mater*. Ton prof référent, c'était autre chose. Malgré sa laideur, il avait le charme des gens qui font les choses par eux-mêmes.

Tu t'étais tant perdue dans la contemplation de ton avenir

que tu en aurais oublié d'écouter les autres. Heureusement, il faisait l'appel par ordre alphabétique, et ton nom de famille commençait par un A. Évidemment, tu étais *toujours* en haut de la pile.

« Léonore ? »

C'était à toi. Tu avais entendu ton prénom. Pendant toute l'année précédente, tu t'étais inventé des vies, des désirs-destins imprimés à la planche à dollars. Là, c'était le cœur qui était sorti le premier par ta bouche, il avait roulé le long de ta langue râpée.

Tu avais dit qu'il y avait trop de choses que tu n'avais jamais su comment répertorier. La photo était censée t'aider avec ça. Montrer la vie réelle telle que tu avais l'impression d'être la seule à la voir, tant les autres n'en saisissaient que les calques successifs imposés par leurs familles, institutions, paroisses. Tu avais brodé là-dessus jusqu'à ce que ton prof t'interrompe avec gentillesse. Merci, personne suivante.

Tes camarades avaient hoché la tête avec la solennité d'un hommage funèbre. Tu avais un an de plus que tous les autres et le privilège d'avoir passé l'année précédente à être un fantôme. Ta réponse était plus claire que celles que tous les autres donneraient.

Ils étaient pleins d'espérance, mais en eux ils n'avaient pas la douleur de s'être menti au moins une fois sur ce qu'ils voulaient *être*. Toi tu savais qu'ici tu pourrais être enfin authentique.

Ben était venu te voir en premier. Le prof vous avait demandé de faire des groupes pour un premier projet, il aimait déjà ta dégaine et ton air défiant. Ta réponse, quand le prof avait fait le tour de table en début de cours, l'avait convaincu de venir te voir. Le réel, lui aussi, il ne le trouvait nulle part, il fallait bien le créer. Tu avais été flattée qu'il te dise ça, que ce soit lui qui vienne te chercher.

« On se met ensemble, si ça te branche ? »

Il était tout petit, une tête d'enfant, il avait probablement sauté une classe. Il n'avait pas l'air idiot, mais tu aurais préféré que quelqu'un d'autre te demande, un homme plus grand et mystérieux par exemple, quelqu'un qui n'aurait pas eu toute sa vie écrite sur son visage.

Tu t'étais résignée, un projet ce n'était pas pour la vie. Vite, tu avais accepté, masquant ta joie d'être choisie, visage neutre, mais avant tu voulais savoir ce qu'il avait l'intention de faire.

Ben s'était exécuté. Comme lors d'un entretien d'embauche, il avait pris sa respiration avant de parler. Malgré ça, il était graduellement devenu tout rouge sous l'effet de ton regard inquisiteur. Le prof vous avait demandé de faire une série de portraits : à partir d'un groupe de trois, vous deviez photographier des paires de personnes pour qu'elles aient l'air, individuellement, méconnaissables d'une photo à l'autre. C'était assez simple. Ben t'avait expliqué ce qu'il avait en tête avec beaucoup de détails.

« Statut haut, statut bas », comme au théâtre, avait-il dit.

La personne A, dominante, et la personne B, dominée. Puis la personne B, dominante, avec la personne C, dominée. Et enfin la personne C, dominante, avec la personne A, dominée à son tour. En changeant les intentions et le mouvement, vous deviez aboutir à six formes différentes d'oppression et d'obéissance. Une même personne pouvait être de tous les côtés de la chaîne alimentaire, on ne naissait pas proie ou prédateur.

Tu avais décortiqué son projet du mieux que tu pouvais. Tu n'avais pas la moindre idée de ce que tu aurais fait à sa place mais ton analyse chirurgicale avait gagné son respect. Tu avais de l'entraînement.

C'est ce que tu avais fait l'année d'avant, étudier ton environnement, comme flottant au-dessus sans jamais en faire partie. Tu avais le détachement nécessaire des tyrans pour imposer ta vision du monde. Tu avais si longtemps été exposée à ton parfait contraire que tu en connaissais la forme par cœur, en négatif. Tu savais ce que tu ne voulais pas devenir.

« On va faire un truc super ensemble, s'était émerveillé ton nouvel admirateur, tu viens d'où ? »

Tu lui avais dit que tu venais de New York, bien sûr, le seul endroit qui vaille, et tu n'avais écouté qu'à moitié sa réponse. Déjà il t'indifférait. Tu avais cru entendre Connecticut, bouseux classique qui se croit citadin. La relation s'était établie sur ces bases, et même si souvent ce serait les autres qui feraient les choses à ta place, c'est toi qui commanderais.

Vous deviez être un trio pour le projet donné par le prof, alors il t'avait présenté Nathan, un ami d'enfance qui faisait aussi partie du programme. Un peu rond mais avec des traits plus complexes, là il y avait davantage de potentiel. Tu avais dit « enchantée », en vrai tu t'en cognais tant que tu n'étais pas seule, et déjà vous étiez sortis tous les trois.

Deux personnes, c'était la première bouture de ta cour à venir.

NATHAN / 5

La série photographique « Statut haut, statut bas », ça ne pouvait qu'être l'idée d'un mec comme Ben.

On commence à se connaître vous et moi, alors j'imagine que vous vous rendez compte de l'ironie que ça représentait, de bosser sur un projet comme ça, avec ces deux-là qui avaient encore la cuillère en argent avec laquelle ils étaient nés plantée dans leur cul.

De sa vie, Ben n'avait jamais été vraiment *dominé*, à part, peut-être, par les grands de la cour de récréation, au collège, quand il n'avait pas encore mué et qu'avec sa petite taille et ses lunettes ovales les autres élèves le traitaient volontiers de tapette. Par son père, aussi, mais alors de la domination sourde qui existe dans toutes les familles où, en tant que garçon, on se doit d'être le digne héritier, prolonger par sa jeunesse la forme physique passée du père devenu ombre de lui-même.

Je n'avais pas de meilleure idée pour le projet, j'ai acquiescé sans contribuer, avec une diplomatie dubitative que j'espérais palpable, suffisamment pour qu'eux-mêmes remettent en question leur choix initial. Ben avait raison. Je manquais encore d'expérience et de talent, ou alors c'était le contexte universitaire qui me vidait de mon suc. Je sentais mon imagination se stériliser depuis que je m'asseyais dans des amphithéâtres secs.

Ils sont restés sur l'idée de départ, ils avaient aussi du mal à réfléchir sans consignes, et nous avons commencé à travailler.

Au départ, je ne pensais pas grand-chose de Léonore, la fille qu'il avait harponnée pour en faire la tête de notre trio.

Elle était entrée dans la classe comme une reine et elle avait fait sa parade nuptiale auprès du prof. C'était typiquement le genre de fille qui me laissait indifférent, car je savais que je n'y aurais jamais accès. Je n'essayais même pas.

C'est amusant que Ben lui ait demandé. Moi, vous voyez, je ne serais pas allé naturellement vers quelqu'un qui aurait ouvert sa gueule comme ça. Je l'aurais évité.

C'est comme vous, Vera : on se serait croisés dans la rue comme deux inconnus, jamais je ne serais allé vers vous. Vous êtes beaucoup trop canon pour que j'essaye, non, même pas, que je *pense* même à essayer. Tout doux, je ne vous drague pas, j'explique.

Pour le projet, on a passé tout un dimanche ensemble, et j'ai mordu à l'hameçon. C'était la fin de l'été. On était dehors. On s'était pris nous-mêmes comme modèles, pas forcément parce qu'on avait conçu le dispositif comme tel mais parce qu'on s'y était pris au dernier moment. Les personnes A, B, C, c'étaient les pointes de notre triangle, et chacun notre tour, on passait derrière l'objectif.

Entre les prises de vue on refaisait le monde sur la pelouse. J'avais demandé à un *senior* de m'acheter du rosé et je l'avais transvasé dans deux bouteilles d'eau vides que j'avais cachées dans des sacs en carton. On avait bu au goulot jusqu'à ce que les têtes tournent et que nos lèvres soient molles. Je me sentais délicieusement loin.

Léonore m'avait parlé de ses idées sur le rapport de la photographie au réel. Elle n'avait pas encore de mots pour en parler, c'était quelque chose de très brouillon. Il y avait quelque chose en germe, on était d'accord là-dessus avec Ben.

Lui était dubitatif. Il l'a toujours été. Il n'avait besoin de personne à part moi. Nous formions un duo assez complémentaire pour que ce soient ses qualités à lui qui ressortent quand nous étions ensemble. Léonore, parfois, elle l'emmerdait. Elle se la jouait un petit peu, façon diva intello. Moi j'aimais bien ses caprices, ça avait de la gueule, et puis elle payait les pizzas à chaque fois. Des additions de trente balles. Les cours avaient commencé depuis dix jours et déjà elle voulait changer les choses, révolutionner le programme, tout déménager, bref, pas de tout repos. Ben a toujours eu un côté pépère, vous savez, comme les vieux chiens. Comme Michel, le mien.

Moi, je vous avoue que j'ai été séduit. Il y avait un côté club privé, cénacle, vous voyez, le genre de trucs ronflants auxquels on n'est invité que si on paye, dans la vie moderne, ou alors si l'on habite au bon endroit et si l'on vit à la bonne époque, genre en plein cœur de Paris quand Hemingway avait le bon goût de s'y aviner.

Bref, j'avais l'impression d'y être. Pas avec Hemingway bourré, non, mais dans le *club*, dans le début de quelque chose, et ce n'était pas rien.

LÉONORE / 6

« Quand on regarde la photo finale, il est parfois difficile de reconnaître ce que l'on a vu dans le négatif. La version que l'on a cru saisir dans l'objectif est plus loin encore, elle a valeur de chimère. En développant, on avoue presque toujours s'être trompé.

« C'est la photo finale qui a raison, on ne peut lui opposer d'argumentation féroce : c'est elle qui décide.

« Les formes elles-mêmes, une fois transformées par l'apparition de leurs véritables couleurs, remplies par des bleus sombres ou des indigos terrestres, débarrassées de leurs cyans éthérés, ne se ressemblent plus. »

Le prof avait marqué une pause pour se racler la gorge, et le bruit guttural avait heurté ton tympan comme un acouphène.

« Les erreurs d'interprétation viennent de multiples sources. Il suffit que le négatif ait été un peu abîmé pour que le résultat ne soit pas exactement celui qui était prévu. Mais la faute peut seulement être imputée à l'imagination.

Après avoir pris la photo, sans être au contact de sa réalité, on a pu l'imaginer telle qu'on voudrait qu'elle soit. On est allé au-delà de sa réalité. Ainsi, le photographe débutant sera souvent déçu. Le négatif, c'est le photographe qui dit "je" et "tu", qui objective sans avoir la réalité entière sous les yeux. Développer, c'est devenir humble par rapport à l'ensemble de ses perceptions. »

Tu avais soupiré sans retenue. Tu voulais être visible, montrer ton agacement. Tes épaules se levaient et s'abaissaient en cadence, comme une chorégraphie de danse contemporaine.

Ce cours d'introduction à la photo ressemblait de plus en plus à un cours de philo un peu perché. Tu t'en branlais royal, de ses états d'âme à lui sur la photographie. Il ne voyait pas plus loin que son *textbook*. *Photography 101*. On touchait le fond.

Ce prof-là était petit et gros. S'il avait été canon, peut-être que tu l'aurais écouté, mais tu n'étais pas d'humeur à sacrifier ton sens esthétique sur l'autel d'une philosophie de comptoir. Tu pensais que tous les photographes étaient sexy. Le référent qui avait mis ce truc au programme était clairement d'une autre planète, ou alors il n'en avait rien à foutre de son job. Plus probable.

Tu n'avais pas payé pour ça. Enfin, ton père n'avait pas raqué pour cette merde, plutôt. Tu voulais prendre ton appareil photo et appliquer dans l'immédiat les apprentissages du maître. Tu voulais faire tienne la discipline sans passer par les voûtes théoriques abrutissantes sous lesquelles on t'enfermait pendant de si longues heures dans cet amphi qui sentait le rance.

Tu aurais voulu sortir, hurler, manifester ton mécontentement avec des cris aigus, mais tu te contenais, bonne fille. Ce n'était pas le genre de chose que l'on faisait en bonne société.

Le matériel était posé sur les tables. Comme toi, il paraissait s'ennuyer ferme et tu n'aurais pas été étonnée si tous les objectifs s'étaient mis à vibrer, bourdonner, rouler, en signe de mécontentement.

« On veut viser ! » auraient scandé les machines, si seulement elles avaient pu parler.

Les choses te semblaient plus sages que les hommes, parce que neutres, innées, non figées dans une quelconque posture acquise.

Ce n'étaient pas les élèves de première année, ces moutons apathiques, qui allaient causer. La classe était mutique, personne ne posait de questions. Et pourtant le mec continuait, imperturbable, flatté de ce docile silence. Ne voyait-il pas qu'il parlait dans le vide ?

La classe était un bel exemple de parité, vingt-trois filles pour vingt-six garçons. La photo n'était plus un art genré, même si les femmes photographes avaient peine à trouver leur place dans les anthologies de la bibliothèque. Tu notais leur nom dans l'un de tes carnets, tu te construisais une généalogie de papier. C'était une occasion pour toi de mieux comprendre tes pairs, en scrutant le monde par leurs yeux, regards figés par l'objectif pour l'éternité.

Tu aurais aimé être amie avec des filles, dans la réalité, mais elles t'évitaient, jusque dans les vestiaires de la piscine, où tu avais souvent un banc pour toi toute seule. C'était peut-être ton regard pénétrant qui les perturbait.

Tu les observais se déshabiller, mais pas par perversion : tu voulais savoir si elles étaient faites comme toi. Ta mère ne t'avait jamais laissée la voir nue, comme si elle avait quelque chose à cacher. Tu t'étais résignée.

Heureusement que tu pouvais compter sur ta petite cour de garçons. Eux ne te décevaient pas. Ben et Nathan étaient assis juste devant toi. C'était comme ça que tu les préférais, à portée.

Les gens sont vulnérables de dos, c'est la partie d'eux-mêmes qu'ils maîtrisent le moins. Les plus belles chevelures sont parfois décevantes vues de derrière. Il y a des mèches rebelles qui serpentent, des queues de rat qui débordent d'un paquet lisse : leur propriétaire est toujours dépendant d'un jeu de miroirs. De dos, tout le monde est aveugle. On pourrait leur planter un couteau dans le dos, le pas silencieux et la respiration contenue, ils ne s'en rendraient même pas compte.

Tu leur avais tapé sur l'épaule, et une fois que tu avais eu leur attention à tous les deux, tu avais minaudé, souris caverneuse : « Le négatif, c'est le photographe qui dit *jeeeeee.* »

Ils s'étaient esclaffés. Ils riaient toujours en stéréo à ce que tu disais, à se demander s'ils écoutaient vraiment ou si c'était la façon la plus simple et rapide d'exprimer leur déférence.

Le prof ne t'avait pas entendue te moquer. Il ne te parlait pas, il ne parlait à personne, il s'écoutait. C'était la seule bande-son qui filtrait jusque dans son âme.

Lui aussi, il fonctionnait en négatif, il était l'inverse des couleurs, un moment précis figé dans le temps. Il ne voulait plus traduire ce qu'il disait, devenait cryptique, sibyllin jusqu'à l'incompréhensible.

« Les négatifs fraîchement développés sont très fragiles. Passez-les sous l'eau claire impérativement. »

Maintenant il donnait des conseils que vous aviez déjà entendus cinquante fois, et lus dans le petit livret d'accompagnement par-dessus le marché. Mon Dieu, achevez-nous, avais-tu pensé, ton côté suicidaire. Allons-y, direct, sans rien connaître et encore innocents. À quoi servaient cette si longue introduction et ces consignes infantilisantes, si elles ne débouchaient sur rien ? Vous alliez prendre des photos, pas sauter à l'élastique.

Le mec continuait sa litanie, imperturbable, mais en même temps, tu avais réalisé que tu n'avais rien dit de tout ça à voix haute. Ton mécontentement n'existait que pour toi, in vitro. Ça bouillonnait à l'intérieur. Quitte à rester enfermée dans cette classe, tu avais utilisé tout ce temps perdu pour dialoguer avec toi-même. Tu faisais les questions et les réponses. Tu allais de plus en plus loin.

Et si les gens aussi fonctionnaient en négatif ? Et si, avec les bonnes photos, on pouvait les révéler, jusqu'à découvrir les teintes qui leur sont pour eux-mêmes inaccessibles ? Des gens seraient prêts à payer pour ça. Zoner sous l'objectif jusqu'à se trouver. Il faudrait trouver des gens paumés. Il y en avait à la pelle à New York. C'était ça vivre dans un pays qui n'investit pas un putain de dollar sur la santé mentale. Tu t'emmerdais, donc tu réfléchissais.

Il y avait forcément un moyen de rendre tout cela plus intéressant, d'y ajouter plus d'enjeux.

« La pauvreté ne se photographie pas. On peut être entouré de choses coûteuses et ne pas avoir les moyens d'en racheter d'autres. On peut vivre démuni et être un grand prince minimaliste. Ce qui se photographie, c'est l'absence de liberté. Soumis à la caméra, le sujet est vrai. Il pense savoir ce qu'il veut faire mais en réalité il ne fait que ce que vous lui demandez. »

Manifeste de la photographie réelle, II

NATHAN / 7

Assez vite, j'ai pris un job au restaurant, trois soirs par semaine. C'était ça ou arrêter les études. Je n'avais pas assez de thunes pour vivre. Vous avez déjà servi d'autres personnes, Vera ? C'est une expérience de l'altérité remarquable, vous devriez essayer. On en apprend plus sur les gens ainsi que par des petites interviews proprettes. Je ne critique pas votre métier, hein, j'essaye juste de me convaincre moi-même que je n'ai pas perdu à jamais toutes ces heures passées en salle.

C'était en face de mon appartement et ça s'appelait « Km. Zéro », ça ne s'invente pas. C'était l'avantage principal du job : ça m'enlevait moins de minutes de vie, je n'avais pas à prendre la voiture. Il y avait d'autres choses qui allaient, je n'étais pas non plus trop à plaindre. J'aurais pu bosser dans un fast-food, mais je n'avais pas envie de sentir les nuggets.

Là où je bossais, le chef n'était pas trop con. La carte aussi était créative et les serveuses étaient assez jolies, quoique un peu moins que les filles de bonne famille qui n'avaient pas besoin de job étudiant et qui ne m'appartiendraient sans doute jamais. Comme Léonore.

Avec les filles du resto, j'avais toutes mes chances. Nous faisions partie d'une caste semblable et parlions le même langage haché. Du pain pour la deux. La trois veut régler, en carte. Les desserts de la douze. Les groupes de gens bien habillés devenaient des numéros de table inoffensifs, si bien que mon imagination est, au fil des années, devenue un pavé numérique, et je n'ai aucun problème, en voyant une nouvelle personne, à donner le chiffre qu'elle m'inspire, comme d'autres font des portraits chinois.

Parfois, après le service et avant de ranger, je prenais les filles en photo.

Il fallait bien que je profite des maigres interstices de ma double vie pour améliorer ma technique du portrait. Elles ne voulaient pas, au départ. J'insistais, elles disaient oui avec mauvaise grâce, se remaquillaient à la hâte dans les toilettes. Je leur demandais de ne pas le faire. De rester telles quelles. Ce que je voulais photographier, c'était leur fatigue, parce que c'était un peu la mienne. C'était ma seule façon de l'obtenir sur le film. Je voulais le moment vrai.

Un soir, j'ai réussi.

« Putain, Nathan, arrête de me prendre en photo sans me prévenir », m'avait dit Lauren, une petite brune.

Je la mitraillais, avachie sur une chaise dans l'entrée de service, en train de taper un SMS, sa tête baissée, laissant apparaître un adorable double menton.

« Quoi, on assume plus de se regarder dans les miroirs ?

Tu crois que je ne t'ai pas vue te mater pendant cinq bonnes minutes, à chaque fois que tu sors des toilettes ? » je l'ai taquinée.

Lauren avait rougi de façon quasi imperceptible, mais moi je voyais les détails. Je ne l'aimais pas quand elle était parfaite, toute pimpante, fraîchement sortie de la salle de bains. Je l'aimais quand elle avait des défauts et que les heures de travail avaient laissé leurs marques sur sa peau, quand elle était *authentiquement* Lauren.

Enfin, je dis que je l'aimais, je n'en ai jamais rien eu à foutre de Lauren, soyons clair, mais, de nous tous au restaurant, c'était elle qui prenait le mieux la lumière.

C'était son visage que la fatigue métamorphosait le plus, peut-être parce qu'elle était un peu plus âgée ou alors parce qu'elle faisait ce job depuis plus longtemps.

Lauren n'était pas étudiante comme le reste d'entre nous. Elle avait peut-être vingt-six ans. C'était son vrai métier, d'être là. Elle était passionnée par la bouffe. La bonne bouffe j'entends, genre gastronomie. Je crois qu'elle aurait voulu être dans la cuisine, avec la toque et les couteaux, mais elle n'avait jamais osé passer de l'autre côté du comptoir. Elle se contentait de récupérer les plats sous les cloches chauffantes.

« La cuisine, c'est un royaume de mecs, non merci, m'avait-elle dit une fois. Je suis bien où je suis. Je vois tous les plats quand même et, contrairement à eux, derrière, je vois le visage des gens quand ils les mangent. »

Je n'étais pas convaincu par son argumentaire. La cuisine était fermée, le chef était parti, il ne restait plus que nous deux pour finir de nettoyer et fermer le restaurant.

« J'ai envie d'essayer un truc », j'ai dit.

J'ai pris en photo Lauren dans la cuisine. Elle portait encore son uniforme de serveuse et sa fatigue sur son visage. En plus de la fatigue, il y avait un peu d'envie. Je l'ai révélée à elle-même.

Je lui ai envoyé les photos par mail le lendemain et elle m'a remercié. On n'en a jamais reparlé, comme si c'était un secret entre nous.

Quelques mois après, Lauren a démissionné et elle s'est inscrite dans une école de cuisine. Elle ne me l'a jamais dit mais je suis persuadé que c'est grâce à moi, ou à cause, enfin c'est vous qui voyez.

LÉONORE / 8

Il te fallait de l'argent. Ton père t'avait à moitié coupé les vivres. Tu pouvais disposer des choses que tu possédais déjà, et notamment squatter l'appartement de l'Upper East Side dont il n'oserait quand même pas changer les serrures, quand il te prenait l'envie de venir en ville en son absence, mais il ne fallait plus compter sur ses généreux virements mensuels et leur notification rassurante sur ton smartphone.

Tu aurais dû garder le bruit du casino quand les pièces tombent en guise de sonnerie, le temps d'en profiter franchement. *Nouveau virement de deux mille dollars en votre faveur*. Non, plus jamais, la récré était finie. Il fallait bien que ça arrive un jour.

Vous vous étiez énervés au restaurant. C'était son anniversaire et tu étais rentrée pour le week-end. Il avait réservé dans un restaurant italien hors de prix où tu avais, par maladresse ou provocation, renversé ton verre de lambrusco sur la lourde nappe blanche.

Tu lui avais raconté tes premières semaines sur le campus et il avait fait allusion au fait que tu étais en train de perdre ton temps. Il t'avait qualifiée de « saltimbanque ». Tu lui avais répondu que tu ne savais pas qu'il avait autant de vocabulaire, pour un mec qui lisait si peu de livres. À partir de ce moment-là, il n'y avait plus eu de retour en arrière possible.

Selon lui, avec tes nouvelles études, le mieux que tu puisses faire était encore de gérer une galerie. Il avait dit ça avec mépris, comme si c'était un gros mot.

« Ça pourrait te sauver », t'avait-il dit.

Tu avais levé les yeux au ciel.

« Il faut que tu comprennes que ce n'est pas ceux qui *font* mais ceux qui *possèdent* qui s'en sortent le mieux », t'avait alors dit ton père dans une dernière tentative d'avoir raison.

Toujours la *gestion*. C'était le plus important. Être en contrôle. Ce mot te dégoûtait. Tu n'avais pas envie de gérer, tu avais envie de créer. Si c'était pour être le tiroir-caisse des idées des autres, est-ce que vivre valait seulement le coup ?

Au moins, ta chambre et tes études à March étaient payées jusqu'à la fin de ta licence. Tu avais obtenu ce confort ultime lors de l'une de vos dernières disputes. Qu'il te laisse au moins terminer ce que tu avais commencé. C'était la moindre des choses.

Ce qu'il te manquait désormais, c'était l'argent pour t'amuser, celui qui par son abondance te permettait d'être quelqu'un que l'on remarque et de faire des excès.

Mais toi, prendre un job étudiant ? Plutôt mourir que de servir des frites, ou pire, des bières, à des gens que tu méprises. Tu ne servirais personne. Ton genre ne servait pas.

Malgré ton dégoût des choses matérielles, tu t'y étais mise.

Tu avais trouvé le moyen de renouveler tes ressources, de diversifier tes revenus.

L'argent, tes camarades de classe en avaient, même si moins que ta famille, et tu savais que si tu leur proposais les bonnes choses, ils ne tarderaient pas à te le donner. Ils ne t'avaient jamais vue mendier et ça ne commencerait pas demain, tu étais trop fière, mais il faudrait qu'ils commencent à t'envisager, toi leur reine, comme l'investissement le plus sûr.

C'est comme ça que tu avais eu cette idée d'abord simple, inspirée par ton quotidien. Les gens aimaient tant passer du temps avec toi que, si tu y mettais les formes, ils seraient prêts à payer pour faire partie de ton cercle. Jamais ils ne penseraient que tu as besoin de cet argent, et c'est pour cette même raison qu'ils te le donneraient volontiers sans excuse ni question. Tu allais créer ton propre club. Un club différent des autres.

Ils n'avaient pas à savoir que les modalités de ta vie avaient changé, et que tu avais désormais autant besoin d'eux qu'ils avaient besoin de ton image. Telle une idole, ta représentation était suffisante à la croyance, ils n'avaient pas besoin que chaque jour tu leur offres une nouvelle preuve. Tu étais unique, en te suivant ils feraient des choses plus grandes que la veille. Cette promesse leur suffisait. Ce n'étaient pas les idées qui manquaient chez toi.

Ce soir-là, en rentrant de New York, tu n'étais pas sortie. Tu avais décliné des invitations sans les regretter, ton absence ne te rendrait que plus désirable.

Dans ta chambre d'étudiante, tu avais réfléchi aux modalités de ta cour. Tu avais écrit des mots sur un nouveau carnet. Tu en avais acheté plein d'avance. Tu es amoureuse des carnets, il faut toujours que tu en aies au moins un vide pour recommencer à zéro. C'est une manie comme une autre. Tu n'aimais pas avoir l'impression que la pensée venait des brouillons. Elle devait être pure.

Sur la première page, tu avais écrit : « Groupe de photographie réelle », et ça en jetait.

Tu avais d'abord eu peur d'être trop formelle, puis tu t'étais énervée contre cette censure absurde que tu t'imposais toute seule, encore une fois. Toutes les écoles philosophiques et photographiques s'étaient dotées de noms qui avaient l'air ridicules tant qu'ils s'autoréférençaient avant que les autres n'adoptent ce nom, et qu'il n'existe pour tout le monde.

Tu le voyais bien sur le campus : la véritable raison pour laquelle les gens payaient des études à prix d'or et s'endettaient sur vingt ans, ce n'était pas tant le nom de l'école. Il suffisait d'avoir fait des études. Une fois qu'on avait quitté les étages supérieurs des écoles de l'Ivy League, tout comptait à peu près pour du beurre, surtout pour les études artistiques. Non, ce que tes pairs achetaient avec leurs prêts exorbitants, c'était une communauté d'onanisme, un auditoire, un groupement de personnes qui viendraient rendre hommage à ce qu'ils étaient alors même qu'ils n'étaient encore que de pâles boutures. Les étudiants achetaient l'ensemble des camarades qui, assis à côté d'eux dans l'amphi, donneraient un minimum de sens à l'acte de se rassembler pour écouter un professeur qui n'avait pas tant de choses que ça à leur apprendre.

Alors toi, ce que tu proposais, en assemblant de bric et de broc ton « groupe de photographie réelle », c'était quasiment révolutionnaire. À March, personne n'avait jamais fait ça. Tu pouvais avoir le monopole de la peur et du désir.

Tu allais au-delà des *rush* et *pledge* qui gouvernent le calendrier des sororités et autres sociétés secrètes au rabais, et à la place tu offrais une école de pensée. Avec toi, il ne s'agirait pas juste de s'amuser et de boire, il faudrait tendre, tous ensemble, vers une réalité supérieure à la médiocrité ambiante.

Tu avais écrit les règles au stylo Bic dans ton carnet. Par le passé, tu aurais utilisé un crayon à papier, mais déjà, parce que tu étais en train de créer quelque chose de nouveau, tu étais sûre de toi. Tu n'avais jamais été aussi sûre.

Règles du groupe de photographie réelle

1. Pour faire de la photographie réelle, on ne peut pas reproduire le passé. Il faut vivre au présent.
2. Toute copie est prohibée et passible d'exclusion, la photographie réelle doit être entièrement nouvelle.
3. Les vêtements, le maquillage et la chirurgie esthétique sont la tentation du faux. La vérité existe d'abord sans intervention.
4. On ne peut photographier l'amour que si on le connaît, sinon, c'est un masque.
5. Si on prend quelqu'un en photo tous les jours, toutes les heures, pendant un mois, alors la photo peut devenir égale à la vérité.
6. Si on prend une photo avec comme première intention de la partager, alors c'est une carte postale, pas une photo.

7. La photographie *unaire* transforme la réalité sans la faire vaciller. C'est le propre de la photo pornographique, sans intention ni calcul.
8. Il vaut mieux être exact qu'objectif.
9. L'appareil est le prolongement de l'œil, il voit tout.

Tu avais posé ton stylo. Ça te semblait assez pour commencer. Tu avais tapé les mots « photographie réelle » sur Google et regardé ce qui sortait.

« Est-ce qu'une photographie est la preuve du réel ? », c'était la première question que te renvoyait le moteur de recherche. Tu voulais aller plus loin que ça. Tu ne voulais pas faire de la philo, ça ne t'intéressait pas d'entrer en guerre contre une énième ontologie de la photographie. C'était *faire* qui était important. Vous alliez faire des photos que personne n'avait jamais faites, et tu t'enrichirais par la même occasion.

NATHAN / 9

J'essaie de me replacer dans l'état mental dans lequel j'étais lors des premiers mois de mon amitié avec Léonore. J'accuse cependant la même impuissance que ceux qui tentent de se rappeler ce que cela fait d'être myope, une fois qu'ils ont subi une opération laser des yeux. Vous portez des lunettes depuis longtemps, Vera ? Vous devriez essayer, ou peut-être pas, du coup. Ça vous change. L'opération, je veux dire, pas Léonore.

On cherche dans son propre regard la trace des flous passés, mais on se heurte à la réalité telle qu'on la voit désormais, nette, objective, nous donnant accès à plus de détails. Il est impossible de retrouver, même pour une minute, le niveau d'inexactitude qui était notre unique réalité peu de temps auparavant. On est à la fois content d'avoir accès au monde tel qu'il a été conçu, ou, si l'on est athée, plus sobrement, de le partager avec des personnes qui ont toujours eu une vision parfaite. Mais d'un autre côté, on cesse d'appartenir à un autre groupe.

On quitte à regret le club des myopes en bandes vaporeuses, libres d'enlever leurs lunettes avant de sortir afin d'évoluer dans un monde sans détails ni contours, les jours où les lignes dures sont moins désirables que le nébuleux.

C'est comme ça que, je dirais en riant, je m'étais « converti » à Léonore, alors qu'elle et moi, on ne partait franchement pas gagnants, niveau amitié. Je crois que le terme consacré c'est *opposés polaires*, bref, quelque chose comme ça. Un grand froid soufflait entre nous.

Quand on est étudiant, on n'est encore pas grand-chose de plus que la somme de ses expériences passées, lesquelles ont le plus souvent été forcées sur nous par notre environnement et nos parents. Donc si, comme moi, on grandit dans la merde, on se retrouve un peu forcé de continuer à évoluer avec elle.

C'est pour ça que parler de photographie avec Léonore, au départ, c'était un peu compliqué. Pour photographier quelque chose, il faut le voir, y avoir accès. Et nous évoluions dans deux mondes d'une différence radicale. Quand nous échangions nos premiers clichés, il semblait que ces derniers montraient deux endroits différents. Un œil neutre conviendrait qu'il s'agit de deux visions d'un seul lieu physique et de son inframonde. Il retrouverait des détails. Il dirait, pas franchement certain, mais pas non plus hostile à l'idée : « Oui, je crois que c'est le même endroit qu'ont photographié ces deux personnes. »

L'univers de nos photos était circonscrit au campus de March College, aux routes qui y menaient et puis aux villages environnants où certains étudiants comme moi vivaient *off campus*, par vanité excentrique ou manque de thune. C'était simple, la même consigne donnait lieu à des séries de photos sans commune mesure, comme si on nous avait demandé deux rendus différents. Et il ne s'agissait pas simplement de la « subjectivité du photographe », merci, je ne suis pas non plus né de la dernière pluie. Moi aussi, j'ai suivi *Photography 101*.

La contrainte du portrait donnait à Léonore accès à l'intimité de filles de la bourgeoisie new-yorkaise, à la descendance chérie des *yuppies* en nuisette à la faveur de soirées pyjamas. Sa noblesse de rang, c'est-à-dire son nom de famille, celui d'une famille influente des médias, lui rendait accessibles les chambres, les ombres, et même le nu : on lui faisait confiance. Moi, je faisais du portrait de rue, à la va-vite, même si le plus souvent on me disait non, comme si j'allais leur demander de l'argent juste après, tel un photographe de plage au mois d'août. C'est pour ça que j'ai dû d'abord me rabattre sur Lauren et sur les autres filles du Km. Zéro. Je n'avais pas accès aux choses et aux gens.

Quand il s'agissait de montrer des paysages, ceux de Léonore évoquaient des lieux pour lesquels il fallait payer. Il y avait des parcs à entrée payante, des autoroutes à péage. Moi, je me tapais les terrains vagues, les routes, les pelouses du campus, parce que c'était déjà bien assez d'allonger le fric pour l'essence et les frais de scolarité, vous ne trouvez pas ?

Je lui ai fait la réflexion, une fois, sur le ton de la blague. Je ne voulais pas jouer le mec revendicateur. Je tenais à faire une petite remarque intelligente. Après tout, on s'intéressait tous les deux aux superstructures sociales de la société, toute cette merde. Je crois que c'est comme ça que Léonore a eu l'idée de la photographie réelle.

Elle disait que ça lui était venu comme l'inspiration divine, elle joue la pythie *gen Z*, mais je sais, au fond, qu'elle n'a eu l'idée que grâce à moi, et à la grande vague d'authenticité crade que j'ai apportée à son monde.

Il y a eu plusieurs moments que je qualifierais de fondateurs au cours de nos conversations. Dans ma tête, c'est flou, ça fait plus de deux ans quand même, alors pardonnez mon inexactitude. Je ne me rappelle pas vraiment cette année-là en dates calendaires, je me rappelle surtout les saisons : le froid qu'il faisait ou pas, le givre, le matin, qu'il fallait gratter sur la voiture. C'était ça la vraie mesure du temps.

Là, c'était encore l'automne, on n'avait pas enlevé les squelettes des jardins pour y mettre des guirlandes lumineuses. Au restaurant, on proposait encore le *pumpkin spice latte*. Je lui ai parlé de ma séance photo avec Lauren quand elle m'a interrogé sur ma nouvelle série de portraits, et c'est là que ça a déraillé.

« Et elle a fait tout ce que tu lui as dit ? » m'a-t-elle demandé à la fin de mon récit.

On la sentait dans l'expectative, prête à bondir.

J'ai dit que oui, mais qu'il n'y avait pas là de grand exploit. C'était le lot de la relation du photographe avec son modèle depuis des décennies.

« Oui, enfin, ce n'était pas *son* idée, à ta Ratatouille en herbe, de poser dans la cuisine, si ? »

On sentait toujours ce mépris qu'elle avait pour les tâches manuelles, elle ne pouvait pas s'empêcher de glisser un mot désobligeant par-ci, un peu de venin par-là. Même la cuisine ne trouvait pas grâce à ses yeux. J'ai convenu que non, ce n'était pas l'idée de Lauren de poser dans la cuisine, mais là encore, les photographes avaient toujours fait ça. Ils donnaient le cadre.

« Oui, mais, enfin Nathan tu es con ou quoi, s'est-elle impatientée, c'est exactement ce qu'elle devait faire, où elle devait être. Tu l'as *révélée*. »

Elle avait presque l'air d'être devenue folle. Quand elle abordait ce sujet-là, son beau visage se tordait un peu, comme si elle voulait parler le plus vite possible sans reprendre sa respiration. C'était comme si ses heures étaient comptées et qu'il fallait que, prophétesse, vite, elle délivre son message.

« Il faut que tu recommences », a-t-elle dit, impérieuse.

Pas de problème, enfin si, je n'avais pas de modèle à disposition, le restaurant c'était une aubaine, il faudrait que je trouve d'autres filles qui veuillent bien poser pour moi. Sur le campus, peut-être, les étudiantes en anthropologie ?

« Oui, ce que tu veux. Et s'il te plaît, cette fois, ne révèle pas seulement leurs rêves de gosse. Révèle-moi le noir, le sombre, leurs cauchemars. On n'est pas là pour faire un gentil trombinoscope. »

Si l'on n'avait pas baisé juste après, je me serais un peu inquiété, mais elle m'a sauté dessus comme si c'était moi, le Messie, et sur le moment ça m'a paru être une issue acceptable.

J'ai fait ce qu'elle m'a dit.

LÉONORE / 10

La façon dont vous avez traité la première fille, c'était une erreur, enfin, une opportunité. Tu ne l'avais pas prémédité. C'était venu comme la suite logique de ce que tu avais entrepris à l'intérieur du campus. Au départ, tu pensais circonscrire les séances photo au corps étudiant, tu n'avais pas pensé aux accessoires. C'est ton ami qui te l'avait servie sur un plateau.

Tu l'avais vue lors d'une fête, un soir d'octobre 2012, assise sur les genoux de Nathan, et tu t'étais dit que c'était la proie parfaite. Tu avais fondu sur eux comme tu sais le faire, rapace brillant dans la pièce. Tu t'étais assise à côté d'eux, et tu leur avais retourné le cerveau à force de flatteries pour qu'ils fassent ce que tu voulais.

À l'époque, vous étiez devenus amis avec Nathan comme vous élaboriez tous vos projets ensemble. Tu t'en étonnais toi-même. Vous couchiez ensemble quand tu voulais l'encourager à faire quelque chose rapidement.

Au cours de la première année, vous vous étiez peu à peu éloignés des autres élèves, tu voulais qu'il ne parle qu'à toi, et à Ben, à la rigueur. Il aurait été terrible que son esprit et son corps malléables tombent sous l'influence de quelqu'un d'autre. Tu sentais que ce ne serait pas difficile d'en faire ton serf, quelqu'un sur qui tu pourrais compter.

Il était obsédé par le succès et par l'argent. Il en parlait tout le temps, ça se sentait que c'était le fil conducteur qui le rattachait et le détachait du monde. Tout était dollars : l'appareil photo, le café, le billet de bus. Il détaillait le prix de chaque chose, comme si la vie était une brocante avec de petites étiquettes sur chaque élément.

Dans les récits qu'il te faisait de sa vie, tout était ainsi précisé : « J'ai été au cinéma, quinze dollars avec la carte de réduction, puis on a été se prendre des tacos à dix dollars à côté. »

C'en était presque caricatural, mais plutôt que de t'en soucier, tu avais décidé d'en tirer avantage. Ce sont les gens qui se soucient le plus de l'argent qui, quand ils craquent, donnent le plus, s'ils sont persuadés du bien-fondé de leur investissement. Non seulement ils dépensent, mais ils jurent allégeance à leur nouveau débiteur : s'ils ont déboursé tellement d'argent pour quelque chose, ça doit valoir le coup, ils doivent s'y tenir jusqu'au bout, sinon ça les briserait.

La fille était canadienne, fraîchement débarquée de Montréal. Elle avait le visage assez large, comme si on lui avait tiré les joues des deux côtés avec les doigts pour le tendre. Elle s'appelait Karine et portait ses cheveux coupés court enroulés dans un million de bouclettes, comme un casque ondulé autour de sa tête. Elle avait un tatouage sur l'omoplate gauche, un ours.

Il avait toujours eu ce truc pour les étrangères, Nathan. Il te l'avait avoué un jour, bourré, quand vous vous étiez raconté vos histoires d'amour.

C'était pratique et, encore une fois, pas franchement étonnant pour un mec qui n'avait jamais quitté le territoire américain. Ben n'était jamais parti parce que ses parents n'en voyaient pas l'intérêt, Nathan parce que la question ne s'était pas posée. L'argent servait à manger et à payer l'essence de la voiture, une vieille machine qui consommait beaucoup trop par rapport au plaisir qu'elle donnait à son conducteur. Mais c'était leur seul plaisir, alors ils bichonnaient la vieille Ford.

En embrassant des étrangères, il se facilitait la tâche. Il voyageait en écoutant l'imaginaire développé par ces filles qui venaient d'ailleurs. Ces lieux n'existaient pour lui que sur des images. Il devenait cosmopolite par les lèvres.

La deuxième fille aussi, elle était d'ailleurs : une Belge, rouquine et fière, un petit feu. Mais elle, vous l'aviez choisie à dessein. La Canadienne, c'était ton coup d'essai, un cliché spontané qui t'avait permis de préciser les contours de la photographie réelle. Nathan avait trop de mal tout seul, il fallait bien que tu l'aides.

Ce critère, sa nationalité, c'était tout ce dont tu avais besoin pour commencer à tisser ta toile. Ça cochait la case principale qui aurait pu t'interdire de passer à l'action. Montréal, c'est loin en voiture, absurde en train, et un peu trop cher en avion quand on n'a pas d'argent. La famille était hors de portée.

Tu t'en es assurée en posant des questions indiscrètes qui te permettaient par ailleurs de feindre un intérêt sans bornes, du type : « Tes parents vont venir passer Noël avec toi ? »

Non, elle serait seule, « comme pour Thanksgiving, d'ailleurs », t'avait-elle répondu sans y mettre trop de pathos.

Elle avait généreusement mis au jour ses faiblesses. Son père était décédé quand elle avait dix ans. Avec sa mère, depuis, ce n'était pas la joie, c'est pour ça qu'elle était venue vivre à New York.

Elles avaient vécu en tête à tête pendant toute son adolescence. Elles s'en étaient enfilé, des engueulades sur tous les sujets qui rythment la puberté : les serviettes hygiéniques, le mascara au collège, l'heure de couvre-feu un soir de boum, dormir chez son premier copain. Les deux femmes, d'abord rapprochées par le deuil, s'étaient éloignées de façon irrémédiable du fait de la médiocrité de leur quotidien en duo.

« Il fallait que je me casse, c'était plus possible de vivre dans sa maison de fous. Elle était toujours sur mon dos ! »

Tu avais ri sous cape quand tu avais vu Nathan acquiescer. Lui aussi, il passait beaucoup de temps chez sa mère, c'était beau de voir ces fils à maman qui s'assemblaient pour tonner contre elles après qu'elles leur avaient tout donné. Tu comprenais désormais un des fils qui les liaient, amour-miroir.

Karine était décidée à vivre sa vie, indépendante, à New York. Elle prenait le contrôle de son destin, elle arrêtait de subir. Elle entendait faire ce qu'elle voulait, vivre vite sans que personne trouve à y redire, à lui déconseiller, à la tempérer. Comme elle l'avait dit à Nathan, « vous rencontrer à ce stade de mon intégration dans la ville, c'est presque trop beau pour être vrai ».

Maintenant que tu t'étais assurée que la vie personnelle de Karine ne serait pas un problème pour tes plans, tu n'en avais plus rien à faire des détails de son enfance meurtrie. Tu aurais bien aimé qu'elle se taise, elle occupait trop d'espace.

Toi aussi, tu étais à peu près orpheline, désormais. Tu ne t'en ouvrais pas à toutes les personnes que tu venais de rencontrer pour autant. Tu avais ravalé la pensée du visage de ta mère, essayé de dire quelque chose qui mettrait fin à la conversation. Tu ne l'avais même pas prémédité.

« Vous êtes beaux gosses tous les deux, tu avais dit, j'aimerais bien vous photographier », et Karine avait gloussé. Flattée, elle était d'accord.

« Trop beau pour être vrai », elle avait répété, « je vous a-do-re ». Elle jacassait, tu lui avais versé un autre verre de rosé pour célébrer votre petit arrangement.

« Tu vas voir, Léonore est une incroyable photographe », avait décrété Nathan. À ce stade, il pouvait deviner tes intentions sans pour autant en élaborer les contours.

Tu leur avais donné rendez-vous le lendemain et c'est là que tout avait commencé.

Elle était mûre, il avait fait du bon travail. Tu t'étais demandé si elle avait éclos comme une fleur à son contact, ou si elle l'attendait, comme ça, déjà prête à être cueillie. Ses lèvres étaient épaisses et sensuelles, elles allaient bien prendre la lumière. Les petites boucles aussi, pourvu qu'elle ne les lisse pas.

Tu avais briefé Nathan par téléphone avant de les retrouver. S'il était au fait de tes envies, invité dès les premiers jours de l'année scolaire dans ton cénacle confidentiel, la façon dont tu souhaitais mettre en pratique tes idées avec ces nouvelles filles n'était connue, à l'automne 2012, que de toi, et encore.

Tu en étais à ton coup d'essai, tu constituais ton cercle : avec elle, tu allais mettre ton protocole à l'épreuve. Il avait accepté sans trop argumenter : à ce stade vos liens étaient encore faibles, il avait trop peur de les rompre pour toujours en s'opposant à toi.

Il était midi quand tu les avais retrouvés à la sortie du métro. Ils étaient venus à pied comme des gueux. Toi, tu étais à domicile.

« Je pensais qu'on ferait des photos en extérieur, avec ce soleil », avait regretté Karine quand vous étiez rentrés dans l'immeuble de ton père.

Tu en disposais comme tu voulais ce mois-ci. Ton père était à Séoul en train de conclure de vagues affaires dans des salles de conférence au dernier étage des tours de Gangnam. Tu te sentais riche à nouveau. Les week-ends que tu passais en dehors du campus, tu te glissais dans le moule de ta vie d'avant. Dans ta chambre, le lit était fait. La femme de ménage achetait des fruits brillants chez Wholefoods quand elle passait le vendredi, joyaux de ta couronne. Tu n'avais plus à ramper, tu jouissais entièrement de ton statut de reine.

« Dehors, on ne peut pas tout faire », avais-tu dit simplement.

Vous profiteriez du soleil ensuite ; d'abord, il fallait travailler. La lumière rentrait bien chez vous, ce n'était pas un problème. Aucun de tes deux *invités* n'avait jamais vécu avec une vue sur le ciel, ils ne savaient pas ce que ça faisait, de toujours être dans la lumière.

Une fois dans ta chambre, tu leur avais donné l'ordre de poser leurs affaires dans un coin. Tu avais libéré un grand pan d'espace devant un des seuls murs blancs.

« Déshabillez-vous et posez vos affaires sur le lit, on va commencer », avais-tu dit d'une voix égale.

Karine t'avait regardée bizarrement mais Nathan l'avait

rassurée d'un regard tendre, tu savais ce que tu faisais, elle n'avait rien à craindre. Ses lèvres avaient bougé de quelques millimètres, tu sentais qu'elle s'apprêtait à parler. Elle voulait protester, demander pourquoi. Tu anticipais une à une ses questions avant qu'elles ne franchissent la barrière de ses lèvres, elles restaient collées au gloss. Cette scène, tu l'avais déjà jouée dans ta tête.

« J'ai envie de capturer vos peaux pour un projet sur l'enfance », avais-tu répondu pour couper court aux hésitations qui viendraient polluer la séance.

Tu voulais prendre en photo des couples et faire des collages, des visages qui soient moitié l'un, moitié l'autre, jusqu'aux détails de la plante des pieds. Tu lui avais expliqué ce que tu allais faire.

« Pour ça, il faut que je vous prenne en photo de très près. »

Sans bruit, Karine s'était exécutée, elle voyait bien que Nathan était d'accord. Elle voulait faire comme tout le monde, si c'était ça la vie que l'on menait, quand on fréquentait les bonnes personnes, à New York. Et comment douter de toi, la princesse si belle, éloquente, bien dotée ? Elle ne te connaissait pas tant que ça, mais elle te faisait une confiance aveugle, et pendant deux heures, elle s'était laissé prendre en photo sous toutes les coutures.

« Juste une dernière chose », avais-tu dit alors qu'elle se rhabillait.

Inconsciente de sa beauté, elle avait déjà passé ses chaussettes et sa culotte avant de remettre son pantalon : ça cassait ses jambes, ce n'était pas très esthétique. Toi, tu mettais toujours tes chaussettes en dernier. Tu voulais que tes amants restent sur une bonne impression.

« Oui ? »

Elle s'était tournée vers toi. Là, tu l'avais prise en photo. Clic, elle avait protesté en entendant l'obturateur.

« Pendant deux heures, tu t'es contentée de poser, avais-tu expliqué. Ce que je suis venue chercher, c'est ça. C'est toi. »

La personne qui a enlevé les barrières, vulnérable, celle qui dit oui à tout, celle qui est fatiguée. Les gens tels qu'ils sont, et non pas la façon dont ils se conçoivent et qui vient nuire à la pureté de leur essence.

NATHAN / 11

C'est avec Karine que ça a sérieusement commencé à merder. Voilà, j'y arrive enfin, l'attente valait le coup ? C'est elle qui vous a parlé aussi, n'est-ce pas ? Elle était pas vraiment du genre à l'ouvrir, mais je ne vois pas qui ça pourrait être d'autre, à ce stade. Peut-être qu'un jour vous me donnerez le nom de la moucharde, si je vous dis tout. Promis, je ne lui ferai rien. Je serai juste content de savoir la vérité, et de vous avoir dit la mienne.

Je reprends, je vous parlais de la bascule, du dérapage. Je ne suis pas le genre de mec à avoir froid aux yeux pour rien, ne vous méprenez pas. Je ne me dis pas que les choses peuvent être détruites du fait d'une seule personne, j'ai confiance dans nos aptitudes en tant qu'humains à encaisser le choc et rebondir. Je ne suis pas une victime, c'est ce que je veux dire. Mais voilà, c'est ça qui a donné aux choses l'ampleur qu'elles ont aujourd'hui.

S'il n'y avait pas eu la docilité de Karine pour confirmer l'intuition de Léonore, elle serait restée tranquille dans son coin, je crois. Elle aurait fait autre chose. Elle aurait pris un autre amant, plus dynamique, commencé à faire un sport qui requière tout son corps et son attention, comme, je ne sais pas, l'aviron. Elle aurait pu canaliser cette énergie autrement, j'en suis persuadé.

Elle n'aurait pas fait grandir sa pensée inoffensive d'étudiante délurée jusqu'à ce qu'elle devienne un système. Elle ne se serait pas entièrement consacrée à la photographie réelle.

Moi, j'étais content d'aider Léonore, d'aider Karine, je les aidais toutes les deux à atteindre leur objectif. C'était de l'altruisme, d'une certaine façon. Je l'aimais sincèrement, Karine. Enfin, je n'avais pas calculé. Je trouvais qu'on allait bien ensemble. On était canon, foutue alchimie de corps jeunes. On rigolait bien. Comme elle s'était ouverte à moi, je lui ai proposé de la photographier. Je n'avais pas mille occasions. Il fallait que je pratique.

C'est l'ego qui a parlé, le photographe en pénurie de modèles, l'artiste sans muse. Un bref instant, je m'étais senti comme un jour avait dû se sentir mon père, en quête de femmes, n'en trouvant point, à deux doigts de composer le numéro d'un service de call-girls. Il aurait fallu payer et je n'avais pas d'argent. C'est ce qui m'a sauvé, en quelque sorte. Puis Karine est arrivée dans ma vie, à ce moment de pénurie, il faut le dire, et je suis tombé amoureux d'elle plus vite que de raison pour qu'elle m'appartienne davantage, pour qu'elle me donne plus que ce qu'elle aurait offert à un simple amant de passage.

J'aurais dû passer son existence sous silence auprès de Léonore, ne pas la laisser m'appartenir. J'aurais pu mettre de grands panneaux lumineux, lui dire de faire attention. Je n'en ai rien fait parce que je ne savais pas moi-même la route que l'on allait emprunter. Tout s'est fait naturellement, comme on dérive dans une ville sans carte, comme on se perd si l'on oublie le nom des rues. Vous imaginez, une grande ligne de train qui ne nommerait pas ses arrêts ? On descendrait à l'aveugle, quand on aurait l'impression que c'est le bon moment, qu'on a fait assez de chemin. Eh bien, c'était pareil, sauf que tout s'est emballé.

On a d'abord fait les premières photos dans l'appartement. C'était bizarre sur le moment mais ça aurait pu s'arrêter là. Puis il a fallu que Léonore insiste. Elle a voulu recommencer. On avait seulement touché du doigt l'endroit où elle avait envie d'aller. Elle est devenue autoritaire, et lors de l'une de nos disputes, j'ai eu l'impression qu'elle allait me frapper.

J'en ai parlé à Karine. Elle, ça lui allait de faire ça une fois, elle avait trouvé ça « exotique », mais elle n'avait pas envie que ça devienne une habitude. Elle avait sa vie, à côté. Son temps libre, elle aurait préféré le passer avec moi, à faire des expos et à boire des bières plutôt qu'à poser à poil pour « ma copine cheloue ». Elle ne comprenait pas encore que la vraie vie, pour Léonore, était davantage dans les photos que dans ce qui se passait à la surface de la terre.

« Elle est bizarre, ta pote. Elle m'a encore écrit, tu peux lui demander d'arrêter ? »

C'est à cause de ça qu'on a été obligés de l'enfermer. Sinon, je n'aurais jamais été pour. Je l'ai fait pour la protéger. Qui sait de quoi Léonore aurait été capable autrement ?

Je vous le dis, Vera, je pense que si je n'étais pas intervenu, si je n'avais pas proposé que sa captivité se déroule à domicile, ça aurait été chez Léonore, et qu'au bout de quelques jours elle l'aurait tuée, parce qu'elle n'aurait pas réussi à obtenir suffisamment de vérité. Elle l'aurait photographiée jusqu'à l'épuisement sans en tirer la sève. C'est grâce à moi si Karine a survécu.

Moi, je n'avais pas forcément envie qu'elle s'installe à domicile. Quel intérêt en aurais-je tiré ? Willowbrook, c'était mon royaume. C'était la première fois que j'habitais seul et ça ne faisait que deux mois que je jouissais pleinement de mes matins. Je prenais mon café, tranquille, sans avoir l'ombre de ma mère dans le dos pour me faire chier.

Karine était venue pour New York et cela ne m'aurait pas dérangé qu'elle y reste. Je trouvais mon compte à ne la voir que le week-end, quand j'avais amassé suffisamment de choses intéressantes à dire pour qu'elle me trouve spirituel, à croquer. Elle y trouvait le milieu rêvé de son épanouissement, et suffisamment de distractions sonores et olfactives pour éponger ce qui aurait pu la mener à la dépression. Elle sortait tard et regardait, rêveuse, le grand jeu des aiguilles sur sa montre avec le contentement de n'avoir de comptes à rendre à personne.

Mais Léonore avait voulu qu'elle s'installe à la maison.

« La vie de ta Karine, c'est une parade », s'était-elle exclamée.

Si on lui enlevait ses artifices, alors seulement on pourrait photographier ce qu'elle était vraiment.

Léonore voulait photographier la dépression de Karine. Les pensées de Karine. Ce qui faisait que Karine pourrait, un jour, se jeter sous un métro au lieu de le prendre.

« Et quoi de mieux, pour savoir ce que c'est, la dépression, la vraie, que d'enlever à quelqu'un ses cachets au moment où il en a le plus besoin ? »

Cette expérience était sadique. Cette expérience était géniale. Je vous avoue que si quelqu'un m'avait présenté l'idée, comme ça dans la rue, je n'en aurais pas fait autant de cas, mais elle sortait de la bouche de Léonore, fardée, impeccable, les dents toutes droites, et ça changeait tout. On n'imagine pas qu'une personne qui représente la perfection puisse avoir tort. Alors je l'avais crue. En faisant ça, on rendait service à Karine. On rendait service au monde. On ferait de super bonnes photos. Des photos réelles, authentiques.

On n'enlevait pas, à proprement parler, ses cachets à Karine. Elle avait choisi de ne jamais prendre les antidépresseurs qu'on lui avait prescrits. Elle me l'avait dit assez rapidement, fière de s'en être tirée, gonflée de l'orgueil des gens qui n'ont pas besoin des autres pour survivre, qui peuvent sortir la tête hors de l'eau sans qu'on les soulève, par la force de leur seule volonté. Selon moi, elle avait remplacé la médication par la fuite. Et là, nous l'avions cueillie, enfin moi j'avais juste fait pousser la fleur, et Léonore était venue avec la serpe.

Je ne veux pas parler de Karine. Karine est partie. Karine vous a probablement tout dit, de toute façon. Ce n'est pas le vrai sujet. Voilà un scoop pour vous : elle est partie de *mon* plein gré, elle aussi. J'avais laissé la porte ouverte, j'ai dit qu'elle était sortie par la fenêtre, mais ce n'est pas vrai. Je ne l'ai jamais avoué à Léonore, par peur des représailles, mais il faut que vous le sachiez.

Je suis un mec bien, je n'ai jamais fait les choses froidement. J'ai navigué d'état d'âme en état d'âme, contrairement à tous ses autres adeptes, la foule grandissante qui faisait tout pour que Léonore les accepte. J'ai hésité plusieurs fois. Je ne savais jamais ce qui primait, la vie de ces filles ou notre idéal. Pour Léonore, c'était clair.

Du coup, laissez-moi reprendre. En y repensant bien, j'ai changé d'avis. Je pense que le vrai problème, ça a été Marianne, la deuxième fille, celle de 2013.

Pas Marianne en tant que telle. Marianne est... était ?... aucune idée de là où elle est aujourd'hui, ou même de si elle est vivante, je m'égare, pardon, c'est l'émotion, je reprends. Marianne, elle était charmante. Marianne, peut-être que je ne l'aimais pas vraiment, si je dois être honnête avec vous. J'aimais surtout l'image qu'elle me renvoyait de moi-même. Et c'est pour ça que je n'ai pas su dire stop, parce que je n'étais attaché à elle que pour sa fonction de miroir.

C'est avec Marianne que j'ai merdé, parce que avec Marianne j'ai fermé la porte à clé. J'ai même fait installer un deuxième verrou. Je ne l'ai pas laissée s'échapper au moment où on atteignait le point de non-retour, le jour où j'aurais dû distraitement oublier de tourner la clé une deuxième fois dans la porte, comme avec les autres.

LÉONORE / 12

La Belge, c'était une autre paire de manches. Elle vous avait apporté plus de soucis que de bons moments. Pourtant, ça aurait dû être mieux. Nathan avait en tête les instructions dès le départ, vous n'aviez pas construit ça à la volée. Tout, dans la chasse, était cette fois intentionnel.

Tu t'étais méfiée dès le début, quand tu l'avais vue arriver à l'été 2013, rouquine étincelante et sûre d'elle-même : Marianne. Quand elle marchait, ses longs cheveux faisaient derrière elle comme une traîne. Nathan te l'avait présentée dans ton appartement dans le format sur lequel vous vous étiez accordés, un dîner intime tous les trois, où ta présence la galvaniserait. Il la présentait à sa meilleure amie, c'était sérieux, et tu étais si cool, comment résister ?

Tu avais pris Nathan dans un coin de la pièce quand elle était partie fumer une clope sur le balcon : « On avait dit qu'on évitait les filles du genre trop bien dans leur peau. Elle ne m'inspire rien de bon, ta Marianne. »

Nathan s'était justifié avec véhémence : « Tu m'avais dit

d'en choisir une belle », et tu t'étais énervée tout doucement, sans que le volume de ta voix oscille. Tu avais utilisé le même ton que pour lui demander de mettre la table, un ordre déguisé, un partage équitable des tâches. Oui, il fallait qu'elle soit belle, mais qu'elle ne le sache pas. C'était pas si compliqué. Qu'est-ce que c'est con, un mec. Il t'avait regardée avec l'air encore plus bête, comme un enfant qui apprendrait tout juste à parler.

« Je lui dis quoi, on se casse ? »

Tu avais secoué la tête.

« Non, évidemment, tu avais dit. On va voir ce qu'on fait, mais maintenant vous êtes là, tant pis. »

Elle avait ramené des fleurs, comble du chic, l'hôte parfaite. Tes préférées en plus. Un pétale blanc s'était détaché quand tu les avais sorties de leur plastique ; elles commençaient déjà à mourir. Tu avais mis les roses dans un vase pendant qu'ils enlevaient leurs chaussures. Tu t'en foutais, en principe, la bonne passait le lendemain, mais tu avais envie qu'elle descende de ses grands talons qui lui faisaient des jambes ensorcelantes.

« Si ça vous dérange pas, la femme de ménage vient de passer », t'étais-tu justifiée avec un air désolé.

Elle avait délacé ses échasses vernies et d'un coup le mollet était moins galbé, le pied bêtement posé sur le sol. Tu avais remarqué qu'elle avait les doigts de pied laids comme ceux du monde entier et, l'ayant ainsi rabaissée, tu t'es sentie son égale. Son vernis était écaillé par endroits, comme un tableau qu'il faudrait restaurer.

Si tu continuais à l'humilier, par petites touches invisibles, tu pourrais supporter qu'elle soit votre muse, malgré sa beauté.

La confiance en soi se perd aussi vite qu'elle s'acquiert, avec un ensemble de mots dits et entendus.

Vous vous étiez mis à table et tu t'étais radoucie. Assise, elle était encore moins grandiose, le buste coupé aléatoirement par les lignes dures de la table, la fourchette tenue qui tord la main dans un moignon utilitaire, la joue gauche gonflée par un bout de nourriture mâché avec conviction.

« Qu'est-ce qui t'amène si loin de chez toi, Marianne ? »

Tu n'avais pas envie de lui faire peur, pas tout de suite. Tu lui avais posé les questions habituelles pour mieux comprendre qui elle était, d'où elle venait, et où étaient ses interstices. Pour chaque fille, tu voulais savoir là où tu pourrais te glisser. Il y avait toujours des crevasses sombres où il y avait de la place, un endroit où la personne serait, pour toujours, seule. C'était à cet endroit chaud et désert que tes griffes avaient la meilleure prise.

Toi, tu ne te serais jamais laissé avoir.

Marianne travaillait pour une grande entreprise internationale de cosmétiques qui avait ses bureaux new-yorkais tout en haut de l'Empire State Building, sur la 34e Rue.

« Tu vends des rouges à lèvres, quoi », l'avais-tu coupée.

Elle ne s'était pas démontée, et elle était ainsi remontée un petit peu dans ton estime. Elle t'avait peint le tableau idyllique de ses conditions de travail dans la tour iconique afin de te démontrer les raisons sous-jacentes qui rendaient l'aventure valable, et même désirable. Elle semblait persuadée que l'essentiel te restait invisible et que c'était pour ça que tu ne te pâmais pas devant elle comme tous les autres.

Certes, il y en avait d'autres, des gratte-ciel, « ça pullule comme de la mauvaise herbe dans votre ville », mais celui-là, avec son personnel en livrée et son aura historique, il restait à part.

Pour elle, c'était une raison suffisante de se lever chaque matin pour aller travailler, et elle affirmait ne pas être la seule au sein de son équipe. Tous, ils étaient de grands émerveillés. Il fallait imaginer un plateau entier de personnes, vaquant à leurs tâches abrutissantes avec des étoiles dans les yeux, drogués par l'altitude en perfusion.

C'était le genre de siège qui plaisait aux visiteurs de passage. Une belle vue rendait chacun moins regardant lors d'une signature de contrat, enthousiasmait des rendez-vous matinaux qui autrement n'auraient été que torpeur dans une zone industrielle.

Avec un ravissement palpable, elle te parlait de sa joie renouvelée, chaque matin, lorsqu'elle passait la porte des grands ascenseurs qui l'emmèneraient vers le ciel. Ils s'ouvraient en rythme, crachaient leurs épouvantails en costume, jambes longilignes dans des collants noirs. Au petit bruit rond de la sonnette, quand l'ascenseur arrivait à chaque étage, succédait la mélodie des talons qui griffaient le sol en marbre, impatients et pointus. Pour toutes ces raisons, elle adorait aller travailler.

Marianne avait décroché ce job grâce au réseau des anciens de son école d'ingénieurs. Le stage était occupé en lignée par des élèves de l'école qui se le transféraient tous les six mois. On ne postulait pas, on se cooptait.

Le poste en lui-même n'était pas très intéressant, avait-elle admis à demi-mot. Le prestige associé et sa localisation à New York attiraient néanmoins comme un aimant les étudiants d'une promo à l'autre. Ils ne choisissaient pas les plus brillants mais les plus populaires, ceux qui avaient su tisser leur toile dans les arcanes des associations étudiantes afin de pouvoir récupérer leur dû.

« Mon prédécesseur était l'ancien trésorier du club d'aviron, ça s'est fait assez naturellement ! » t'avait-elle expliqué.

Elle était championne d'aviron. Même si l'aviron était un sport collectif, tout le monde était d'accord pour dire que c'était elle, la meilleure.

Tu n'en avais rien à faire des petits chefs des écoles de Bruxelles. Mais cela t'apprenait quelque chose : Marianne connaissait la valeur des relations et des cercles. Elle verrait vite l'intérêt qu'elle pourrait trouver à rejoindre le tien. Vous n'auriez pas besoin de la contraindre, elle viendrait d'elle-même.

Si elle s'était battue, levée matin après matin pour s'abîmer les mains sur une rame, cicatrices de la taille d'une petite bûche, brisant de son petit corps menu la brume des lacs, alors oui, c'était bon. Elle pourrait faire les sacrifices nécessaires quand il s'agirait de vous rejoindre, ou plutôt, de vous appartenir.

Nathan l'avait bien choisie, finalement.

Elle t'agaçait, avec sa manie de mettre ses mains dans ses cheveux. Tu trouvais ça à la fois sexy et sale.

À plusieurs reprises, tu avais eu envie de lui rappeler que vous étiez à table, et pas dans une putain de salle de bains. Tu voyais sa main aller de la fourchette au pain, du pain à la chevelure, de la chevelure à l'assiette. Elle ne s'arrêtait pas. Le dernier soleil de la journée sublimait les reflets dorés de ses cheveux. Il s'en donnait à cœur joie, comme s'il voulait tout à fait disparaître et rester pour la nuit dans une prison soyeuse. Toi aussi, tu aurais eu envie de plonger ta tête là-dessous, l'épaisse toison écureuil avait l'air d'être tout à fait confortable.

Tu avais pensé que Nathan faisait sûrement ça avec elle, et tu t'étais mise à l'envier. Il avait beau te dire que c'était le sale boulot, il n'était pas si mal. Sans toi, il n'aurait sûrement pas osé sortir avec cette fille. C'est toi, en lui donnant la nécessité sur un plateau, qui lui avais offert la confiance nécessaire. Plutôt que de se plaindre, il aurait dû te remercier.

Vous étiez assis autour de la grande table ronde du salon, en principe à équidistance, mais elle et Nathan semblaient quand même faire front, en face de toi, unis. Souvent, elle se retournait vers lui avec un air complice, fronçait le nez, ils avaient l'air d'avoir quelque chose en commun qui t'était inaccessible. Tu aurais préféré qu'il fasse semblant de tomber amoureux.

À la réflexion, ce mec était trop fleur bleue pour ce jeu. Il avait bien caché son jeu les premiers temps, mais le naturel s'affichait désormais de façon toujours plus explicite. Heureusement que ce n'était pas le seul intermédiaire sur lequel tu pouvais compter pour recruter vos muses. Les autres étaient plus sobres, moins intenses.

Ce soir-là, Marianne t'avait malgré tout séduite.

Elle était cultivée. Tu avais trouvé en elle une partenaire de conversation pas désagréable, si on mettait de côté ses discours barbants sur l'industrie cosmétique et les foutus ascenseurs de l'Empire State Building. Dans ses mots, il y avait de la poésie, elle invitait naturellement à la métaphore. Serait-elle sensible à votre œuvre ? Tu avais hâte de découvrir ce que cette sensibilité donnerait, une fois mise à l'épreuve de votre programme. Et tout s'est d'abord passé comme prévu.

Ce que tu n'as pas vu venir, c'est sa faiblesse. Tu la percevais grande, petite œuvre musclée, quand sous la peau, il y avait plusieurs centimètres cubes de vide, comme un coq qui se gonfle. Elle était fragile. Tu l'avais surestimée. Tu avais pris son assurance feinte pour une carapace à toute épreuve, quand elle flanchait plus rapidement que Karine, la Québécoise, ne l'avait fait. Tout semblait l'atteindre en plein cœur, à partir du moment où les choses n'allaient plus dans son sens.

Peu à peu, quand Nathan s'était détaché d'elle pour passer à la phase sérieuse, celle qui la rendrait entièrement soumise à vos pratiques, tu avais vu son état se détériorer. Vous l'aviez retrouvée avec des médicaments dans la baignoire de Willowbrook un midi pendant la pause-déjeuner. Elle s'était ratée, la pute, mais c'était moins une. Quel gâchis, vous n'aviez disposé d'elle que quelques semaines. Tu aimais la regarder faire l'amour avec Nathan, elle avait fini par te laisser faire.

Tout ça pour ça.

NATHAN / 13

Vous vous imaginez parfois ce que ça fait, d'être moi, Vera ? Léonore me demandait de recruter des filles. Elle insistait. Parfois, elle venait me chercher dans mon lit. Elle grimpait dessus, et mon matelas de merde devenait un trône. Elle me suçait lentement jusqu'à ce que je dise oui, elle me bouffait jusqu'à la moelle, putain, à ce moment-là je n'en pouvais plus, et je lui disais que j'étais d'accord. Acmé. Ça montait, ça explosait. Comment faire autrement ? C'est comme ça que ça se passait.

Elle savait où j'habitais, elle avait aussi le code d'en bas. J'ai dit qu'elle avait tous les droits sur moi. Je l'ai même peut-être écrit quelque part et signé de mon sang dans un accès de folie, je ne m'en souviens plus. Ce serait bien son genre, et moi je me laissais faire. Parfois, je regrettais, mais j'avais choisi mon idéal. Vivre de notre art, par tous les moyens possibles. Je ne faisais pas ça pour m'amuser, je travaillais.

Depuis qu'elle me payait, je n'avais plus les moyens de refuser ses avances et ses demandes. J'étais à elle, elle avait les clés de mon appartement, et elle venait m'y *supplier*, à sa manière.

Ce n'était pas désagréable, mais c'était intrusif. Avant Léonore, je n'avais pas l'habitude. Souvent, elle avalait, et elle me demandait de la remercier, ce que je faisais. Je suis un mec bien, il ne faut pas croire ce que les gens racontent.

Elle claquait la porte du petit studio de Willowbrook après s'être rincé la bouche dans l'évier. Elle ne laissait aucune affaire chez moi. Je crois qu'elle utilisait ma brosse à dents. Ça me semblerait bizarre qu'elle ait amené la sienne à chaque fois, enfin bon, peut-être, on croit connaître les gens et puis non.

Tout ça ressemble salement à une confession, et pourtant je ne suis coupable d'aucun crime. Je vous le répète encore une fois. Je ne faisais rien de répréhensible, j'exécutais. Ce n'était pas moi le cerveau de la bande, j'étais seulement un idiot nécessaire.

On n'a jamais emprisonné personne pour donjuanisme, et je n'étais pas du genre à mutiler mes conquêtes. J'étais réglo, je draguais, je baisais, je photographiais. Léonore avait tout à y gagner, j'invitais de nouveaux sujets à découvrir notre royaume. C'était elle la reine, c'était elle qui gagnait. Elle me donnait de l'argent pour faire ce que je faisais, je le mangeais dans sa main, je le dépensais trop vite, mais à la fin, c'est elle qui prélevait l'impôt.

Vous pouvez bien me juger, allez-y. Je n'avais pas les moyens de vivre autrement. Sans eux, j'aurais été seul au monde. Je serais resté avec maman dans le Connecticut, avec ma vieille bagnole et Michel le chien. Exit, les études de photo. Exit Magnum, Aperture, et tous les petits rêves sur papier glacé. Vous aussi, vous en aviez sûrement, des rêves, non ? C'est humain. Alors je recrutais nos muses, c'était mon travail. Ce serait bien d'avoir un peu de considération pour moi.

Je ne suis pas un canon de beauté, à en croire les affiches Abercrombie qui pullulent dans Manhattan. Elles me narguent. Je trouve ces photos de torses vulgaires. Quitte à montrer des gens nus, soyez vrais, les gars. Je ne ressemble à aucun de ces colosses affectant une extrême vulnérabilité qu'ils n'ont par ailleurs jamais ressentie, mais les filles disaient que j'étais « charmant ». Voilà, j'avais un certain truc. Je veux bien être d'accord avec ça. Pour une fois qu'on me prête des qualités auxquelles je souscris.

Les autres filles du groupe de photographie réelle voulaient coucher avec moi. C'est le regard de Léonore sur moi qui faisait monter ma valeur boursière. On dirait que j'exagère mais pas du tout. Elles me le disaient. On était tous assez francs envers les autres, autrement je crois qu'on se serait entretués. On passait quand même beaucoup de temps ensemble. Les secrets, c'était déjà difficile de les garder pour l'extérieur.

Elles chuchotaient, quand même, parce que j'étais différent des autres mecs du groupe. Léonore disait que j'étais sa garde rapprochée. Je n'avais le droit de m'éloigner d'elle que pour séduire de nouvelles femmes, à l'extérieur, qui viendraient nous rejoindre. Si j'échouais, ça se passait mal pour moi. Le reste du temps, je devais me tenir disponible. Elle avait des besoins à combler.

Si on s'était limités au seul campus de March, notre manège aurait été trop visible, il fallait chercher en dehors. New York était plein de ces gamines désœuvrées, venues pour le rêve urbain et qui se heurtaient à la réalité de sa solitude. C'étaient elles que je ramassais. Une à une, sur les trottoirs des espoirs déchus, je faisais ma course parmi les stagiaires.

C'est comme ça que j'avais trouvé Alice.

Elle n'a pas opposé de résistance à ma séduction express. L'intensité des premiers jours n'a pas suscité de soupçons particuliers chez elle. Elle a cru au tourbillon de l'amour, comme si, moi aussi, comme elle, je n'arrivais pas à me retenir de l'aimer. Un moment infime, je pense qu'elle a même eu l'impression d'être en position de force avec moi, et c'est comme ça qu'elle est tombée, cette conne.

J'aurais aimé qu'elle résiste.

« Certaines personnes pensent, à tort, que l'on peut photographier le sentiment amoureux. Tout est un masque. Quand vous prenez un couple en photo, ce que vous capturez, c'est leur image de l'amour. C'est une performance de sentiments qu'ils imaginent mais ne ressentent probablement pas. »

Manifeste de la photographie réelle, III

NATHAN / 14

La première fois que j'ai vu Alice, j'ai pensé que j'aurais pu, dans d'autres circonstances, en tomber vraiment amoureux.

Quand on se promenait ensemble dans les rues de New York, elle avait ce visage enthousiaste, caractéristique des gens qui n'ont pas beaucoup voyagé dans leur enfance, et qui s'émerveillent de tous les détails qui leur sont présentés. Ça m'a beaucoup séduit, sa manière si innocente de regarder jusqu'aux banquettes des restaurants avec la solennité que d'autres réservent aux œuvres d'art. Ça se voyait qu'elle savait trouver la beauté n'importe où. Elle faisait le stock d'exotisme avec la bouche grande ouverte. Adorable, cette fille. Vous regardiez en l'air, vous aussi, à votre arrivée à New York, Vera ? C'est peut-être un truc d'Européens, chez vous tout est plus bas.

Mais vite, je suis revenu à la raison. Je savais que ce n'était pas ce que Léonore avait demandé. Elle voulait que je fasse comme avec les deux autres, qu'en la séduisant je reste à peu près hors de moi. Il ne fallait surtout pas que je m'attache, la dépendance devait être unidirectionnelle.

Les deux autres filles, ce n'était qu'un essai. Je n'ai pas oublié leur prénom, je vous les ai donnés, ils résonnent encore dans ma tête avec toutes leurs syllabes, mais par prudence je ne les utilisais pas quand je parlais du projet à cette époque. Je les appelais 2012 et 2013. C'était également ça qui était écrit sur les pochettes où je rangeais leurs photos. J'avais commencé à faire ça quand Alice avait trouvé les photos de Karine, au cas où. J'aurais pu choisir des pseudos, des couleurs, mais le temps est la seule mesure de la vérité. Un jour, le prénom d'Alice disparaîtra lui aussi au profit d'une année calendaire. Les dates, ça devient un peu barbant, alors peut-être qu'on lui trouvera un diminutif.

Les circonstances étaient parfaites. Alice n'était là que pour un temps limité. Cette vérité aurait pu m'attrister si j'étais vraiment tombé amoureux, mais elle rassurait le puriste en moi. Avec elle, nous irions vite, la chute ne serait pas aussi douloureuse. J'avais un calendrier pour exécuter notre plan.

J'ai rencontré Alice sur Internet. Je connais peu de mecs qui rencontrent leur petite copine ou leur plan cul ailleurs ces jours-ci. Et vous ?

J'ai déjà dragué dans les bars, ça s'est toujours soldé par un échec minable. Sur Internet, on peut plus facilement jauger les intentions des autres. Par exemple, dans un bar, une fille peut apparaître disponible, se trémousser contre vous le temps d'une chanson, pour disparaître sans l'annoncer dans un nuage de parfum, ou, pire, se transformer en dragon au moment où vous osez enfin porter vos mains sur sa poitrine généreuse.

Je les entends encore, dans mes oreilles, les petites hyènes échauffées – *how dare you ?* –, elles jouent la surprise parce que deux êtres sexués se tournent autour depuis trois heures et que vous, en bon gentleman, lui faites l'honneur de faire le premier pas. Sales putes, j'en suis revenu. Pardon, mais la vie réelle, ça me coûtait trop cher en verres de chardonnay. Le coût de la vie à New York ne cessait d'augmenter, et mes moyens ne suivaient pas. Chaque jour passé dans cette putain de ville me rendait plus pauvre.

Au moins, quand je rencontre une fille sur Internet, je sais pourquoi je paie le premier verre. Ce n'est pas une garantie, ça n'existe pas, ou alors ça s'appelle de la prostitution, mais disons que c'est au moins un dépôt de paiement. Il va se passer quelque chose, on en a l'intention plus ou moins ferme.

Sur le web, on sait pourquoi on est là, on cherche tous à faire une rencontre. Personne ne se cache derrière des intentions tièdes, nul n'est là par hasard.

Parfois, j'imagine ça comme une grande pièce où l'on est tous en train de danser de façon à attirer l'attention des autres, à présenter notre meilleur profil. Tant pis si on voit l'ensemble des autres un peu moins bien ainsi tournés, si ça permet d'attirer toute la lumière sur ce qui semble désirable chez nous.

C'est un peu comme ces paquets de fraises sous plastique que vous achetez sans pouvoir contrôler la qualité, où seulement les trois du dessus sont bonnes et les autres sont toutes pourries. Moi c'est pareil : je suis pourri en dessous, mais je présente bien. Il faut retirer le plastique pour avoir la vérité mais, à ce moment-là, elles sont déjà passées à la caisse.

Moi, j'ai envie de leur dire, aux filles qui s'étonnent de ces choses-là, que si personne n'avait jamais eu de mésaventure avec un paquet de fraises avariées, eh bien on serait en rupture de stock, parce que c'est l'été, la pleine saison, et que les fraises, c'est vraiment le meilleur fruit.

Ne vous étonnez pas, les filles, ne jouez pas les grandes effarouchées à la sortie du primeur. Si vous êtes encore là, je leur dirais, et si moi aussi je suis encore là, sur l'étal, en pleine saison, c'est que je ne suis peut-être pas le seul à avoir un problème. Regardez-vous.

Alice était nouvelle sur l'appli. Il y avait un petit halo autour de son profil, c'est comme ça que je l'ai remarquée.

C'était une super stratégie des créateurs de l'app pour faire croire aux nouvelles utilisatrices qu'elles sont bonnes, ça. Waouh, j'aurais dû me mettre aux app avant, quel succès ! elles se disent sous l'avalanche immédiate de likes. Non, cocotte, tu reçois plein de messages parce que ton profil clignote. Potentiellement, si tu es là, c'est que tu es désespérée. Tes amies t'ont inscrite, tu viens de te faire larguer, ton ex a mis sa nouvelle meuf enceinte au bout d'un an ? Dis-moi.

Souvent, les petites nouvelles, j'essaye de savoir ce qui les amène là. Discrètement, j'y mets les formes, je la joue simple curieux, et elles aiment parler d'elles.

Avec Alice, c'était mieux. Elle n'était pas simplement nouvelle sur l'appli, elle venait d'arriver à New York.

Ça sentait le profil parfait. Je partais gagnant. Sur la photo, elle avait un beau visage. Je n'aurais même pas besoin de me forcer. Par contre, elle avait un pseudo de merde : « Alice in Wonderland ». Quelle angoisse. Moi, j'avais juste mis mon prénom.

J'ai ravalé mon mépris pour l'inviter à déjeuner le lendemain. Elle a accepté, elle n'avait rien d'autre à faire, j'imagine. Elle devait se sentir seule, et tant mieux. Si elle était française, elle devait forcément avoir deux ou trois choses intéressantes à dire, et on verrait la suite à donner à tout ça.

Il fallait que je me mette au travail le plus tôt possible pour profiter du temps allongé de l'été avant le début des choses sérieuses et du trimestre universitaire. Léonore avait dit de ne pas s'éparpiller cette fois. Il fallait que tout soit plus maîtrisé.

Quand je l'ai vue, assise sur le banc devant le restaurant où je lui avais donné rendez-vous, j'ai eu envie de faire demi-tour. Pas qu'elle ne me plaise pas, au contraire. Elle était belle, putain, tout à fait mon genre. Surtout, elle m'a saisi par son innocence. Comme certains tueurs jurent de ne pas s'en prendre aux enfants, j'avais du mal à agir avec détachement envers les nanas avec des fossettes comme celles d'Alice. J'y suis allé quand même, mais j'étais énervé. J'avais envie que ça foire. Tant pis, j'en prendrais une autre, celle-là je la laisse dans son gentil monde merveilleux, bonjour et au revoir, « Alice in Wonderland ».

On s'est dit bonjour avec gaucherie. Elle a voulu me faire la bise et j'ai trouvé ça mignon. Un point pour elle. J'ai tout de suite eu envie de lui parler de la filmographie de Godard parce que c'était à peu près tout ce que je connaissais de la France et que je trouvais que ça faisait mec cultivé.

J'avais fait deux ans de français au primaire mais j'avais déjà oublié l'essentiel de mon bagage culturel : les chiffres et les couleurs. Bleu, blanc, rouge. Je me suis retenu, Léonore disait que ça faisait intello de placarder ses références en début de rencard, mais en Alice j'avais un adversaire à ma taille. C'était clairement sa technique à elle aussi. On s'était bien trouvés.

Elle ne m'a pas laissé en placer une de toute la première demi-heure, ou alors pour me poser des questions qui lui permettaient de surenchérir. On ne l'arrêtait pas. Elle parlait tellement qu'on aurait dit qu'elle sortait d'un couvent où elle aurait fait vœu de silence, ou pire, qu'elle s'était échappée d'une foutue retraite *vipassana*.

« T'es célibataire depuis longtemps ? »

J'étais gêné qu'elle me pose la question de manière aussi directe. Je ne savais pas quel niveau d'honnêteté privilégier à ce stade. Techniquement, je n'étais vraiment sorti avec personne depuis l'automne 2012, voilà deux ans. Mais il s'en était passé, des choses, depuis. Je n'avais pas fait vœu de chasteté, quoi, je voulais qu'elle sache.

« Pas trop, mais je ne suis jamais resté longtemps avec quelqu'un non plus, ai-je tenté, évasif, histoire de la rassurer sur l'absence d'attachement abusif ou d'ex démoniaque.

— C'est vrai que tu n'as pas vraiment l'air du mec qui cherche une relation sérieuse », a-t-elle répondu en souriant.

Putain, elle n'avait rien compris, ou j'avais raté mon approche. Ça se voyait qu'elle était déçue, qu'elle cherchait soudain à se protéger de moi, le voleur d'instants, allergique à l'engagement.

Je n'avais presque rien dit et j'étais déjà catégorisé. D'un coup, elle était moins volubile, je voyais dans l'air l'armure et les barricades qui se construisaient tout autour d'elle, à vitesse grand V.

« Ah si, détrompe-toi, ai-je vite renchéri pour arrêter la construction de la muraille, j'ai juste jamais trouvé personne qui en vaille le coup...

— New York est une grande ville, a-t-elle observé.

— Ce n'est pas pour autant qu'on ne s'y sent pas seul », ai-je dit.

Elle m'a regardé avec un sourire. Elle n'avait pas l'air de savoir ce que ça faisait, d'être seule à New York. Elle ne devait pas être là depuis bien longtemps. Tous ceux qui y vivent depuis longtemps le savent.

« Et toi, ça fait combien de temps que tu es là ? ai-je demandé.

— Quatre jours », a-t-elle avoué.

C'était à mon tour d'avoir l'avantage. J'ai sifflé.

« Eh ben, j'en connais une qui ne perd pas de temps... »

Elle a rougi ; ça s'est répandu dans tout le bas de son visage, comme si la température avait d'un coup pris dix degrés.

Avec ces nouvelles couleurs, la robe carmin jurait désormais : j'étais assis près d'un lampion humain, j'avais envie de prendre une photo de toutes ces couleurs chaudes.

« Quatre jours, putain, j'ai répété, hilare, waouh ! T'es pressée, Alice ?

— Ça dépend, tu me proposes quoi ? »

J'ai été surpris de sa réponse audacieuse. C'était facile. Et comme ça, c'était bon. Elle avait l'impression d'être, *elle*, la prédatrice. Elle dansait au bout de mon hameçon, je lui avais laissé du lest. Elle avait envie d'être une femme libre, et moi, en lui donnant cette opportunité, je la faisais tout à fait mienne.

En rentrant chez moi, cet après-midi-là, j'ai écrit un texto à Léonore : « C'est bon, j'ai quelqu'un. »

Je ne voulais pas trop m'avancer. Après tout, pour l'instant, je ne lui avais soutiré qu'un baiser, mais je supposais qu'avec Alice nous obtiendrions tout ce dont nous avions besoin cet automne. Elle avait été prompte à me faire confiance, et en retour, je l'amènerais à nous. Elle deviendrait notre modèle. Elle avait tout à y gagner. Avec nous, elle ferait vite partie de ce monde qu'elle désirait tant.

LÉONORE / 15

L'été 2014 était arrivé, moite, tu n'avais pas vu le temps passer. C'était une belle année chaude, idéale pour faire des rencontres. Septembre marquerait déjà ta dernière année de bachelor. Si tu voulais continuer à faire des études, il te faudrait des sous pour payer le master et des projets hallucinants à présenter pour y candidater.

Tu rêvais de présenter les travaux du groupe de photographie réelle. Ça pourrait même être l'intégralité de ton dossier, la garantie d'intégrer le meilleur programme avec une bourse pour le financer entièrement. Vous étiez si près du but. La vérité était à deux doigts, et si seulement l'autre n'avait pas essayé de se tuer en cours de route, vous auriez déjà pu partager vos travaux.

Tu avais recommencé ton manège, parce que les autres ne mouftaient pas. Tu étais ravie de ces filles dociles qui, honteuses d'avoir cédé, ne faisaient même pas mine de vous dénoncer. Même à leurs amis, tu supposais à raison, elles n'oseraient rien dire.

Elles auraient eu honte d'avoir été faibles, d'avoir cru en l'amour et d'être tombées du haut de leur niaiserie. Vous aviez un bon roulement. Si elles finissaient toujours par partir, vous les remplaciez sans heurts. Vous aviez toujours une muse à disposition.

Tu avais donné des instructions plus précises à Nathan, pour Alice. Tu avais affiné le projet. Comme une émission de téléréalité, les prises de vue et autres rituels auxquels devrait participer l'élue étaient millimétrés. C'est par l'exactitude que tu voulais briller, cette étude longitudinale que tu menais avec tes photos sur les corps sous contrainte. Alice serait la pièce maîtresse du dossier, tu en étais persuadée.

Une fois, en cours – tu continuais à y aller pour valider tes UV, même si tu étais très occupée par tes activités extrascolaires –, un des profs avait écrit la question suivante sur le tableau noir : « Jusqu'où peut-on aller pour faire de l'art ? »

Tu t'étais vraiment posé la question. Toi, tu ne voyais pas de limites. Y avait-il vraiment une fin nécessaire ? Renoncer à aller jusqu'au bout, n'était-ce pas dire adieu à la créativité, la vraie, celle qui vient des tripes ? Un truc de chochottes.

En attendant de réfléchir à cette question, tu ramassais les cotisations auprès des membres du groupe de photographie réelle. Cette année, tu avais fixé son montant à cinq cents dollars. *A fucking bargain.* Ces gens en avaient les moyens. C'était moins qu'une place pour les galas caritatifs auxquels leurs parents allaient chaque mois, comme le faisait ton père. Cinq cents dollars, pour deux cours par semaine, et les *à-côtés*.

C'était le prix de leur créativité. Sans toi, ils auraient écouté les théories abrutissantes des professeurs sans jamais oser avoir un parti pris photographique fort. Ils suivaient les consignes. Tu méprisais ceux qui t'adoraient avec une réciprocité sans faille. Grâce à toi, ils faisaient partie de quelque chose de plus grand qu'eux. Le conceptuel et le réflexif leur seraient autrement inaccessibles.

Exploiter la faiblesse des autres et leurs croyances, c'était ce que faisaient toutes les corporations depuis toujours. Tu ne voyais pas pourquoi l'art devait, lui, s'en priver. Les entreprises ne se gênaient pas.

Tu étais entourée, et seule. Tu menais cette vie dans l'éprouvette sans te mêler aux autres, toujours derrière un filtre, en hauteur. Tu regardais les autres constamment mais tu oubliais alors presque de te regarder dans le miroir. Ta beauté t'y surprenait à chaque fois. Il était si naturel pour toi d'être admirée que tu ne faisais même plus attention à ce à quoi tu ressemblais.

Tu étais dédiée à la vérité des autres, tu te vidais, peu à peu, de tout ce qu'il y avait d'humain en toi.

NATHAN / 16

À ce stade, Léonore n'était pas contente. Elle me demandait ce que j'attendais pour faire quelque chose avec Alice. Elle ne me payait pas à batifoler mais à agir, avait-elle insisté.

« Tu fous quoi ? » disaient ses textos, toujours plus nombreux. C'étaient eux qui me disaient l'heure, ils pleuvaient sur moi comme une averse.

J'avais pu en boire, des cafés, avec sa thune, hein. Elle m'avait demandé combien de foutus cocktails j'avais payés à mes « salopes », pour les garder pour moi-même, baiser tous les week-ends et ne pas « remplir ma mission ». Quand je ne prenais pas les bonnes photos, ou alors pas assez de photos, nos muses devenaient mes salopes. C'était sa façon de penser, il fallait que tout le monde soit utile. Surtout moi.

Je la trouvais vulgaire. En plus, c'était faux : je ne payais aucun cocktail. Alice payait souvent son propre café, on faisait des activités gratuites, comme deux morts de faim. Quand elle venait à Willowbrook, on restait dans l'appartement. Je payais surtout mes frais de scolarité, avec les pénalités de retard. La première année, j'avais déconné : j'avais clamé avoir des ressources que je n'avais pas, et je n'avais pas encore le job au restaurant. Il était temps que je la trouve, cette combine avec Léonore : le prêt n'allait pas se payer tout seul.

Franchement, Léonore abusait. J'étais allé vite, j'avais donné de ma personne. Plus vite et mon attachement aurait paru artificiel. En plus, avec Alice, on ne faisait plus trop l'amour depuis qu'elle venait passer le week-end chez moi, et que l'on avait notre propre espace, notre routine. C'était comme si le fait d'être aux prises avec *ma* réalité ne l'excitait plus vraiment. Elle préférait les tours de la ville, l'inaccessible, baiser dans les salles de bains des autres sur des montagnes de draps de bain.

« Ça fait deux mois que ça dure avec cette fille-là, quand est-ce que tu vas t'y mettre ? »

C'est vrai que j'avais mis moins longtemps pour les deux précédentes. Moi, je lui avais dit que je n'attendais rien, que chacun de mes actes et toutes mes photos me ramenaient vers le but final, le bouquet convenu. Tout était en pente douce.

Elle avait coupé court à mes justifications : « Je n'ai encore rien vu. »

C'est là qu'elle m'avait proposé le projet de l'enterrement factice dans les bois. Elle ne voulait pas perdre de temps. C'était l'idée la plus bizarre qu'elle ait jamais suggérée. On n'avait encore osé le faire avec personne.

« Si jamais elle ne veut pas nous rejoindre, alors elle aura la peur de sa vie. Elle fuira, et on gagnera du temps. »

Si jamais, après ça, elle n'opposait nulle résistance et ne disait rien, qu'elle continuait à m'écrire et à vouloir me voir, alors j'aurais réussi ma mission. Ainsi, les termes du contrat étaient clairs, et je savais que Léonore n'accepterait nulle défaite, ou j'aurais fait tout ça pour rien. Il me faudrait partir.

Elle me le rappelait assez souvent, j'étais le seul à qui elle laissait tant de latitude. Ce que je faisais, ma lenteur, mon flegme : elle ne le tolérerait pas avec les autres.

Derrière son souci d'efficacité se cachait, je pense, un autre sentiment. Je crois qu'elle était un peu jalouse. Elle n'utilisait jamais son prénom. Elle disait *la fille*, la fille, la fille, à tout bout de champ, comme si c'était une proie différente à chaque fois alors que c'était juste Alice. Cela faisait deux mois que j'étais focalisé sur la séduction et la perte d'Alice.

Elle avait raison, Léonore, à force de prendre *la fille* dans mes bras, j'oubliais mes propres intentions.

Ce n'était pas désagréable. Je l'avais d'abord trouvée ingénue mais, chaque fois que j'avais creusé un peu plus loin, j'avais soulevé des couches indécentes. Dans les recoins, son esprit était aussi tordu que le mien. On aurait pu s'aimer, tranquilles, dans d'autres circonstances. Je savais que je la décevais. Elle aurait aimé que je passe plus de temps avec elle. Simplement, je me protégeais.

Moi aussi, j'étais en train de m'attacher à elle.

Léonore voulait seulement trois choses des femmes que je ramenais : leur vertu, leur corps, leur argent. Elle voulait que ces dernières deviennent tout, un kaléidoscope : nos sponsors, modèles et amantes. Elles composaient notre petite cour en cercles concentriques. En existant autour de nous, elles rendaient nos fêtes plus fastes, nos photos plus indécentes, nos nuits plus rouges.

Quand elle avait vu Alice pour la première fois, elle l'avait trouvée trop grasse, comme on le dit des animaux. Elle avait parlé de ses cuisses, de ses seins trop lourds.

« New York est une grande ville, tu aurais pu choisir autre chose qu'un boudin. »

Moi, j'avais dit que si c'était si facile, elle pouvait aussi aller à la pêche aux femmes. Je sais que c'était la corde sensible et ça lui aurait fait trop de mal de faire semblant de s'attacher. Elle n'aurait pas pu le faire avec la même sincérité que moi.

Elle se justifiait en disant qu'elle était trop hétéro pour jouer ce jeu de dupes. Je savais qu'au fond c'était juste qu'elle était froide, et qu'elle aurait eu peur de tomber dans le piège inhérent à l'exercice. Moi, par exemple, bien que chasseur aguerri, je tombais en plein dedans. Alors Léonore, elle n'aurait pas tenu une semaine.

Alice ne lui plaisait pas ? Tant pis, elle avait le mérite d'être là, disponible. Léonore s'en contenterait, après tout, Alice était un canevas et à la fin elle en ferait ce qu'elle voudrait.

« On verra si tu y arrives, avait-elle conclu sèchement, mais choisis mieux la prochaine fois. »

Moi, je la trouvais belle, Alice. Au-delà de ce à quoi elle ressemblait, c'était ce que je puisais à l'intérieur d'elle qui me donnait des scrupules quant à l'intégrer à nos activités. Alice me fascinait pour ce qu'elle était en tant que femme avant d'être notre muse, je dois l'avouer.

Elle s'en foutait du passé, même le plus proche. Elle avait lâché sa vie d'avant pour venir faire son stage ici, mais elle y faisait à peine référence, comme les amnésiques. On aurait dit qu'elle avait mille ans mais aussi qu'elle était née il y avait deux mois. Elle arrivait à exister dans cet instant, comme une page tout juste imprimée, encore chaude et sans plis, l'encre impeccable s'en tenant à ce que l'on a ordonné sur l'ordinateur, quelques mots, un incipit.

Moi qui, à chaque décision, étais ramené à ce que j'avais été et comment j'en étais arrivé là, chaque connexion synaptique pouvant devenir une torture existentielle, j'admirais ce détachement apparent. Je dis bien apparent, car elle ne me laissait jamais creuser. Quand je m'approchais de trop près de sa vérité, elle fuyait : la tendresse était son arme de destruction. Si j'avais envie de faire ces photos, c'était avant tout pour mieux la connaître, et pas seulement parce que Léonore me l'avait ordonné. Je croyais vraiment aux vertus de la photographie réelle. Si elle ne voulait pas m'en dire plus sur elle, alors je la révélerais, comme les autres, d'un flash expert.

LÉONORE / 17

Évidemment, tu ne faisais pas ça qu'avec Nathan.

Tu exécutais ce petit manège avec tous les garçons du groupe, à part Ben, mais à chacun tu faisais jurer le secret. Bien sûr, ils savaient qu'ils n'étaient pas seuls, ils voyaient les photos, mais chacun était persuadé d'être l'élu, celui qui avait été choisi pour mener les projets les plus importants. Les autres ne devaient pas savoir ce qui se passait. Tu avais choisi untel pour mener cette mission, et les autres n'étaient que faire-valoir, décor. Tu t'étais vite aperçue qu'avoir le sentiment d'être unique les rendait plus dociles. Ils t'étaient reconnaissants de leur donner autant de considération. Ils se pressaient autour de toi comme de petits veaux.

Tu avais commencé avec Nathan, et, mécaniquement, c'était celui envers qui tu avais le plus d'attentes, rapport au temps investi, mais tu lui mentais tout à fait quand tu disais que c'était le seul à pouvoir t'aider, à faire advenir les conditions de la photographie réelle.

Une petite armée travaillait pour toi, charmant les gamines

esseulées qui débarquaient dans la Pomme sans esprit critique ni âme pour veiller sur elles. Tu menais ton petit monde à la baguette et tu prenais des notes d'une précision accablante dans tes carnets noirs. Un par fille, leur nom était écrit sur la première page.

Tu voulais tout écrire, pour pouvoir expliquer ta démarche. Les images seules pouvaient en principe suffire, mais te souviendrais-tu seulement du détail de votre mode opératoire dans vingt ans ? Tu n'allais pas faire ça de cette manière toute ta vie, c'était juste le temps de devenir quelqu'un. Ensuite, les gens t'écouteraient sans que tu sois obligée de faire ça sous le manteau. Tout le monde avait besoin d'un prophète.

Le matin, tu passais dans les chambres vérifier où en était chacun, tu régnais sur ta cour. Tu collectais les paiements des filles, la monnaie du chantage en quelque sorte. Elles payaient pour les soirées, les photos, la nourriture, les chambres. Elles payaient pour exister. Si tu ne recevais pas d'argent, tu t'arrangeais pour leur pourrir la vie : changer leurs serrures, voler les mots de passe de leurs réseaux sociaux. Tu te rendais indispensable à leur survie à New York, et tu leur facturais tout.

Tout ceci te prenait plusieurs heures chaque jour, à mesure que les succès s'étaient accumulés, et que les garçons t'avaient envoyé leurs brunes, blondes, rousses offrandes. Tu n'avais presque plus le temps d'aller en cours, tellement tu administrais bien ton petit empire. Ton père avait peut-être raison, après tout : tu étais faite pour la gestion.

Généralement, les filles restaient avec vous un ou deux mois, avant de repartir penaudes dans leur pays ou ville d'origine, la bouche cousue par la honte. Tu t'étais bien renseignée sur les mécanismes psychologiques afférents : les victimes ne parlaient jamais si leurs actions leur faisaient croire qu'elles étaient en partie coupables de ce qui leur était arrivé.

Elles se pensaient ensuite, une fois sorties, porteuses de défaillances du fonctionnement psychique, d'un surcroît de submissivité absurde qu'elles ne s'expliquaient plus. La preuve de leur fragilité n'était pas quelque chose qu'elles avaient envie de partager avec le monde entier. C'est pour ça qu'elles ne disaient rien à personne.

En acceptant ta proposition, les filles caressaient l'espoir de trouver un groupe qui leur permettrait d'enfin faire partie du bon côté, d'un collectif précurseur qui détenait la vérité. L'embrigadement était désirable quand il sous-entendait l'appartenance à un groupe.

Par ailleurs, tu n'aimais pas utiliser le mot « victimes » car tu étais persuadée de leur rendre service. Il y avait certes une mise sous dépendance, tu l'admets, mais qui n'était esquissée que le temps de leur faire accéder à la vérité.

En tout, tu avais eu le temps de faire ça avec douze filles avant Alice, c'était la treizième.

Elles étaient toutes étrangères, sauf Jessica, venue du Texas, que tu savais trop brouillée avec sa famille pour trouver un quelconque réconfort dans un vol low-cost pour Austin. Parfois les frontières du cœur étaient plus épaisses que des océans démontés, quand il s'agissait de trouver à se confier. Tu profitais de tout ce que les familles pouvaient offrir en matière de misère humaine pour t'immiscer dans leur vie.

C'étaient les proies les plus simples pour la manipulation, tu ne comprenais pas pourquoi personne n'y avait pensé avant, à profiter des stagiaires. Ces filles, intelligentes mais péchant par leur optimisme, partaient à l'étranger, souvent pour la première fois sur une durée aussi longue. Elles voulaient irradier la confiance en elles, car elles quittaient enfin le berceau familial ou cette halte-garderie sans heurts qu'était leur campus.

Elles ne voulaient jamais admettre qu'elles avaient fait des erreurs, qu'elles avaient suivi les mauvaises personnes, ou qu'elles avaient offert leur confiance à des personnes qui n'en étaient pas dignes. C'était une question d'honneur. C'est pour ça qu'elles ne parlent pas. C'était impossible pour elles de dire qu'elles s'étaient trompées.

Tu n'étais pas là pour violer qui que ce soit, faire le mal, que ce soit clair. Qu'on ne te prenne pas pour un bourreau ou une tortionnaire, les pratiques étaient un moyen et non une fin. Tu étais là pour établir les conditions d'avènement de la photographie réelle. Et ce pouvoir que tu ressentais, ces petites décharges électriques qui te confortaient dans ce sentiment fabuleux de toute-puissance, ce n'était qu'un à-côté. Ce n'était pas pour ces raisons que tu faisais tout ça.

Tu voulais faire advenir de grandes choses, et ce n'était pas possible de plaire à tout le monde en suivant un tel programme.

NATHAN / 18

Quand Alice avait enfilé le peignoir, je m'étais senti coupable pour la première fois.

Elle avait ce côté empressé de la fille qui veut bien faire, comme si le rituel était le seul rattrapage possible. Je l'avais regardée marcher vers le bois avec Léonore. Leurs visages angéliques faisaient deux grandes taches blanches dans la nuit. À cause de la brume amenée par le froid nocturne, elles étaient toutes deux entourées d'un léger halo, comme le sont les fantômes.

J'ai essayé de ne pas trop la regarder avant que l'on ne commence à tourner le film. J'avais appris mon texte et mon personnage. La revoir avec l'œil de celui qui l'aime n'aurait fait que rendre ma tâche plus difficile, il fallait que je me détache de celle qu'elle était pour me concentrer sur ce qu'elle pourrait être, tourné vers un avenir où j'aurais réussi ma mission.

Léonore me jetait des regards en coin, elle observait mes pupilles, elle guettait, çà et là, les excès de tendresse qui me disqualifieraient pour toujours à ses yeux.

Alors c'est moi qui ai donné le signal, pour que ma voix ne tremble pas : « On s'y met ? »

J'étais pressé, droit, je respectais l'ordre. Ainsi, je restais toujours légitime pour agir avec eux. J'ai recouvert Alice de terre. Je n'y prenais pas de plaisir, je mimais l'indifférence face au grand froid qui me pénétrait. La caméra nous avait tous les deux dans le cadre.

J'avais envie de vomir, pourtant c'est moi qui avais eu l'idée de cet enterrement factice, je l'avoue. Si, Vera, sur les photos que je vous ai données, vous trouvez que je n'hésite pas, que j'ai l'air d'y prendre du plaisir, pensez à ce que je suis en train de vous dire. Moi aussi, je faisais partie du film. Je jouais juste mon rôle.

Nous cherchions depuis plusieurs semaines un projet avec lequel nous frapperions fort, au cas où ce dernier serait le seul qu'Alice nous permette de faire.

Nous n'avions pas l'intention de la tuer, mais un accident de ce genre se produit parfois plus vite qu'on veut bien le croire. Quand je dis la dernière fois, ça aurait pu être aussi le cas, car elle aurait pu prendre peur, et partir. Il fallait doser nos vices, la cueillir avec la douceur qui permet aux bourgeons de repartir au printemps malgré la rudesse des gels successifs.

C'était surtout important pour nous qu'Alice puisse y croire, que ce soit la première fois qu'elle se retrouve happée dans l'inquiétante étrangeté de notre groupe. Que ça fasse vrai. Sur le film, sur les photos, nous voulions que le doute existe. Il fallait que, jusqu'au moment où nous enlèverions la terre, ni elle ni nous ne soyons certains que nous le ferions.

Tout pouvait arriver. Il fallait qu'elle soit persuadée que ce que nous faisions, nous le faisions pour de vrai.

LÉONORE / 19

Tous les mardis et jeudis, tu faisais cours.

Depuis la fin de la première année, tu t'étais approprié une salle de classe qui ne fermait pas, au fond du couloir d'un bâtiment curieusement excentré. On murmurait que tu avais couché avec un prof pour en obtenir la clé. Tu laissais dire pour alimenter ta propre légende, l'association de ton corps et de celui d'un enseignant ne pouvant que t'élever encore plus haut.

Peu importait le moyen que tu avais trouvé pour que cela reste discret. Ce qui comptait pour toi, c'est que quand les cours traditionnels se terminaient, les membres du groupe de photographie réelle pouvaient rejoindre ta classe. Ils en apprendraient bien plus sur le monde auprès de toi que pendant les tièdes leçons introductives qu'ils étaient forcés de subir pour passer leurs examens de fin d'année.

La journée, ils faisaient leurs gammes. Le soir, avec toi, c'était un solo de violon. Parfois, il fallait transgresser certaines règles pour atteindre le beau.

Tu étais désormais bien plus qu'une élève, et si tu avais peu de respect pour le monde académique, il te semblait impératif que les autres aussi reçoivent tes enseignements. Tu te serais sentie coupable de garder tout cela pour toi. Ça débordait de toi. Et ça leur faisait une raison de plus de lâcher de l'argent.

Quand ils t'écoutaient, tu avais l'impression qu'ils retenaient leur souffle. Personne ne manquait jamais à l'appel, tu faisais le compte précis de tes disciples à chaque fois. À cette époque, ils étaient vingt-deux, dont six étudiants de première année, triés sur le volet.

Tu leur disais, au moment de leur intronisation, quand ils payaient et que tu les tatouais : « C'est tout, ou rien. »

La salle de classe esquissait un doux arc de cercle, ce qui t'offrait avec précision à la vue de chacun, peu importe sa place. Tu essayais de faire jouer ton physique comme argument d'autorité. Tu savais qu'on écoute davantage les personnes qui sont belles, bien apprêtées et qui se tiennent droites, celles qui sont rectangle plutôt que rond.

« Le problème, avec les filles que vous photographiez, c'est que vous ne savez pas ce qu'elles ont fait avant ou même ce qu'elles vont faire après. D'une certaine façon, elles sont impures. Elles mentent sur ce qu'elles ressentent. »

Tu avais durci ta doctrine en deux ans. Au début, tu donnais juste des conseils pour prendre de meilleures photos, plus authentiques. Maintenant, tu disais à voix haute que la photographie ne devrait être *que* réelle, qu'il s'agissait tout bonnement d'une trahison de travestir le médium pour prendre des photos qui ne correspondaient pas à ce que tu prêchais.

« Imaginez, vous prenez une photo, et votre modèle est

en train de penser à ce qu'elle va manger après, par exemple. Dégoûtant. Non, il faut qu'elle soit entièrement focalisée sur elle-même, absente du monde contingent », poursuivais-tu.

Tu sentais l'air se déplacer dans la salle, l'acquiescement empressé des jeunes recrues, au premier rang, qui opinaient de la tête.

Il fallait prendre les photos en situation, ou alors il fallait créer les situations par soi-même. On ne pouvait pas faire *semblant*, ça, c'était bon pour les photos stock et la publicité de merde. Tu prononçais le mot « publicité » comme si tu vomissais.

Il fallait générer l'angoisse de la mort, si on ne pouvait être photographe de guerre. Il fallait aller à l'hôpital psychiatrique, ou alors, si l'on en n'avait pas l'autorisation, cultiver ses propres fous. Il fallait faire peur, vraiment, emmener quelqu'un dans ses retranchements les plus sombres. Tu ne manquais pas d'idées, de concepts. Chez toi, tout fourmillait en permanence, et c'est ça qui les fascinait.

Tu montrais des exemples au tableau à l'aide de l'agrandisseur. Parfois, tu faisais circuler les clichés pour qu'ils en examinent tous les détails, mais il fallait alors que tu fasses attention à tous les récupérer.

« L'enterrement d'Alice, par exemple, regardez comme elle est persuadée qu'elle va mourir. Est-ce que vous aussi, en regardant cette photo, vous voyez sa vie défiler devant ses yeux ? »

Les photos des filles, c'est toi qui les gardais en majorité. Il y avait quelques pochettes planquées chez Nathan, les siennes. Tu n'avais pas envie qu'elles se mettent à traîner partout sur le campus, qu'un invité les trouve dans un meuble en cherchant un verre, et qu'elles atterrissent sur le bureau du *dean*. Il n'aurait pas compris. Il n'était pas encore à la page.

Les membres du groupe prenaient des photos, toujours à l'argentique, un nombre minimal de prises. Se focaliser sur l'essentiel. C'est toi qui développais tous les négatifs. Tu leur interdisais de le faire. Toi seule savais prendre les précautions nécessaires, tant pour la qualité de l'image que pour sa confidentialité. Ils glissaient les enveloppes sous ta porte. Tu aimais découvrir les clichés, seule dans la chambre noire, qui se dévoilaient peu à peu à toi.

Désespoir, accablement, pénitence.

Les muses, de toutes parts, existaient in vitro. Elles étaient vos choses, et elles auraient tout fait pour vous. Tu lisais sur les enveloppes les noms des séries, et ton monde était une constellation de véritables sentiments, ainsi exposés.

Amertume, abattement, regret.

Tu collectionnais les mots et leurs images, la photographie réelle du monde. Si tu continuais ainsi, tu pourrais un jour saisir toute l'humanité, dans sa plus grande pureté. Il n'y aurait plus de secret pour toi.

Désarroi, léthargie, hystérie.

Parfois, tu t'asseyais dans ta chambre, au milieu des images, et tu essayais de te concentrer, de ressentir toi aussi l'émotion choisie, d'être autre chose que cette carapace froide qu'il t'était si simple d'endosser.

Ça, tu ne leur racontais pas.

Fig. 3 – TIRAGES

« Manger nous donne l'illusion de maîtriser le monde qui nous entoure. [...] Parce qu'on choisit ce qui entre et sort de notre corps, on est persuadé qu'il nous appartient. C'est une manifestation de notre libre-arbitre trois fois par jour. Quand je décide de ce que j'ingère, je décide de ce que je suis. Je peux changer mon apparence. Manger, c'est mentir. »

Manifeste de la photographie réelle, IV

NATHAN / 1

« Il faut que tu te bouges. C'est plus possible de te voir t'empiffrer comme ça. »

Léonore avait vite dit à Alice qu'il fallait qu'elle travaille son corps, que c'était la raison de sa présence avec nous, que l'on ne voulait pas intégrer davantage de gens qui pensaient que l'âme suffisait. Elle lui avait dit qu'en étant au monde, nous interagissons principalement avec les autres en tant que corps. Elle lui avait dit qu'il n'y avait que les cons qui pensaient qu'être intelligents leur permettait d'exister dans une réalité tierce où les gens ne les regarderaient jamais.

Elle lui avait finalement dit qu'elle l'avait déçue, et Alice, interdite, avait intégré l'information.

« Euh... okay. »

Moi, j'avais tourné les yeux vers mon petit ventre, remerciant le ciel d'être un homme. Alice n'était pas grosse, ou alors légèrement en surpoids, je n'étais pas allé la peser ou faire des calculs, moi, mais pour Léonore, ce n'était pas le corps d'une muse.

« Quand je la regarde, je ne la désire pas. Je ne suis pas inspirée », m'avait-elle dit un soir, et j'avais accepté sans sourciller le raisonnement imparable de ma maîtresse.

Elle m'avait dit qu'il fallait que j'utilise les mêmes mots, moi aussi, que c'est seulement ainsi qu'Alice comprendrait ce qui était attendu d'elle. Il fallait qu'elle s'affame, qu'elle se sente disparaître.

« Tu lui as déjà dit dix fois », j'avais imploré, pas franchement à l'aise.

Léonore avait insisté : « Crois-moi, dit-elle, je suis une femme, je sais mieux que toi ce que je n'ai pas envie d'entendre, et de la part de qui. »

J'avais laissé passer trois jours. Quand j'en avais enfin parlé à Alice, elle avait blâmé l'industrie agroalimentaire américaine et mes multiples abandons quand elle venait me rendre visite à Willowbrook.

J'avais trouvé la force de lui rétorquer sèchement qu'elle devrait commencer à arrêter de compenser chaque saute d'humeur par un *garlic knot*. Elle m'avait regardé comme si je lui avais porté un coup de couteau à la poitrine, et, sur le moment, je m'en étais voulu.

Ce truc allait trop loin. C'était le prisme par lequel elle absorbait tous les mots qu'elle recevait, son système digérait le monde avec ce filtre. Tout mot ayant un rapport avec la nourriture, toute métaphore malencontreuse s'aventurant dans le champ lexical honni, ça la tendait, son corps mou aux abois comme sous l'effet de la présence d'un prédateur.

Quand elle me suçait, je ne pouvais même plus lui dire

qu'elle était gourmande, badinerie évidente de l'amour hétérosexuel à laquelle j'étais plutôt attaché.

Quand je pense au mot « gourmandise », je pense toujours à la première scène de meurtre dans *Seven* de David Fincher. C'est la moins gore de toutes selon certains, mais celle qui m'affecte le plus, à titre personnel.

Le film a beau être sorti l'année de ma naissance, j'ai vécu sa découverte sur la télé familiale un soir d'absence de ma mère, adolescent, avec l'intérêt qu'aurait pu provoquer une sortie en salle. Le tueur en série y utilise les sept péchés comme motif de ses meurtres. Dans cette scène, les lettres *G.R.E.E.D.* apparaissent sur l'écran, l'obèse est noyé par son propre corps et par la nourriture (des spaghettis), il y a des mouches, la lumière, de mémoire, est d'un bleu triste, très froid.

Ce que j'aime dans ce film, c'est son unité. Le meurtrier définit un concept, et s'y tient. Lui aussi, c'est un artiste.

Pour le dossier de la *graduate school*, moi aussi je devais présenter un « ensemble cohérent ». C'était écrit dans ces termes sur la liste des nombreuses pièces à joindre au dossier, en plus du chèque d'inscription.

Je n'avais pas encore les moyens d'y aller et je doutais de les avoir jamais, mais c'était ce à quoi tout le monde se préparait ici lors de la quatrième année, donc je les imitais. J'ajoutais des pièces au dossier, je pondais des litres de motivation en format. docx.

J'aurais eu l'air bête, si je n'avais rien fait pendant qu'ils s'activaient avec leurs ardeurs parallèles.

Ils étaient tous dotés d'une intention supérieure, à tout

moment on pouvait se demander ce qu'ils faisaient, croire que toute leur existence n'avait été dressée qu'autour de cet objectif final : se délester d'une vingtaine de milliers d'euros pour un tampon additionnel. C'était donc pour ça qu'on nous demandait des *notes d'intention*, pour justifier nos vies après les avoir vécues, construire un arc narratif auquel on s'attacherait pour le reste de nos vies.

Raconter des histoires, c'est bien ce qu'on fait aux enfants pour les endormir, enclencher les mécanismes cognitifs qui nous feront baisser la garde. J'imagine que les jurys d'école y avaient bien réfléchi, ils se disaient qu'à force de soigner ces lettres on finirait par croire nous-mêmes à cette envie irrépressible de les rejoindre, une fois acceptés. J'appartiens, donc je suis.

ALICE / 2

Au travail, j'agissais comme un zombie. Un matin, je suis arrivée si fatiguée que je suis tombée dans l'escalier. Mes muscles ne m'obéissaient plus.

Mes collègues étaient suffisamment autocentrées pour ne s'apercevoir de rien. Elles se préoccupaient de leurs petites vies : les Françaises croquaient la Pomme, les Américaines regardaient leur nombril aux dernières lueurs de l'été.

Seule Barbara, ma costagiaire, me posait des questions. Je lui avais vaguement parlé de ma relation avec « un photographe » sans entrer dans les détails. Elle l'avait croisé une ou deux fois, par hasard, quand Nathan venait me chercher. Elle n'avait pas de problème quand il s'agissait de critiquer les autres, et plusieurs fois elle m'avait dit qu'il ne lui inspirait rien de bon. *Too eager.*

J'ai pris mon premier coup de poing un lundi soir après le travail.

Ça aurait pu s'apparenter à une bonne résolution de m'inscrire à une salle de boxe. La plupart des gens commencent le sport à cause d'une insatisfaction tenace, moi je commençais parce que j'avais le cœur en morceaux et de grosses cuisses. Léonore avait dit qu'il fallait que je prenne soin de moi, si je voulais rester digne de figurer dans leurs vidéos. Elle y faisait attention.

« Je te vois sombrer un peu plus chaque semaine, ce pays n'est pas bon pour toi », m'avait-elle glissé avec un air de pitié.

J'étais passée plusieurs fois devant la vitrine de ce club en rentrant du travail. On entendait le bruit sourd des gants de cuir qui heurtaient le sac de frappe. C'était une mélodie rapide, un rythme sec et entraînant. Le coup résonnait longtemps, mais la suite ne tardait pas. Sinon, le prof hurlait : « On ne s'arrête pas, on continue, non-stop, *jab*, *cross*, *jab*, *cross !* »

Une dizaine de trentenaires en short suaient sur le tapis. Coudes pliés, ils avaient les joues et le front rouges, et probablement moins de vêtements sur eux qu'en arrivant. Je voyais sur le côté de la salle, à côté des gourdes, une pile de débardeurs trempés qui n'avaient pas résisté à l'intensité de l'échauffement. L'odeur de sueur était irrésistible.

« En boxe, on bouge ! Qu'est-ce que je t'ai dit, reste pas comme ça, avait hurlé le coach à une fille à queue-de-cheval. C'est trop facile pour ton adversaire. Il sait exactement où tu vas être. On se dé-pla-ce ! »

La salle où se déroulait le cours n'était séparée de l'accueil que par la délimitation d'une sorte de tatami et du lino. Ça m'a rappelé mes cours de judo quand j'étais gamine. Je n'avais jamais vraiment refait de sport depuis.

La fille de l'accueil avait les cheveux attachés. Elle portait une brassière de sport très courte qui laissait deviner une vie entière de discipline et d'abdominaux quotidiens. Mécaniquement, j'ai sorti un chouchou et j'ai noué mes longs cheveux derrière mon dos. Comme ça, je leur ressemblais déjà un peu plus. J'étais prête à changer.

Ce que j'avais pris pour un studio de boxe ordinaire était en fait bien plus que ça, m'a-t-elle appris avec l'air de me dévoiler un secret. Ils étaient un *lifestyle center*. Je me suis dit qu'on n'avait pas ce genre d'endroits en France, et probablement pas de mots autorisés par l'Académie française pour définir ce concept.

Les gens venaient ici pour changer leur vie, m'avait-elle expliqué. De nombreuses personnes en surpoids étaient devenues des personnes affûtées après quelques mois de travail ici, des photos « AVANT-APRÈS » sur le mur en étaient la preuve tangible. Sur tous les clichés, ils souriaient, mais on distinguait mieux leurs traits sur la deuxième photo. On n'avait pas besoin d'être gravement obèse pour commencer, il suffisait d'être mal dans sa peau et d'avoir un peu de temps devant soi.

« Quand tu changes ton corps, tu changes ta vie ! » avait-elle conclu avec un grand sourire.

Ses parents lui avaient probablement payé un bon orthodontiste quand elle était gamine. Moi aussi, mais mes dents de sagesse avaient foutu le bordel. Je n'osais plus ouvrir la bouche sans mettre ma main devant. Quand tu changes tes dents, tu changes ta vie. Le leitmotiv était polycopiable à l'infini.

« Tu as tes affaires de sport ? » avait-elle fini par demander, et quand j'avais acquiescé elle avait eu un petit rire de contentement.

Très bien, du coup, je commencerais ce soir : le cours d'avant était presque terminé. Il ne fallait pas que j'attende un jour de plus pour devenir la meilleure version de moi-même.

« Les douches sont en bas à gauche », avait-elle précisé en me tendant une paire de gants et des bandes.

Le cours a débuté après un échauffement qui m'a mise K.-O. au bout de dix minutes. Je n'avais pas besoin d'adversaire pour m'effondrer, mon mauvais cardio suffisait. Pendant les pompes, j'embrassais le sol.

Une fois face au sac, le coach nous a demandé de visualiser notre ex : « C'est le round *Fast and Furious*, on y va ! »

J'écoutais le conseil qu'il avait donné à la fille que j'avais observée se faire hurler dessus au cours précédent, je n'arrêtais pas de bouger. J'étais en mouvement, insaisissable. D'ailleurs, je bougeais n'importe comment : le seul acte sportif que je pratiquais au quotidien était de me trémousser sur des sons irréguliers. Il y avait de la musique, donc je faisais ça, et je cognais sur le sac comme je voyais mes voisins le faire. La boxe était un prétexte au déchaînement d'une colère sourde.

C'est quand on a commencé à faire du *sparring* que j'ai pris le coup en pleine face. C'était ma faute, je pensais à autre chose. Mon partenaire m'a dévisagée avec effroi et je l'ai rassuré, avec toute l'ironie dont j'étais capable sous la douleur : « T'inquiète, je te ferai pas un procès. »

Il m'a regardée avec un peu de peine avant de se remettre à boxer, plus doucement, comme avec un enfant.

« Hé, toi, la nouvelle ! » m'avait hélée le prof au moment de partir.

J'étais déjà en dehors du tatami et je me suis retournée avec trois secondes de retard, rougissant de plus belle sous ma couche de sueur. J'étais « la nouvelle » ici, il fallait que je m'en souvienne. J'ai cru que c'était pour me réprimander mais j'avais juste oublié de lui taper dans la main pour conclure le cours. La souffrance physique se devait d'être collégiale, c'était pour la bonne cause.

Je suis rentrée dégoulinante à la résidence ; je n'avais que trois blocs à faire. Les Américains tolèrent mieux que nous les fontaines de sueur en legging dans leurs rues. Je n'en avais plus rien à foutre que l'on m'accepte, mais j'appréciais la sympathie additionnelle. On me souriait, je crois. Bravo, elle change sa vie.

Je n'avais plus d'énergie en moi, donc plus la possibilité de penser à ce qui m'était arrivé. Mon but était accompli : corps meurtri et cerveau vide. Je recommençais à zéro. Mon corps nu dans la terre. L'appareil photo de Nathan. Tout ça n'avait jamais existé. Je transformerais mon corps jusqu'à ce qu'il n'ait plus rien à voir avec celui qui avait souffert. Ce ne serait plus le même corps, donc plus la même personne. On se résume souvent à ça.

À partir de ce jour-là, j'y retournai tous les matins. Je remplaçais une addiction par une autre, comme on m'avait appris à le faire.

LÉONORE / 3

Tu redoutais de plus en plus tes séances bihebdomadaires dans la salle de classe. Certains disaient que la chose la plus terrifiante du monde, c'était une classe remplie d'adolescents. Tu leur donnais raison. Les premières années te menaient la vie dure.

Tes leçons n'étaient plus des monologues, elles étaient ponctuées de questions qui t'amenaient parfois à faire face aux nombreuses contradictions de tes théories.

Comme quelqu'un à qui l'on dirait après vingt ans de métier que la Terre est ronde, *finalement*, si tu te rendais parfois compte d'une percée illogique, d'un trou dans la raquette, d'une erreur de jugement, bref, d'une foutue erreur, tu te gardais bien d'en faire cas.

« Je pense que la photographie réelle est nécessairement *conditionnée*, non ? »

Ça, c'était Maya, une des moins farouches. La nouvelle génération te contredisait. Ils étaient moins mous, et, par moments, leur vivacité manquait de justesse de te terrasser. Toi aussi, tu avais tes parts d'ombre.

Maya avait insisté : « Cette fille, elle n'a envie de faire ça que parce qu'elle est captive, sinon elle ne le ferait pas, si ? »

Ils étaient venus par cooptation. C'est comme cela que tu recrutais tes disciples désormais. C'était plus pratique et moins dangereux. De ce fait, ces derniers avaient moins de respect pour toi, ou plutôt, leur adoration n'était pas totale, contrairement à celle que t'avaient accordée leurs prédécesseurs. Tu ne représentais pas la même chose. Tu restais la fille charismatique de ton père, la *socialite* belle à tomber aux théories perchées à l'encontre de l'ordre universitaire, okay. Ça n'allait pas changer, c'était ton dû, quelque chose d'acquis et qui ne pouvait plus t'être ôté. Tu étais toujours impressionnante mais tu étais désincarnée, comme les dieux que l'on renie.

« Mérite-t-elle donc l'adjectif de réel ? » avait fini par asséner la gamine. Dans sa bouche étincelait l'éclat argenté d'un appareil dentaire tardif.

Tu ne te mouillais plus à aller démarcher toi-même les plus jeunes étudiants du campus, tu n'avais plus beaucoup de cours en commun avec eux. Tu étais dédiée corps et âme à ton projet de fin d'année, celui qui constituerait la pierre angulaire de ton dossier pour la suite de tes études. Tu suivais les derniers UE obligatoires, qui se réduisaient comme peau de chagrin à mesure que la seule phrase, sur toutes les lèvres, se limitait à *senior project.*

Cela aurait pour sûr attiré des soupçons qu'une fille comme toi suive des cours d'initiation et aille parler à des gosses, certes brillants. Et c'étaient aujourd'hui ces mêmes gamins, certains n'ayant même pas atteint le vénérable âge de dix-huit ans, cicatrices d'acné encore visibles sur leur front comme d'immenses calculettes, qui osaient interrompre ta *leçon*.

C'étaient les filles qui foutaient le bordel. Surtout Maya.

« Tu dis ça parce que tu aurais préféré être une muse, Maya ? » avais-tu répliqué, narquoise, réprimant le « on les prend avec un sourire un peu moins métallique » qui venait sous tes lèvres comme une deuxième petite vague.

Maya t'avait lancé un regard noir : tu l'avais sortie du groupe, en prononçant son nom à voix haute tu avais fait d'elle un individu. Tous, ils rejoignaient le groupe pour se dissoudre dans la masse, effervescents. C'était encore ça, ton pouvoir sur eux, leur dénier ce droit, les punir.

« Tu veux essayer, pour voir si tu le ferais ? » avais-tu continué.

Tu étais descendue du bureau où tu étais juchée et t'étais avancée vers elle, comme l'oiseau fondant sur sa proie. Tu avais senti sa poitrine s'affaisser, d'un coup elle n'était plus coq, même plus poule, devant toi c'était le poussin qu'on a légalement le droit de passer à la broyeuse.

« Est-ce que tu veux vérifier que tout cela est bien *réel* ? »

Tu l'avais vue déglutir et s'excuser. Non, elle savait ce que ça voulait dire. Elle resterait à sa place. Elle y était bien. Tu étais retournée t'asseoir sur ton bureau, à la bonne hauteur.

Après le cours, tu avais demandé à Nathan d'accélérer les choses avec Alice. Il fallait qu'il la fasse venir, et qu'il l'enferme. Elle était mûre. Tu avais besoin de matière.

C'est toi qui prendrais les photos. On avait assez attendu

comme ça. D'une certaine façon, tu savais les heures de la photographie réelle, et donc les tiennes, comptées.

« Je ne vais pas l'enfermer, je vais l'inviter, avait-il dit.

— Comme tu veux », avais-tu dit, lasse, ça t'était égal, tant qu'elle était là, pour de vrai, et qu'elle était à toi.

ALICE / 4

À la mi-octobre, ils m'ont invitée à une grande fête sur le campus. J'ai relu le message trois fois, pour être certaine d'avoir bien compris.

Deux longues semaines s'étaient écoulées depuis mon enterrement vidéo. Je dis *ils*, au pluriel, car mes communications directes avec Nathan se faisaient rares depuis le début du semestre universitaire. L'automne nous faisait déjà frémir. Il était occupé. Il ne faisait plus de phrases complètes par message, il disait « beaucoup de projets », « dois me concentrer » ou encore « dois juste faire de l'art ». C'était le plus important, et ça me raccrochait au fait que ça aurait également dû l'être pour moi.

Parfois, il postait une photo sur les réseaux sociaux, assortie d'une description laconique. C'était comme ça que j'apprenais ce qu'il avait fait ce jour-là. Il s'agissait souvent de photos, à peine sorties du bac, dans le petit laboratoire. Il ne pouvait pas attendre.

Souvent, il y avait des seins nus, une culotte par terre qui n'était pas la mienne.

Depuis le petit incident, je savais que les clichés n'étaient jamais spontanés. Il créait des histoires, ou alors il les cherchait bien, comme cette fois où on avait suivi à la trace tous les retraités de Westport et leurs caddies un dimanche matin. Rien ne lui arrivait vraiment. Les photos, ce n'était pas sa vie, c'était celle qu'il aurait aimé avoir. J'avais commencé à faire pareil, en me disant qu'il les regarderait. On communiquait en sourdine, par likes interposés, cœurs blancs devenus rouges sur nos écrans.

Le groupe de messagerie instantanée de la petite bande était, à l'inverse de ma conversation individuelle avec Nathan, le fil de discussion le plus bavard qu'il m'ait été donné de rejoindre. Ils m'avaient ajoutée après ma supposée intronisation artistique du mois précédent.

« March cool kids », disait sobrement son intitulé sur l'écran, comme probablement celui de tous les autres groupes de petits cons passés par l'école. Sur la photo, l'œil de l'objectif, pointé vers vous.

Si je n'avais pas vu de quoi ils étaient capables, j'aurais pris ça pour un énième délire de jeunes adultes immatures. C'était très sérieux. La conversation partait dans tous les sens, sans fil conducteur. Ils parlaient de choses pour lesquelles je n'avais, quatre-vingt-dix-neuf pour cent du temps, pas les références.

Les seules blagues que je comprenais concernaient les intellectuels français qu'ils étudiaient et considéraient comme le summum de la culture, probablement car ils offraient des concepts élitistes et loin des autres Américains dont ils voulaient se distancier. Si je voyais encore un *mème* sur Derrida, j'avais décidé que j'interrogerais son auteur à notre prochaine rencontre pour confirmer mon intuition première : que de la gueule. Ils n'y comprenaient rien, mais les blagues fusaient.

Il y avait tellement de conversations parallèles que lorsque je jetais un coup d'œil au groupe lors de mes pauses-déjeuner, j'avais au moins cent cinquante messages non lus. Ces gens-là n'avaient aucune occupation qui exige leur concentration totale, ils étaient la future élite artistique de la région ; ils se savaient au-dessus des choses bassement matérielles. À part Nathan, aucun n'avait de job étudiant.

Le message que j'avais reçu pour m'inviter ce soir-là s'adressait directement à moi, mais il avait été posté à l'ensemble du groupe. Il m'intimait, mi-enthousiaste, mi-impérieux, de venir *m'amuser*. Je l'avais bien mérité, après ma contribution à leur projet. Après tout, je faisais presque partie du corps étudiant moi aussi, puisque j'étais l'actrice principale de leur dernier petit film. Je n'aurais pas été étonnée d'y trouver un hommage militaire de type *« Thank you for your service »*.

Ce n'était pas Nathan qui avait posté le message. Il s'agissait d'un numéro que je n'avais pas encore dans mon répertoire et que j'attribuai sans certitude à Ben, faute de photo différente associée au compte WhatsApp. À part Léonore, c'était le seul que je connaissais vraiment. Lui aussi, il avait l'œil de l'objectif en photo de profil.

Avant d'être intégrée au groupe, je prenais ça pour une petite manie originale de la part de Nathan, j'avais découvert que c'était un comportement collectif, un calque adopté par chacun et dont on ne distinguait plus l'initiateur. Ce qui était certain, c'était que j'étais la seule à ne pas l'arborer dans le groupe.

Je me demandais quand viendrait la réflexion, ou même l'ordre, de la changer. Pour l'instant, j'avais gardé cette photo un peu banale de moi, tout sourire sur une vieille barque à Central Park. Une de mes colocataires avait pris la photo lors d'un dimanche insouciant à pagayer sans but sur le grand lac vert. L'image détonnait dans les paramètres du groupe comme une aurore boréale sur un ciel noir. Je n'y avais pas vraiment pensé avant d'essayer de deviner qui m'avait envoyé le message.

Peut-être me demanderaient-ils ce soir d'y remédier. Ils diraient « change ta photo », et je m'exécuterais.

Une fois le message reçu, j'avais dit « okay », sobrement. Refuser aurait été périlleux. C'était très facile de taper quatre lettres et d'apparaître d'accord, mais j'étais consciente qu'elles avaient valeur d'engagement et que je ne pourrais pas faire machine arrière. Ce serait comme la dernière fois que j'avais dit oui à leur petit projet, j'en subirais la contrainte.

J'ai fait comme si ça allait de soi de parcourir tous ces kilomètres pour m'amuser avec eux, et comme si, surtout, c'était normal que l'on m'en donne l'ordre anonyme sur un groupe WhatsApp après trois jours de silence de mon copain. Après le « okay », j'avais tapé « comptez sur moi ! », pour qu'ils ne pensent pas que j'étais énervée. Quitte à y aller, autant les mettre dans de bonnes dispositions envers moi.

Je suis arrivée sur le campus le vendredi soir. J'étais partie un peu plus tôt du boulot pour attraper un des longs trains lents de Grand Central. C'était un beau vendredi et ça n'avait pas posé de problème. Il ne se passait rien, tout le monde avait la tête ailleurs, déjà câblée sur le week-end et sa succession de brunchs, soirées et cours de fitness à venir. Le temps était radieux.

Le début du mois d'octobre sonnait aux États-Unis la pleine saison de la domination sur l'Europe avec cet été indien qu'on enviait partout ailleurs en choisissant la date d'allumage du chauffage. C'était comme s'ils faisaient durer cette rare période de presque indépendance climatique où il n'y avait déjà plus besoin de refroidir et pas encore de chauffer leurs maisons démesurées et autres tours de verre.

Tout le monde continuait à enchaîner les activités estivales dans une sorte d'élan hédoniste désespéré : barbecue, pique-nique, *pool party*. Tout cela impliquait de montrer son corps et de beaucoup manger, paradoxe qui m'échappe toujours à ce jour. Ça ne me viendrait pas à l'idée de manger des chips en maillot de bain, c'est contre-productif.

Mes collègues, le week-end, continuaient à profiter des lignes blanches des plages des Hamptons et des bars en rooftop. C'était bien que je parte, aucune de ces deux variations ne m'était ouverte. J'avais décidé d'arrêter de payer des cocktails à vingt dollars, ce qui m'empêchait désormais de profiter du ciel de New York. Si je voulais boire de l'alcool pas cher, je n'avais qu'à le faire dans ma chambre. Alors autant que je les rejoigne, c'était ma meilleure option.

J'ai pris un taxi à la sortie du train parce que Nathan n'était pas là. Je ne sais pas pourquoi j'avais cet espoir qu'il soit à la gare, que ce soit lui, l'auteur de l'invitation et qu'il se révèle derrière une des arches de la gare comme un prestidigitateur content de son tour.

Le trajet m'a coûté quarante dollars, j'étais déjà dans le rouge.

J'ai pensé « le prix de deux cocktails ». J'aurais aimé qu'il vienne me chercher dans sa caisse pourrie.

J'ai eu le temps d'y réfléchir sur le trajet, et je me suis dit qu'il était probablement encore en cours. Les horaires du programme de photographie étaient très variables, il y avait pas mal de cours du soir pour permettre aux gens en reconversion professionnelle d'y assister. Je ne lui poserais même pas la question, j'avais déjà trouvé son excuse à sa place.

Sur le campus, les filles portaient encore des débardeurs et les garçons n'avaient pas remis leurs longs blazers identiques. Tous ces corps moulés dans peu de textile clair me rappelaient le grand jeu des silhouettes, mes tentatives de m'améliorer. Plus je voyais le corps des autres, plus je regardais le mien.

J'avais mis une robe longue fluide pour en dévoiler le moins possible. Je ne voulais pas arriver en sueur à la fête, malgré le long trajet. Eux sortiraient tout frais de leurs chambres, à moins de dix minutes de la dernière douche. Le parfum n'aurait pas encore eu le temps de pénétrer leur corps, il serait toujours en suspension. Moi, je collais mais, avec cette robe, j'avais l'impression de flotter dans l'espace. J'étais un spectre qu'on pouvait voir mais pas mesurer. À l'intérieur de cette robe, la circonférence exacte de mes cuisses était un chiffre mystérieux, tout comme la texture de mes genoux ou le galbe gonflé de mes mollets. Le vêtement, s'il est souvent ingrat, peut en certaines saisons sauver les mystères de la chair.

En attendant de retrouver la petite bande, je me suis assise sur un banc dans l'allée qui menait des salles de cours aux dortoirs.

J'ai regardé les étudiants passer. Ils avaient le pas lent des personnes qui ne se considèrent jamais en retard. Je me demandai qui parmi eux avait aussi été *initié*. À chaque nouveau groupe, je faisais ma gymnastique mentale pour déterminer qui pourrait aussi être une victime, ou, a contrario, avoir été l'un de mes bourreaux masqués.

Une jolie brune qui portait un tatouage « March, College of Ghosts » juste sous son soutien-gorge, au niveau du plexus, est passée plus vite que les autres devant moi, mais j'ai eu le temps de lire. Je l'avais déjà vue quelque part. On se souvient de ce genre de phrase. Sa robe asymétrique dévoilait la moitié supérieure des lettres, laissant à chacun le loisir de combler les trous pour comprendre. Ce n'était pas difficile. Le T de *ghost* était une grande croix insolente.

Je ne comprenais pas encore parfaitement cette obsession pour la mort qu'avaient tous ces jeunes étudiants. Certains d'entre eux avaient à peine dix-huit ans. Ils n'avaient pas une ride sur leur front. La peau de leurs bras était si fraîche qu'elle n'avait pas de texture déterminée. On aurait pu, en la caressant, la confondre avec le drapé d'un rideau frais.

Je suis restée assise à regarder les tatoués et les mélancoliques encore une bonne heure. J'ai perdu la conscience du temps immédiat. Le groupe WhatsApp était muet, peut-être que j'avais rêvé mon invitation, ou bien qu'elle s'adressait à quelqu'un d'autre. Après tout, je ne m'étais pas encore signalée. Je voulais vérifier qu'ils n'avaient pas oublié, que c'était bien à moi qu'ils avaient proposé de venir. Je voulais me sentir désirée, moi, vraiment. C'était le prix que j'exigeais pour les rejoindre, eux, et leurs petits jeux.

En passant, certaines personnes me regardaient avec plus d'intensité que d'autres. Je me demandais si c'était parce que je ne portais aucun des différents polos et sweats universitaires qu'ils arboraient tous, fiers produits sortis de la même usine, ou alors s'ils me reconnaissaient. Avaient-ils déjà vu la vidéo de l'enterrement dans la forêt ?

Mon téléphone a fait comme un flash à travers mon petit sac en toile quand j'ai enfin reçu l'appel de Nathan. Il a dit bonjour et son timbre était chaud. Là aussi, encore l'été indien. J'ai senti l'humidité de ses lèvres à travers le combiné quand il a dit mon prénom.

« Il paraît que tu es venue, finalement, a-t-il dit. Tu peux nous rejoindre, on est au bâtiment C. Je t'attendrai devant, tu vois où c'est ? »

Il me proposait de le rejoindre et c'était déjà un progrès. Il avait une voix neutre mais je ne m'en suis pas formalisée. Il n'était probablement pas seul. Moi non plus, je n'aimais pas faire étalage de ma tendresse en public, et mes conversations téléphoniques sont le baromètre exact de la neutralité. Mais tant que notre intimité gardait ses élans torrides et ses étreintes amoureuses, tant que, seuls tous les deux, nous gardions la chaleur de Nathan et Alice, j'étais prête à tolérer la violence de sa façon de me traiter quand nous étions en groupe.

Quand je suis arrivée devant le bâtiment qu'il m'avait indiqué, Nathan était déjà là. Je pense qu'il m'avait vue arriver de loin sur l'allée, j'ai senti ses yeux me détailler alors que nos silhouettes à l'un et à l'autre quittaient le flou de la distance pour rejoindre la netteté de mon corps dans le sien. Ce n'était pas un chemin très passant. J'étais soulagée de ne pas avoir à attendre seule, sans savoir derrière laquelle des fenêtres ils pouvaient bien, tous, se cacher, pour m'observer.

Il m'a prise dans ses bras le temps d'un câlin qui m'a coupé la respiration. Son torse contre mes seins faisait comme un corset. C'était déjà plus agréable que le silence des derniers jours, mais cette démonstration de force, masquée sous une apparente tendresse, n'augurait rien de bon. Si j'avais oublié son ton impérieux et les obligations auxquelles il me soumettait religieusement, son corps muet était là pour me les rappeler.

J'ai profité de l'étreinte quelques secondes. Autour de nous, il n'y avait personne. Sans témoin, il se laissait faire : il acceptait de jouer à l'amoureux. C'était un rôle qui semblait lui avoir plu aux premiers temps de notre relation, ça ne devait pas être si difficile de l'endosser à nouveau. Je prenais les coordonnées mentales de ce que ça me faisait d'être enlacée par lui, au cas où ce serait la dernière fois.

« Alors, où est la fête ? ai-je dit pour rompre la glace.

— Quelle fête ? Ce soir, on bosse. »

Nathan a dit ça avec un sourire mais je savais ce que ça voulait dire. Il n'y aurait pas de *beer pong*, de poupées Barbie fraîchement émoulues de leur sororité se trémoussant à la mi-temps d'un match de football américain, leurs culs moulés sous de longues lettres grecques.

Ici, sur ce campus, et dans ce petit groupe, on faisait autre chose de son temps libre. Des choses sérieuses. J'ai feint un petit rire qui n'aurait dupé personne. Encore une fois, je m'étais trompée sur ce qui m'attendait ici. Je pensais qu'après le sacrifice était venu le temps de la récompense. N'avais-je pas réussi une sorte d'intronisation, la dernière fois ?

J'avais peur, ça m'avait rattrapée. J'avais beau faire semblant, tout ce à quoi je pensais, c'était à ce qui s'était passé dans la forêt. Je pensais que c'était bon, que j'en étais, et voilà qu'il fallait encore prouver mes intentions, me montrer digne de rejoindre leur petit groupe d'intellos.

« Encore une vidéo ? » ai-je demandé entre les dents. Si jamais j'avais ouvert davantage la bouche, j'aurais senti la terre sous mes mâchoires comme un membre fantôme.

Il n'a rien répondu à ça, il a juste dit : « Allez, tout est prêt, viens », et mes pieds, comme dissociés de mon cerveau, se sont mis en marche derrière lui. C'était la chose à faire. J'étais venue de mon plein gré, ça aurait été hypocrite de faire demi-tour maintenant. Je n'avais pas de monnaie pour le taxi.

On est rentrés dans le hall. Avec une clé, il a ouvert puis refermé derrière nous la petite porte, à gauche des marches qui montaient, et qui menait à un autre escalier. Celui-là descendait sous terre. Derrière la porte, tout était encore sombre et poussiéreux, comme une cave dans laquelle personne ne désirerait descendre.

« On sera plus à l'aise en bas. Ici c'est pour éviter d'avoir de la visite, viens ! »

Le plafond était bas, il a baissé la tête. Moi je passais encore, tout juste. Il a allumé la lumière de son téléphone pour me guider le long des marches. Le bruit qui parvenait d'en bas était déjà assourdissant. J'avais l'impression de me rendre en enfer ; mon heure était venue. J'ai vu passer les neuf cercles le temps de descendre les quelques étages. Je n'aurais pas su compter combien, je n'aurais pas pensé que les sous-sols du campus étaient si profonds. Une épaisse couche de poussière s'était déjà déposée sur mes chaussures.

Pourtant, une fois arrivés en bas, tout était beau et harmonieux. Ce n'était pas un caveau, et en cela j'étais déjà rassurée. Ici, il y avait la vie, poussée à son paroxysme. Quand Nathan a déverrouillé la porte, je me suis retrouvée face à face avec une armée de corps. La lumière des bougies en faisait des personnages de tableaux, ou alors c'était peut-être l'huile sur les peaux souples.

Il y avait une lourde brume qui tamisait les couleurs, une odeur d'encens qui effaçait les effluves du dehors, comme s'il existait une visibilité et un parfum spécifique à cette nuit. C'était compliqué de savoir où j'étais, et avec qui. L'endroit était exigu et plein, une foule dans un mouchoir de poche, c'était un jeu d'ombres et de fumées. Tout ici avait les apparences du songe.

« On est où, là ? ai-je demandé à Nathan à voix basse.

— C'est notre local », a-t-il répondu, narquois, comme si c'était évident. Il a mis deux doigts sur mes lèvres. Sur ses doigts, il y avait la poussière de la clé, j'ai fermé la bouche.

J'ai pénétré dans ce drôle de local associatif avec autant de curiosité que de crainte. J'étais comme happée par les couleurs et les formes. Je sais qu'à ce moment-là j'aurais pu faire demi-tour : c'est moi qui fermais la marche. Pour un ensemble de raisons qui m'échappent encore aujourd'hui, je ne l'ai pas fait. Nathan a refermé la porte derrière nous avec la petite clé.

On a fait l'amour comme des bêtes dans un sous-sol. Des toiles rouges, tendues entre les murs de la cave, rendaient l'espace intime, presque accueillant. Au sol, une moquette toute douce – posée à la hâte, ça se voyait sur les côtés – invitait à s'y allonger. Tout le monde était là et *participait*. C'était différent de la dernière fois.

Léonore était la seule à peu près habillée. Elle portait une grande robe blanche, comme l'idée que je me faisais des reines égyptiennes après avoir regardé beaucoup de films. Sur sa tête, une sorte de tiare. Je l'ai reconnue au tatouage torsadé qu'elle avait sur le flanc et qui dépassait de sa robe. Les autres, à nouveau, étaient masqués. Seul mon visage restait à découvert.

Quand j'ai demandé pourquoi, j'ai eu en réponse : « T'es la petite nouvelle, faut bien qu'on apprenne à te connaître. »

J'avais envie de demander ce qu'on faisait là, j'avais le désir de tout arrêter. C'était impossible. La musique était forte, elle ne permettait aucune question. Ce petit manège a duré des heures. Dans mon verre, il devait y avoir des substances, je ne m'explique pas autrement comment j'ai pu rester éveillée si longtemps. J'étais tour à tour esclave et participante, comme si ma volonté fluctuait. Parfois, j'étais d'accord, et souvent, j'étais contrainte.

J'étais dans le groupe, et le groupe était en moi. J'étais la fille revenue des morts, ouverte. L'huile avait remplacé la terre, mais mon corps ne m'appartenait pas pour autant.

Devant mes yeux, la drogue faisait se mêler les corps en une seule et même grappe. Les gens restaient accrochés aux autres comme des fruits à une branche. J'avais l'impression que si eux comme moi avions lâché le corps des autres, nous nous serions écrasés au sol, toute pulpe dehors, interrompant ainsi le cours des choses, encore pas assez mûrs pour la saison. La luxure était un réflexe de survie pour ne pas tomber. En dessous de l'arbre sur lequel nous étions méticuleusement imbriqués comme les branches d'une famille dysfonctionnelle, c'était probablement l'enfer.

Il y avait certains sens que je ne me sentais plus maîtriser tout à fait, alors que d'autres étaient l'évidence même. C'était la première fois que je prenais une drogue *dure* et je n'ai donc su distinguer ce qui était dû à ma consommation ou à la situation elle-même. Si tout était en éveil, certaines choses semblaient appartenir à l'illusion.

Je sentais des odeurs qui ne pouvaient pas exister dans une cave. Celles-là étaient forcément inventées par mon cerveau. Les fruits exotiques, et même jusqu'à l'odeur de la mer, dans la chatte salée de Léonore. Les bruits sourds, la mélodie en boucle et les cris de plaisir arrachés aux amantes, petits spectres, appartenaient à une seule et même octave. Le toucher, lui, était assourdissant.

Ce n'était pas désagréable, juste étrange, d'avoir d'un coup autant de proximité entre moi et les autres. La distance psychologique que je gardais entre le monde et moi ne tenait plus, elle était réduite par l'obscénité des organes génitaux rabattus sur les visages, l'humidité des mains curieuses qui exploraient mon corps avec l'avidité des doigts qui font défiler l'adrénaline numérique sur des applications.

Cette fois, ils ne filmaient pas, on était entre nous. Ce qui était bizarre, c'est que personne ne parlait. Cette nuit ressemblait à l'idée que je me faisais des danses macabres, un ballet de petits cadavres esseulés sous terre, les directions du corps comme automatiques et dictées par leurs peurs les plus secrètes. Dans cette fête, il n'y avait pas de mots, et si je cherchais à ouvrir la bouche, on m'embrassait pour me faire taire. Je ne voyais pas vraiment ce que ce rituel avait à faire avec la photographie réelle.

Quand j'ai demandé à Léonore, quelques semaines plus tard, à la faveur d'un moment de grâce où elle semblait disposée à parler, de m'expliquer leur démarche en ce qui touchait à leur petite soirée, elle a simplement dit : « Externalité positive. » C'était la seule du groupe que je connaissais assez pour lui poser la question. Elle a dit ça sur un ton comparable à celui qu'elle aurait utilisé pour dire « ta gueule ». Je crois qu'elle ne voulait pas que je lui rappelle le moment où ma langue brillante avait enveloppé son clitoris comme une couverture de survie, s'attardant sur elle jusqu'à ce que son visage s'apaise et que je sente venir sur mes lèvres trempées l'écume.

Cette fois, et cette fois seulement, nous avions été égales. Certes, c'était moi qui l'avais léchée mais elle m'avait appartenu, pour de vrai. Nathan nous avait ensuite pénétrées toutes les deux, en commençant par moi, et l'espace d'un instant terrible, j'ai cru au fond de moi être sa préférée.

On est remontés par grappes au petit matin. Dehors, il faisait encore nuit et on devinait dans l'air la fraîcheur de l'automne à venir.

J'ai demandé à Nathan si je pouvais dormir chez lui. Léonore était juste derrière nous, j'ai senti son regard dans mon dos. Au fond de moi, je savais que c'était peine perdue dans ces circonstances, mais j'ai quand même voulu essayer, au cas où ma participation à leurs orgies aurait provoqué sa clémence. Il m'a dit que le premier train passait à six heures et que ce serait plus pratique pour moi de rentrer. Ce week-end était chargé.

Léonore a confirmé : « Oui, c'est six heures sept. »

Ils m'ont déposée à la gare comme un petit paquet encombrant. Léonore a insisté pour venir, soi-disant, ça lui faisait plaisir. Elle voulait s'assurer que Nathan ne céderait pas, et surtout, qu'il ne dirait rien.

Dans mon sac, elle avait glissé ses coordonnées bancaires « pour participer aux frais d'hier soir ». Je l'avais regardée, un peu interdite, et elle avait soutenu mon regard. J'étais venue les mains vides, je m'attendais à quoi ?

« On t'enverra des instructions », a-t-elle précisé au moment de se dire au revoir, depuis le siège passager. J'étais assise derrière et j'ai ouvert la porte toute seule.

Nathan, lui, ne disait rien. Il avait les yeux scotchés sur le volant, le corps prostré et soumis. Pas de baiser, pas de pinces de crabe dans mon dos, pas d'étreinte-corset : il est parti et j'ai regardé le jour se lever timidement sur les rails en attendant le train.

Mon corps était en feu et mon âme était loin. J'ai enregistré le RIB sur l'application de ma banque.

NATHAN / 5

On était à table quand je lui ai proposé. J'avais fait des pâtes et, jour de fête, le parmesan qui restait dans le fond du frigo n'était pas périmé. Je n'arrivais plus à enlever la scène de *Seven* de mon esprit quand je faisais cuire des spaghettis. J'avais résisté à la tentation de revoir le film, avec elle. J'ai ouvert une bouteille de vin, un montepulciano chouré au resto d'en face, qu'on a bu dans mes deux seuls verres propres. Après deux ans dans la restauration, on pouvait dire que je savais recevoir.

On avait dîné les yeux plantés dans ceux de l'autre, il n'y avait rien d'autre à voir. Il n'y a que les vieux couples qui aient besoin d'un feu d'artifice dans l'assiette et d'un décor hors du commun pour se supporter. On était bien, je crois. On avait retrouvé quelque chose.

Depuis quelques jours, elle se laissait de nouveau aller en ma présence, volontaire. Je sentais dans son débit de paroles qu'elle ne réfléchissait plus autant avant de parler, elle recommençait à joncher nos conversations de phrases imparfaites, d'un discours éculé.

Je ne saurais pas dire exactement à quoi ce relâchement était dû, mais j'attribuais la paternité de cette amélioration au fait d'avoir demandé à Léonore de ne plus venir à l'appartement lorsqu'elle était là. Pour un temps, je devais recréer le leurre de l'intimité, nécessaire. Il fallait qu'elle s'installe pour de bon dans ses certitudes, qu'elle pense, par les expériences qu'elle avait déjà vécues avec nous, être *arrivée*, n'avoir plus rien à prouver pour faire partie du groupe, du couple que nous formions encore à ses yeux malgré tout ce qui s'était passé.

« C'est délicieux », avait-elle dit. Je savais qu'elle allait se faire vomir juste après.

C'était un jeudi. Elle avait posé sa journée du lendemain pour que l'on passe la soirée ensemble et j'appréciais cet effort. Ç'aurait été mieux si on avait pu se voir la semaine, toute la semaine, j'aurais eu plus de temps à consacrer à son cas. Elle était mûre.

Quand j'ai demandé à Alice d'arrêter de travailler pour nous rejoindre à temps plein, ici, à Willowbrook, elle ne m'a pas dit non tout de suite. Elle a hésité. J'ai vu qu'elle était surprise, le visage interdit, deux grandes billes en apesanteur qui dessinaient des points d'interrogation partout dans l'espace. Ça vibrait.

Les pupilles disaient : « moi ? », les yeux disaient « ici ? », ils avaient l'air d'y croire à moitié. J'avais déjà rompu tellement de promesses.

« On va t'aider à vivre, j'avais vite précisé. Combien tu payes, pour ta chambre à l'asile, là ? »

Elle avait fait mine de s'indigner.

« Putain, Nathan, c'est un foyer, pas un asile... »

Elle avait tellement insisté sur chaque syllabe, *foua-yé*, que le mot ne voulait plus rien dire. Dit comme ça, c'était presque pire qu'un asile.

Moi j'avais rigolé, continué sur le ton de la blague : « En même temps, ils t'ont acceptée comme pensionnaire, comment tu veux que je les appelle ? »

Je m'étais dit que si l'on commençait à rire elle ne verrait pas le problème. On serait juste deux amoureux en train de faire des plans sur la comète. Ça avait marché, elle s'était esclaffée. J'abusais, avait-elle dit, ses colocs étaient adorables. Elle avait brodé sur ce thème le temps de quelques phrases pour faire oublier ma question et son hésitation.

« En plus, tu pourrais vivre chez moi », avais-je lâché pour regagner du terrain.

Je savais que Léonore ne me laisserait jamais faire ça sur le long terme. Pourtant, ça m'aurait plu de l'avoir contre moi cet hiver, Alice. Elle se collait à vous comme une seconde peau toute chaude. En été, c'était insupportable, mais sous la clim ou passé le mois de décembre, je pouvais voir l'attrait que ça aurait.

« On pourrait se réveiller ensemble tous les jours », j'avais insisté, et là j'étais sincère.

J'en avais envie au moment où je l'ai dit. Je pourrais allumer le chauffage quelques semaines plus tard, et me réveiller avec ses seins au-dessus de moi. C'est intime, une poitrine horizontale, l'abandon ultime à la pesanteur, tout tire vers le bas.

Sur mes photos, les filles se tenaient droites, ou alors j'étais au-dessus. C'est rare d'avoir assez de profondeur de champ pour développer cet angle-là. Quand je regardais le haut de son corps, j'étais émerveillé par ses proportions. J'avais envie de collectionner les ballons de chair, d'en être entouré.

Je m'égarais et déjà elle s'était illuminée par les joues, deux ampoules écarlates autour du nez qui tournaient à plein régime. J'étais habitué à ce qu'elle rougisse mais c'est comme les feux d'artifice, on retourne en voir même si on en a déjà vu cent.

Ça n'avait pas duré longtemps, quelques secondes de grâce, tout au plus, j'avais eu envie de les mettre dans ma collection.

Puis vite, un voile dans ses yeux, une gorge qui se ramasse sur elle-même.

« Je peux pas partir comme ça. Il faut que je valide mon stage pour le master », avait-elle dit.

Oh non, déjà elle rationalisait. Elle redevenait cette administratrice d'elle-même, secrétaire irréprochable de son quotidien. C'est ce que j'aimais le moins chez elle, et je crois qu'elle aussi.

« Et mon visa, tu y as pensé ? » avait-elle renchéri.

J'avais envie de lui dire ce que je pensais. Je savais que ça allait la blesser mais je n'y résistais pas. Moi je savais à moitié où j'allais, mais je ne sacralisais pas les étapes. Elle voulait jouer toutes les cartes dans le bon ordre, construire la pyramide à l'ancienne, bloc par bloc, sans questionner ses véritables envies.

J'ai plongé, j'assumais :

« Pourquoi est-ce que tu es toujours obligée d'être dans le contrôle ? C'est vraiment pas *sexy*. »

Là, Alice était devenue animale. Je connaissais les mots qui provoquaient cet effet.

Elle aurait aimé me voir disparaître, peut-être même aller

acheter une arme de poing et m'attendre sur le parking du restaurant, après le service. Deux balles dans la tête. On me retrouverait le lendemain matin, allongé dans le caniveau, probablement noyé dans les eaux usées du restaurant.

« Qu'est-ce que je ferais de mes journées ? Je suis pas étudiante, moi », avait-elle dit, craintive, et j'avais su que ça voulait dire oui.

Poser une question, pour Alice, c'était s'impliquer.

« Tous les photographes ont besoin d'une muse », avais-je dit pour la flatter.

Des muses, j'en trouvais à la pelle, mais des muses qui consentaient sans dire oui, qui n'avaient pas de dimanches en famille où elles pourraient flancher, qui détestaient leur corps et rêvaient chaque nuit d'être une meilleure version d'elles-mêmes, ça, je n'en avais qu'une, et c'était Alice.

« On aimerait bien que tu puisses être notre modèle à plein temps », lui ai-je avoué, jouant cartes sur table.

Quand les filles doutaient, on leur proposait des choses qu'elles n'avaient pas en ville. On savait désormais à quelle espèce elles appartenaient à l'instinct, comme les mères reconnaissent leurs enfants dans le cri le plus banal. On savait que seules dans un nouveau décor, la vérité ne voulait plus rien dire pour elles, et qu'elles étaient ravies de se plier à toutes les narrations.

On n'avait jamais vraiment eu l'intention de leur faire du mal, vous savez, Vera. Si c'est arrivé, à chaque fois, c'était par accident. On n'avait jamais tué personne, ni poussé au suicide. La fille de 2013, ce n'était qu'un accident.

Ce qui nous intéressait, c'était de les garder, neuves et intactes, le plus longtemps possible. C'est comme ça qu'on pouvait atteindre quelque chose proche de la vérité, la femme redevenue enfant, sans repères, face à l'objectif.

Moi je n'ai jamais voulu faire de mal à personne. Je voulais juste devenir un grand photographe, et ce n'est pas avec des clichés tièdes qu'on fait des carrières brûlantes.

ALICE / 6

J'ai passé la semaine à rejouer la scène, à me demander s'il fallait que j'y aille.

Le vendredi soir suivant, mes colocataires du Webster m'ont proposé de les accompagner au sushi-saké. C'est un endroit où l'on mange de la mauvaise nourriture japonaise et où l'on boit du saké, le tout à volonté. Il y en a plusieurs dans New York tenus par des nationalités vaguement proches du Japon par la géographie. Ils se sont spécialisés dans l'accueil de groupes unisexes hystériques.

On y célèbre enterrements de vies de jeunes filles, matchs de soccer et autres raisons de faire n'importe quoi en groupe. C'est une sorte d'institution, une scène de théâtre sur laquelle on grimpe pour manger et boire en se donnant en spectacle avec ses amis. J'y voyais le remède aux pires embrouilles, le patch alcoolisé qui viendrait soigner tous les maux des jeunes adultes.

J'y étais juste allée une fois, avec elles aussi. C'était quand j'étais encore dans une relation à peu près normale avec

Nathan, et au tout début de notre amitié à toutes les quatre. À partir du moment où cela a empiré, je ne suis plus jamais retournée au sushi-saké.

L'idée de ne pas contrôler le nombre exact de calories qui entraient dans mon corps, dans un temple ainsi dédié à manger à volonté, me dégoûtait. Les petits bouts de saumon industriel en banc dans ma trachée, avec comme seul prédateur mon estomac. C'était trop compliqué de mêler la notion d'infini à mon orthorexie.

Pourtant, j'adorais le poisson. Mais désormais, quand je pensais à la mer, je pensais au goût de la mouille de Léonore.

« Alice, tu déconnes ! » avait dit Mary.

J'ai marmonné une vague histoire de fatigue et de budget restreint qui n'a pas tout à fait convaincu mon auditoire, puisqu'elles ont proposé de modifier la date et de prendre en charge une partie de mon addition d'ici au versement de mon prochain salaire, « si c'était vraiment galère ». Ça leur aurait fait plaisir de se retrouver toutes les quatre, comme avant.

Derrière leur « avant » intransitif, j'entendais « avant Nathan ». Elles n'avaient pas besoin de le dire, je savais. Elles savaient que je savais. Tout était déjà perdu, il y avait entre nous de la place pour les silences des gens qui ont été proches un temps et qui ne le sont déjà plus.

Face à leur insistance, je me suis enfermée dans la négation jusqu'à ce que ça devienne une rengaine gênante, presque maladive : « Non, non, non. » On aurait dit une enfant. Au bord des lèvres, je retenais la phrase suivante, celle qui aurait tout terminé : « N'insistez pas. »

Daniela, de façon surprenante la plus clairvoyante des trois, a fini par dire qu'elles iraient donc ce soir, comme prévu, et que je pourrais les accompagner la prochaine fois, si j'en avais envie.

J'ai hoché la tête, pas de problème, ça ne me gênait pas qu'elles sortent sans moi. Je n'étais pas du genre jalouse en amitié, seulement en amour. Enfin, comme tout le monde, j'avais l'instinct grégaire, mais mes peurs et désirs profonds primaient. J'aurais préféré qu'elles me proposent de rester avec moi, mais pour rien au monde je ne leur aurais dévoilé les raisons.

Elles avaient l'air gênées de se préparer et de partir sans leur acolyte, pimpantes, toutes les trois. Elles ont rehaussé leurs sourcils et dessiné les contours de leurs lèvres. J'entendais dans la salle de bains commune la rumeur frivole et l'excitation des grandes nuits. Moi aussi, j'aimais transformer ce lieu froid en véritable loge, où nous, les chenilles de la résidence, établissions les conditions de notre métamorphose quotidienne.

Quand, en sortant, elles ont traversé le salon où je faisais semblant de travailler, ça a fait une bourrasque de mauvais parfum floral, exactement comme lorsqu'on rentre dans un Victoria's Secret. J'ai laissé le nuage capiteux entrer par mes deux narines, chérissant, à défaut d'autre chose, le fait de pouvoir les observer sans faire partie du tableau. C'est donc à ça qu'on ressemblait quand on sortait toutes les quatre.

Je leur ai adressé un petit sourire triste qu'elles n'ont pas retourné, déjà absorbées par la perspective des excès de la nuit à venir. Je tenais mon personnage, j'avais l'air concentrée. Je les ai regardées s'éloigner par la fenêtre, levant juste assez le rideau mais en faisant attention à ne pas me montrer. De dehors, pour quelqu'un qui avait quelque chose à faire et qui ne jetait qu'un regard au bâtiment, ça aurait pu être n'importe qui avec un pull bleu, alangui ainsi derrière la vitre.

Elles marchaient de front, comme on le faisait d'habitude, mais ne prenaient pas toute la place sur le trottoir. C'était comme s'il manquait quelqu'un. Si la situation se reproduisait, peut-être qu'elles prendraient plus d'espace, jusqu'à ce qu'il n'y ait plus ce vide et qu'elles ne s'aperçoivent plus de mon absence du tout.

Ce soir-là, sur ma feuille, je faisais des calculs. Pas ceux qui me permettraient d'accéder au cabinet de conseil en stratégie à coups de balles de golf, mais ceux qui me permettraient de survivre avec le minimum de nourriture possible, afin, un jour, de regagner mon statut de muse déchue. Ce jour-là, je me l'étais promis, je proposerais aux filles d'aller au sushi-saké en signe de victoire. C'est ce qui me faisait tenir. Une fois que j'aurais résolu ce problème-là, tout irait mieux.

C'est Nathan qui me l'avait dit. Le jour où je serais *satisfaisante*, tout redeviendrait comme avant. Il ne pouvait pas montrer de tolérance envers moi parce que j'étais étrangère. Si je voulais faire partie du groupe, il fallait que je fasse des efforts.

Si je me comportais bien, on emménagerait ensemble. La promesse existait, les mots avaient été dits, quelque part. Je n'aurais plus à me soucier de rien, ils s'occuperaient de tout.

De toute façon, à New York, je ne pouvais plus profiter de

rien. Tout était désormais tentation de manger ou de dire la vérité, deux choses qui m'étaient peu à peu interdites, depuis que je faisais partie de leur groupe. Autant partir et quitter la ville, comme Nathan me l'avait proposé. Il fallait bien que je prenne une décision.

LÉONORE / 7

Dehors, c'était encore le royaume de la nuit. Bientôt les lampadaires s'éteindraient, la brume retomberait et des enfants alourdis par leurs cartables descendraient la rue principale de Willowbrook en direction de l'école, mais là, c'était encore l'heure de croire aux fantômes.

Tu t'étais introduite dans l'appartement de Nathan sans heurts : ton code et ta clé marchaient toujours. Même si tu ne mettais pas en doute sa fidélité à ta cause, cette entente bien huilée entre vous était pour toi un ravissement de tous les jours. Désormais, tu voyais en lui l'étoffe d'un double, qui te permettait de multiplier ta force de frappe par deux. Le pion était devenu fou.

Il avait passé la nuit dehors, exceptionnellement. Il était chez sa mère, avec Michel et son frère, pour son soixantième anniversaire. Tu lui avais donné une permission, et un peu plus d'argent que d'habitude, pour acheter un gâteau. Il fallait marquer le coup. Et puis comme ça, tu pouvais finir de convaincre Alice.

« Allez, Alice, lève-toi », avais-tu dit d'une voix douce. Tu avais laissé la lumière éteinte dans la chambre.

Elle s'était retournée dans le lit, encore inconsciente de ta présence. Comme elle se maquillait peu dans la vraie vie, ce que l'on surprenait dans le sommeil ne s'éloignait pas de ce qu'elle montrait à chacun au grand jour. Arrachée aux songes, elle avait les traits brouillons, mais elle n'était pas laide. Pas plus que d'habitude.

« Il est quelle heure ? » avait-elle articulé dans un demi-sommeil.

Si elle posait la question, c'est qu'elle n'avait pas encore réalisé que dans la pièce, c'était toi. Sinon, elle aurait déjà été debout.

« Est-ce que ça change quelque chose à ce que je viens de te demander ? »

Alice avait levé les yeux vers toi. D'un coup, ils étaient plus vifs. Elle s'était rendu compte que c'était toi. Non, évidemment, ça ne changeait rien. En lieu et place de tes yeux, ses pupilles avaient rencontré la lentille de ton appareil photo.

« Encore », avait-elle dit, simplement.

Elle n'y avait mis ni agacement ni signe de rébellion. Simplement, elle constatait. *Encore.*

Quand tu débarquais inopinément dans les chambres des filles, tu pensais à ces quelques mots : « J'imagine que le geste essentiel du photographe est de surprendre quelque chose ou quelqu'un, et que ce geste est donc parfait lorsqu'il s'accomplit à l'insu du sujet photographié. »

C'est Barthes qui le dit, pas toi. Le geste parfait.

Tu avais trouvé trois façons de réduire les gens à leur essence, à ce qu'ils étaient au cœur, réels.

Les faire maigrir et les mettre à nu, pour que les formes épousent la courbure exacte de leurs os. Le vêtement et la graisse n'ajoutaient plus les couches additionnelles qui prendraient le monopole de la lumière.

Les éloigner de leurs familles et amis, pour éviter toute intervention ou influence extérieure. Ainsi, ils ne faisaient pas ce qu'on leur avait toujours dit, mais ce qui leur venait, en situation.

Et enfin, les priver de sommeil, pour que le vrai puisse ressortir. C'était quand le corps avait le moins récupéré que les actions les plus simples, les humeurs les plus vraies, remontaient à la surface. Tu les réveillais parfois dans la nuit, et tu leur imposais trois jours sans sommeil, jusqu'à créer de nouveaux cycles qui viendraient remplacer le passage convenu des heures.

C'était exactement ce que tu étais en train de faire, là. Tu suivais les instructions que tu savais nécessaires à l'avènement de la photographie réelle.

Ce jour-là, Alice t'avait confirmé que oui, elle viendrait. Ensemble, vous aviez organisé son déménagement. Et Nathan penserait que c'était grâce à lui, encore, quand c'était toujours toi qui avais tiré les ficelles.

ALICE / 8

J'ai emménagé avec eux le jour des morts. C'était le 1er novembre et il y avait du vent.

Je m'installais à Willowbrook, dans l'appartement de Nathan, mais je savais ce que ce déménagement impliquait. Il ne s'agissait pas seulement de lui et moi, même si c'est ce que j'aurais préféré. Dans le déplacement de mon centre de gravité ne se nichait nulle posture romantique. Je me rapprochais parce que c'était plus commode pour tout le monde.

Le campus n'était qu'à quelques minutes de route. Là-bas, il y avait la forêt, le local, la chambre de Léonore, la triade sombre de mon initiation. Je serais à leur immédiate proximité, disponible. Et en retour, *eux* me feraient exister.

Je n'emménageais pas avec quelqu'un mais avec une idée. J'acceptais de faire de la photographie réelle ma seule occupation, alors même que je n'y comprenais pas encore tout. Je me dévouais à la cause pour faire avancer un projet qui me dépassait, mais qui me permettrait, je le pensais sincèrement, de regagner l'amour de Nathan. J'y passerais le temps qu'il faudrait, jusqu'à ce qu'il cède, comme moi aussi j'avais cédé à leurs demandes, même jusqu'à venir ici.

L'amour de Nathan.

Peut-être que ce n'était pas de l'amour, mais des symptômes, ce qui affleure à la surface du visage comme une consigne lumineuse quand l'on s'entiche de l'autre. Voilà, l'idée de l'amour, et ses déclinaisons physiques comme d'infinies preuves de bonne volonté, des drapeaux blancs à toutes les fenêtres : je viens en paix.

Je voulais retrouver les mains sur mes hanches et la chaleur de sa bouche quand on se parlait tout près. Quand on aime on ne sent pas l'haleine de l'autre, on n'y décèle même pas un arôme. On a conscience de l'air chaud qui se dégage de sa bouche quand il parle, un sirocco juste pour soi.

C'était ce que je préférais, qu'on soit allongés tous les deux en diagonale sur le lit, avec les yeux si près l'un de l'autre que l'on devait un tout petit peu loucher pour se voir correctement. Il n'y avait qu'à pencher la tête légèrement vers l'avant pour que ça devienne un baiser, c'était sûr que ça allait dégénérer. Si je faisais tout ce qui m'était demandé, je retrouverais ce genre de moment, où mon avidité trouvait sa réponse immédiate.

Je ferais enfin partie de quelque chose de plus grand que moi. Moi aussi, je deviendrais une artiste. Ensemble, nous pourrions créer des projets immenses, sans être limités par les contraintes évidentes du monde réel. J'allais pouvoir apprendre à rêver plus grand que moi, écrire des choses qui choquent et cesser de vouloir plaire à tout le monde. Le programme était clair. Si j'y trouvais mon compte, j'étais prête à tout accepter. Nathan et

Léonore pourraient me demander ce qu'ils voudraient, j'accepterais d'être tout entière à leur service.

Le déménagement fut discret et simple. Mes collègues, si je les avais prévenues, auraient dit que c'était à mon image. Je suis donc partie comme une voleuse, sans même terminer d'accrocher le poster des films du mois de novembre devant le petit cinéma. On passait *À bout de souffle*, je l'avais déjà vu. Je me demandais combien de temps ils mettraient à se rendre compte de mon absence. C'est sûrement un cinéphile qui me trahirait. Il y aurait un appel agacé à la réception pour se plaindre de l'affiche inchangée devant les portes de verre, et l'on se rendrait compte qu'Alice était partie quelque part.

Je n'avais pas grand-chose avec moi. J'étais venue à New York avec une valise cabine et un bagage en soute, et c'est aussi comme ça que j'ai déménagé. J'ai vidé ma chambre de la résidence comme on quitte un hôtel, sans remplir un seul carton. J'ai regardé sous le lit et vidé le placard au-dessus du lavabo.

Au Webster, on payait à la semaine. Personne ne vous retenait. La résidence, bien que dans son jus, vivait au rythme de New York où les choses vont toujours plus vite qu'ailleurs. Pourtant, quand, le dimanche avant de partir, j'ai donné la lettre, formelle et manuscrite, qui mettait fin à mon contrat de location afin de récupérer ma caution, la secrétaire m'a regardée avec surprise : « Vous partez déjà ? »

Je ne suis pas entrée dans les détails. Je voulais être discrète, et avec son éducation protestante elle aurait désapprouvé que j'emménage si tôt avec un garçon dont je ne savais à peu près rien. Elle m'a souhaité une bonne continuation. Selon elle, j'avais été une résidente exemplaire. J'étais la bienvenue quand je le souhaitais, si jamais le destin me ramenait à New York. Elle disait peut-être ça à tout le monde, c'était le boniment qui était scotché de l'autre côté de la vitre. Je l'ai remerciée pour ce bulletin de bonne conduite non désiré. D'une certaine façon, il me confortait dans l'idée qu'il était temps que je quitte ma vie chiante pour faire de grandes choses.

Nathan est venu me chercher à la gare. On a mis les deux valises dans le coffre. C'était propre, il avait lavé la voiture, et je me suis plu à penser qu'il l'avait fait pour l'occasion. Il avait l'air content et sincère. Sur le parking, j'ai eu envie de lui dire que je l'aimais mais je me suis retenue. Il fallait juste que j'attende un peu.

Je ne sais pas combien de temps je suis restée dans l'appartement. J'étais, d'une certaine façon, une reine et une prisonnière. On s'occupait de moi, on passait me voir. J'avais constamment de la visite. On me sortait, on me mobilisait sur toutes sortes de projets. Souvent, on me donnait de la drogue pour me détendre. J'acceptais toutes les contraintes car elles me donnaient le sentiment d'être indispensable.

Le matin, Léonore me pesait et me félicitait si la courbe poursuivait sa lente descente. Elle faisait même la conversion des unités de mesure en kilos, chic ultime.

Si je n'arrivais pas à sauter le repas du soir, je mangeais une soupe pour réduire l'apport calorique. C'était le plus important. L'hiver arrivait, c'était le repas parfait. Je choisissais les légumes les moins riches et je mangeais le plus tôt possible. Nathan, parfois, se commandait une pizza, qu'il mangeait à une main devant la télé. Je cornais les pages de mes livres, c'est comme ça que j'occupais mes doigts pour ne pas céder à l'envie de me jeter sur le carton. Il pliait les parts huileuses, triangles jaune et rouge qui dégoulinaient sur le sopalin. On ne parlait pas beaucoup. Les soirées tous les deux conservaient quelque chose de peu naturel, comme si l'on avait forcé sur nous une sorte de distance indésirable.

La journée était dévolue à la photographie réelle. Les photographes se succédaient dans l'appartement; ils venaient capturer mon âme en un kaléidoscope de portraits. Parfois, nous sortions. Je ne portais pas souvent de vêtements, il fallait accéder à ma vérité. Comme les malades de l'hôpital, j'enfilais un vêtement de fortune au-dessus de mon corps pour passer d'une salle à l'autre, j'étais la muse en ambulatoire. Ils savaient ce qu'ils faisaient, je ne posais pas de questions. Je ne voulais pas en parler.

NATHAN / 9

Alice vivait chez moi depuis deux semaines et elle ne voulait plus manger de pâtes. Elle ne voulait plus rien manger du tout, d'ailleurs. La première fois que j'étais arrivé à la table avec les deux grandes assiettes et leur monticule jaune, elle s'était écriée : « Tu crois que ce corps se construit tout seul ? »

Elle était devenue à peu près folle. Quand je fais des pâtes, je mets toute la boîte, qu'on soit deux ou quatre, on n'est pas là pour compter, ça se fait à l'instinct. Elle m'arrachait le paquet vide des mains, le plastique se froissait dans un bruit cruel.

« Putain, Nathan, t'abuses ! »

Selon elle, je gâchais tout. Ma mère m'avait déjà dit ça.

Le matin, sur la balance, elle traquait la centaine de grammes en moins, retardant l'heure du premier verre d'eau pour peser le moins possible encore quelques minutes.

Je la regardais avec de grands yeux, son comportement m'exaspérait. Quitte à être ici, j'aurais aimé qu'elle boive et qu'elle mange en même temps que moi, ça aurait été plus convivial. C'était notre faute, on lui avait donné des instructions très précises. Léonore. Moi je n'avais rien dit, ou alors j'avais juste répété.

Parfois, je crois qu'elle aurait voulu disparaître, affiner son corps d'une quinzaine de centimètres jusqu'à pouvoir se glisser dans l'embrasure d'une porte, dans les interstices où plus personne n'aurait de prise sur elle. Sans chair à attraper, rien ni personne n'aurait pu la retenir.

En l'éloignant de sa famille à qui elle mentait, de ses colocataires qu'elle avait quittées sans même une explication, et surtout de ses collègues qu'elle avait laissés tomber en plein festival, on avait réussi à imposer la vérité de notre monde comme la seule valable à ses yeux. Qu'elle aille raconter aux autres ce qui se passait ici, jamais ils ne la croiraient. Ils la diraient névrosée doublée de lunatique, peu fiable.

Vite, ils l'oublieraient, et nous serions son seul repli.

Parfois, je surprenais Alice sur Instagram, le réseau social où règnent les images carrées.

Elle y allait surtout quand je n'étais pas à la maison. Je trouvais cela absurde dans la mesure où je pouvais traquer toute son activité sans même avoir à pirater son compte. Je n'avais qu'à cliquer sur son pseudo et regarder ce qu'elle avait posté. Tout le monde s'espionne mutuellement. Je ne suis pas le seul, vous voyez.

Malgré tout, je préférais la surprendre, un peu honteuse, dans l'action, quand, apathique sur le canapé, elle déroulait son fil d'actualité sans s'arrêter, dans une boucle infinie de couleurs pastel, l'index emprisonné dans une chorégraphie psychédélique.

Si elle avait passé à lire tout le temps qu'elle gâchait à jouer au jeu des sept erreurs avec toutes ces images pixelisées, peut-être que sa connaissance des hommes s'en serait trouvée changée. En lisant entre les lignes d'un polar ou d'un roman noir les détails de la psychologie du mal, elle serait remontée aux sources de ce qui la hantait.

Sur le réseau social, elle postait aussi de mauvaises photos de New York, énigmatiques et scolaires. L'inverse exact de ce que l'on vous enseigne dans un cours de photographie pour débutants. S'enchaînaient alors sous son pseudo (« Alice in Wonderland », encore) des rues submergées sous des vagues de gratte-ciel, ou bien des parcs effeuillés par l'automne, grandes allées ponctuées d'arbres à demi nus.

Le problème, ce n'était pas tant le manque de qualité des photos. Je ne l'avais pas choisie pour ça : je savais qu'elle ne serait jamais photographe et que sa vocation était de rester de l'autre côté de l'objectif. Le problème, c'était le lieu.

New York, elle n'y était pas retournée depuis le déménagement du 1er novembre. Ces photos dataient de l'été. Ces photos étaient des mensonges.

Les poster aujourd'hui revenait à dire que rien n'avait changé. Et si cela servait notre cause et n'éveillait aucun soupçon, cela l'éloignait aussi de la vérité. J'aurais préféré le silence numérique le plus pur, et Léonore aussi.

Un jour, je l'ai confrontée à ce sujet. D'abord, elle s'est justifiée. Elle m'avait dit qu'elle échelonnait ses photos à travers le temps, elle ne voulait pas tout poster en même temps. Elle avait un petit stock d'émerveillements progressifs à écouler, et personne ne postait dix photos à la fois. C'était contraire aux lois qui régissent les limbes numériques, aux flux de dopamine.

Elle ne cherchait à tromper personne, avait-elle conclu sans me regarder.

« Tu te fous de ma gueule ? »

Je n'achetais pas son histoire de *latergram*. Elle m'avait éclairé sur le mot consacré, comme pour me faire me sentir bête. Je n'avais rien compris, semblait-elle me dire.

Il n'y avait aucune urgence à poster ces photos. Personne n'en reconnaîtrait la patte, et même les lieux photographiés n'étaient pas exceptionnels. Ils figuraient déjà sous le même profil sur des milliers de brochures. Il s'agissait de clichés banals, ils faisaient seulement figure de signal dans la nuit, comme un phare un soir d'orage, pour montrer qu'elle était encore *là*.

Elle avait laissé la lumière allumée, même s'il n'y avait plus personne pour en profiter. Alice postait, donc elle était.

« Je ne vais quand même pas laisser croire à mes amis que j'ai tout quitté », avait-elle dit enfin, plaintive.

Alors comme ça, la douce Alice nourrissait encore son ego en ligne. Je pensais avoir brisé le personnage, être rentré sous sa peau avec la précision d'une aiguille, mais elle trouvait encore la force de prétendre être quelqu'un qu'elle n'était pourtant déjà plus.

« Qu'est-ce que tu en as à foutre ? » je m'étais énervé.

Si c'étaient vraiment ses *amis*, elle n'en aurait pas autant à faire que de jouer la grande dame devant eux. Si elle avait ne serait-ce qu'une personne à qui se confier, tu ne l'aurais pas choisie, car cette personne aurait vu clair dans ton jeu. Un ami pose des questions et rentre dans les interstices.

« Tu devrais supprimer tes réseaux sociaux. Avec, tu seras toujours distraite », je lui avais conseillé pour finir.

Je ne lui avais pas cité les principes fondateurs de la photographie réelle, pas encore une fois, mais en disant ça je traduisais l'une de nos préoccupations : l'immédiateté du partage du cliché qui gâche sa profondeur.

Pour être *réelles*, les photos devaient être prises sans nulle intention de partage, et surtout, sans devoir signifier quoi que ce soit pour celui qui les regarde. C'était à la personne de se faire sa propre idée de ce que représente une œuvre.

En utilisant ses mauvaises photos comme purs signifiants (« J'existe ! »), elle gâchait la nature même de l'outil photographique. Elle forçait le sens sur l'image, bref, elle allait à l'encontre de tout ce que nous prônions.

Surtout, en continuant à poster, elle attirait l'attention sur elle. Il vaudrait mieux, comme les autres, que son identité numérique meure à petit feu.

On s'inquiète de nos correspondants prolixes qui d'un coup ne pipent mot, des musiques très fortes qui d'un coup s'éteignent ou des sirènes qui éblouissent un silence bien installé. On laisse couler les disparitions inexpliquées, si la personne semble se désintéresser peu à peu du monde.

Il fallait que les contacts d'Alice, comme touchés par un sérum quelconque, oublient son séjour à New York, omettent qu'elle devait rentrer, zappent qu'elle avait un jour existé comme électron libre dans le monde et pas comme notre muse. Cela imposait qu'elle cesse ces rappels hebdomadaires de sa présence sur terre.

Si elle avait besoin de se sentir vivante, qu'elle couche avec moi, ça devrait faire l'affaire.

« C'est pas si compliqué. Tu perds ton temps. »

Alice s'était exécutée plus rapidement que je n'aurais cru, dans la soirée. Elle avait appuyé sur l'icône et supprimé les applications, toutes ces machines à dire « J'aime » qui lui permettaient de maintenir un lien artificiel avec des gens à qui elle n'avait pourtant plus rien à dire. La dernière photo qu'elle avait postée, c'était un pont.

Un message, là aussi. Tout est signifiant. Si un jour il lui prenait l'idée de sauter, si elle ne rentrait pas à Paris et que son corps finissait en petites miettes brillantes dans l'Hudson, ça n'étonnerait personne.

Je repensais à son pseudo. *Alice in Wonderland.*

« Je me sens seule », m'avait-elle dit, un soir, quelques jours après la suppression de l'application.

Quand je me suis mis à rigoler, elle a froncé les sourcils, sûrement étonnée par l'affichage aussi franc de mon manque d'empathie pour sa situation.

« Seule ? Tu rigoles, on est tous ensemble ! Je suis sûr que tu n'as jamais vu autant de gens différents de ta vie.

— Je suis avec vous, mais nous ne sommes pas *ensemble* », avait balbutié Alice, qui avait tout à fait raison.

Après tout, qui dans ce monde peut vraiment se targuer d'être ensemble ? On prétend tous l'être, mais dans nos nuits et nos rêves, un *ailleurs* nous appelle avec insistance.

« Si l'on ne prenait que des photos réelles, alors il n'y aurait pas de traître. On saurait à quoi s'en tenir sur tout le monde, car les intentions se lisent sur le visage. La photographie réelle, par son attachement à la vérité, nous protège de la trahison, de la surprise. Elle nous permet de prédire l'avenir. »

Manifeste de la photographie réelle, V

LÉONORE / 10

« Est-ce qu'on pourrait aller en ville ensemble, aujourd'hui ? » t'avait demandé Alice, un matin.

Elle avait plutôt imploré. Tu sentais qu'elle avait pesé sa phrase longtemps dans sa bouche avant de lui donner chair. Les mots étaient humides d'avoir traîné si longtemps sous la langue.

Tu étais d'accord pour aller à Rockhaven, ou même plus loin peut-être, et tu lui avais accordé sa sortie, magnanime. Ce n'était pas tout à fait ce qu'elle voulait. Elle avait hésité avant de te contredire, balbutié comme une ado auprès de qui l'on contesterait l'horaire de couvre-feu, le soir de la première boum de l'année.

Elle voulait aller dans une autre ville, celle qui s'appelle New York. Là où il y avait le bruit et la lumière, dans un vortex accéléré, et où l'on ne distinguait plus les néons des locaux commerciaux des faisceaux des phares, constants, inutiles rues rétroéclairées. La ville qu'elle était venue trouver ici, avant que vous ne la trouviez en retour. Elle avait envie de ces flammes-là.

« Tu n'es pas bien ici ? » t'étais-tu enquise, sèchement.

Tu lui avais passé la main dans les cheveux, ta tendresse contrastait avec le ton de ta voix. Elle n'avait pas eu de mouvement de recul. *Good girl.*

Elle n'avait pas répondu. Elle savait bien que tout mot qui sortirait de sa bouche œuvrait en terrain glissant. Il valait mieux continuer à te plaire, être de ton côté, se contenter de l'aumône que tu lui faisais aujourd'hui : vous iriez ensemble dans une petite ville, elle sortirait déjà du triangle de terre où elle était sous contrainte. Elle étendrait son corps en dehors des bois et des allées du campus, sur un bitume anonyme, devant des magasins. Il y aurait des passants.

« Tu sais, ce n'est pas beaucoup mieux là-bas qu'ici, avais-tu dit pour clore le sujet, tu te fais des idées parce que c'est nouveau pour toi. »

L'expatriation est un habile leurre, un jeu de cache-cache avec la vraie vie. Elles avaient l'espoir facile, ces filles qui voulaient habiter à l'étranger. Le virus s'était diffusé, contagion rapide et parfois familiale. Elles en rêvaient depuis qu'elles avaient lu des livres et accompagné leurs aînés à l'aéroport, signe de la main, bon vent. Elles mettaient la nouveauté en haut de leur autel.

C'était leur culte à elles, et elles semblaient persuadées que, sous d'autres latitudes, l'essentiel du monde pouvait s'arranger. Tous les problèmes qu'elles rencontraient dans leur quotidien, elles prenaient la grande gomme magique des frontières et elles passaient dessus sans remords : puisque c'était ailleurs, c'était forcément mieux.

C'était comme si toutes les unités de mesure du monde

avaient eu le pouvoir d'être différentes, jusqu'à la gravité : nouveau dans une autre ville, a-t-on le pas plus léger ? Tout est-il vraiment plus grand, plus dense, plus vif ?

Alors quand tu étais allée dans la chambre d'Alice, tu avais senti qu'elle avait gardé un peu de ça en elle, cette fébrilité du départ et de l'arrivée. Le corps tendu, toute l'énergie créée dans cet avion, et qui reste en suspens jusqu'à ce qu'elle puisse s'exercer dans le rempart ou la lutte contre un autre corps.

Si, comme toutes les muses, elle renâclait un peu à participer à l'intégralité des rituels auxquels tu la soumettais, parfois, tu pouvais malgré tout palper en elle l'excitation de faire partie de quelque chose d'entièrement nouveau. Elle était venue à New York pour qu'il se passe un truc dingue et, après tout, c'était ce que tu lui donnais.

« Tu m'as fait le virement, pour le loyer de décembre ? » as-tu demandé, comme si ça t'était soudain revenu.

D'un coup, tu avais cessé les cajoleries, c'était Léonore la gestionnaire qui parlait.

Tu savais qu'elle était censée partir de New York avant les fêtes de fin d'année, mais tu lui avais quand même demandé de payer jusqu'au 31 décembre. Ainsi, la transition vers le mois de janvier serait indolore, peut-être oublierait-elle qu'elle avait où aller.

Après tout, elle n'avait pas de contrainte, et toujours pas de deuxième stage à l'horizon. Elle avait laissé tomber la recherche et les entretiens depuis bien longtemps. Peut-être resterait-elle avec vous sans existence légale, entièrement vôtre pour toujours.

Alice s'était exécutée et t'avait fait le virement. Tu étais déjà enregistrée parmi ses bénéficiaires, ça n'avait pris que trois clics et quelques secondes. Tu pompais tout. Le compte de votre groupe, c'était le tien. Tu contrôlais toutes les dépenses et toutes les rentrées d'argent. Les autres te faisaient confiance pour faire fructifier ton empire. Les gueux s'empressaient de payer l'impôt à leur seigneur. Avaient-ils peur de ce qu'il leur arriverait, si jamais ils perdaient ta protection ?

« Déshabille-toi. »

Quand elle avait enlevé son tee-shirt blanc, tu avais vu sur son dos la marque que vous lui aviez laissée au fer rouge, juste à l'endroit du fermoir de son soutien-gorge. Elle avait à peine hurlé lorsque vous l'aviez marquée de votre sceau, début novembre.

Nathan la tenait en même temps, par-derrière, les cheveux maintenus dans un étau ferme. Ses mains t'avaient toujours fascinée. Pour un corps aussi mou, elles étaient fermes, deux larges prisons de phalanges. C'est toi qui avais posé la marque sur la peau d'Alice, ça t'avait excitée qu'elle vous appartienne à tous les deux en même temps. Elle rejoignait ton cheptel, il ne fallait pas qu'elle se perde. L'odeur de chair brûlée ne t'avait pas déplu.

Une fois tout à fait nue, Alice est montée sur la balance avec appréhension.

Elle n'avait rien bu ni mangé avant ton arrivée. Venir en retard, c'était ta façon de la punir. Parfois, si tu tardais, tu savais que la faim et la soif la tirailleraient jusqu'à midi. Tes horaires étaient si imprévisibles qu'elle en venait à souhaiter ton arrivée. Elle t'accueillait comme un petit chien, haletante derrière la porte. Tu entendais sa respiration saccadée quand tu mettais la clé dans la serrure.

Tu reportais son poids dans le carnet noir. Le sien ne te quittait pas, toujours dans ton sac. C'était la plus prometteuse de tes proies, celle qui changeait le plus sous votre influence, se débarrassait peu à peu du superflu jusqu'à devenir pure, réelle.

Tu avais senti son regard s'illuminer. Tu avais validé ce qu'elle était pour toi : une série de mesures, une courbe qui viendrait te prouver l'influence que tu pouvais avoir sur ce corps et donc sur cette âme. Parfois tu mesurais son tour de cuisse avec un petit ruban, mais pas ce jour-là.

Après la pesée venaient les ordres, toujours sortis de nulle part, ne s'autorisant aucune transition avec le discours du quotidien.

« Tu es sale, je veux que tu prennes un bain. »

Ta muse s'exécutait à chaque fois. Cette fois, elle avait fait couler l'eau tiède dans la baignoire et la poussière s'était mêlée au liquide. Une fois pleine, elle avait mis ses deux pieds dans la marmite grisâtre. Alice s'était assise, l'eau lui montait jusqu'au nombril.

Elle attendait d'autres ordres, comme un automate. C'était la seule continuité de sa vie désormais. C'était ça qui la définissait.

Tu avais sorti l'appareil photo.

ALICE / 11

« Voilà, c'est bien, tu peux la tuer maintenant », dit Daniel, que je viens tout juste de rencontrer, à l'inconnue qui me frappe délicatement l'épaule avec un petit air désolé.

C'est moi la proie, mais je sens à la vitesse de son souffle qu'elle aussi n'a pas envie de jouer à ce jeu.

Parfois, des étudiants en anthropologie se joignaient à notre groupe le temps d'un après-midi afin d'ajouter un éclairage intellectuel à nos expérimentations. On leur avait dit que mon corps était disponible.

Les photographes du groupe aimaient être relayés quand ils n'étaient pas inspirés. Comme le lait cesse de couler du sein qui n'allaite pas, ils avaient peur que je perde l'habitude de ces séances s'ils me laissaient un jour de repos. Ils étaient contents que leur modèle soit guidé par d'autres.

Ils restaient dans un coin, avec l'appareil et un petit carnet, au cas où tout ce cirque donnerait lieu à une nouvelle idée brillante.

Je ne me rappelle pas toutes ces journées dans le détail. Les cachets que l'on me donnait au petit-déjeuner, s'ils avalaient ma conscience et me permettaient de supporter les choses auxquelles j'étais soumise, effaçaient aussi le gros de ma mémoire. Mais je me souviens parfaitement de cette fois où ils ont voulu démontrer les différences entre chimpanzés et bonobos, de façon *expérientielle*. Ce jour-là, je n'avais pas avalé la pilule.

Je ne m'étais jamais intéressée aux singes. C'était un sujet qui semblait en revanche passionner Daniel Fredman, l'étudiant tiède qui avait proposé cette idée au groupe. Il portait ses cheveux blonds en lourde toison autour de son visage barbu. Daniel faisait un doctorat sur l'organisation sociale des primates, ou quelque chose du genre.

Nous étions assez nombreux, ce jour-là. Il y avait d'autres filles que je ne connaissais pas, comme celle qui s'était fait un devoir de me « tuer », et j'en avais déduit à tort qu'il s'agissait des étudiantes du master d'anthropologie. March était un gros campus, je ne pouvais pas avoir rencontré tout le monde.

Des garçons que je connaissais étaient là aussi. Ils avaient l'air impatients de jouer, frénétiques comme des fans de football un soir de match. Leur loisir était tout autre dans le cadre de cette expérience, mais il impliquait malgré tout de se retrouver face à une version de soi-même un peu *en dehors*. C'était comme lorsqu'on se grime et s'alcoolise pour faire partie des supporters d'une équipe, groupe évident et indivisible le temps de deux mi-temps où personne n'ira vérifier que l'on est sincère.

Daniel nous a d'abord séparés en deux groupes, donnant à chacun une sorte de fiche personnage très élaborée, sur les comportements exacts qu'il devait adopter lors du jeu de rôle qui allait suivre.

Il nous a expliqué à tous, un peu après l'expérience, que le bonobo est un singe pacifiste qui aime le sexe, alors que le chimpanzé est plus belliqueux. Je simplifie. L'idée était de ne savoir, pour le jeu, que ce que nous voulions, nous, en tant que chimpanzé ou bonobo, pour vivre notre vie comme nous l'entendions. Le reste, il nous ferait un petit cours après. On devait d'abord se laisser aller.

Pour les besoins de l'exercice, j'étais un bonobo, évidemment. Conciliante à l'extrême, dévouée, et pas farouche.

Comme dans un jeu vidéo un peu *cheap* sur Nokia 3310, le choix d'actions était limité. Les anthropologues en herbe voulaient que ce soit le plus représentatif possible. On pouvait se battre, ou faire l'amour. Le jeu est vite devenu un peu lassant. Pour ces deux actions, nous devions mimer l'acte. Pour se battre, il s'agissait de frapper sur l'épaule (ce que la fille venait de faire). Pour faire l'amour, se placer derrière l'autre et le serrer dans ses bras, avec un petit cri. Même moi, je trouvais ça ridicule.

Un étudiant que je ne connaissais pas m'a suivie pendant une grande partie du temps. Il avait visiblement envie de jouer avec moi. Je ne savais pas de quel rôle il s'agissait, mais quand il posait ses mains sur mon torse, juste au-dessus de ma poitrine, je sentais mon souffle s'amenuiser, tous les voyants au rouge. Comme un animal soumis au stress, j'avais envie de fuir. *Fight or flight.* Mon amygdale percevait le danger et envoyait des signaux de détresse à l'hypothalamus. Je l'imaginais, un peu blasée, là-haut dans mon centre de commande, souffler : « Balance toute l'adrénaline, c'est reparti pour un tour ! »

Daniel nous avait fait un petit topo sur le sujet après l'expérience. Ces deux primates, très similaires sur le plan génétique, s'étaient scindés en deux espèces différentes il y avait environ deux millions d'années, alors séparés géographiquement par le fleuve Congo. À partir de là, les différences physiques mais aussi d'alimentation et de sexualité s'étaient accentuées. C'est avec ces différences que nous avions *joué*, comme des enfants qui s'essaieraient à une imitation maladroite des Indiens et des cow-boys pour rejouer leur western préféré.

Les conflits chez les bonobos sont souvent résolus par le sexe, alors que les chimpanzés utilisent la force et l'agressivité pour exercer leur pouvoir. Nous avions la chance de connaître ces modes de résolution des conflits en tant qu'êtres humains également. Quelle chance j'avais, de chaque jour apprendre quelque chose de nouveau, m'étais-je surprise à penser.

J'étais stimulée par mon environnement, et si rien de ce que je faisais ne correspondait à un réel désir, il ne correspondait pas non plus à une peur. Chaque jour, de la même façon, et sans obéir à la moindre logique, quelque chose de nouveau venait bousculer mes acquis.

Je ne crois pas, de ma vie, avoir si peu maîtrisé ce que c'était que la volonté. Il n'y avait aucune différence entre ce que l'on me disait de faire et ce que je faisais, avec l'ardeur que j'aurais mise à acter mes plus sombres désirs. J'étais passée en mode automatique, et ainsi tout était plus facile.

« Qu'est-ce que ça avait à voir avec la photographie réelle ? » ai-je quand même demandé à Nathan le soir venu.

Il était rentré du restaurant un peu amer, et il avait l'air d'avoir envie de parler.

Près de moi dans le lit, il a juste haussé les épaules. « Tu sais, le groupe veut toujours tester de nouvelles choses. Même moi, je ne sais pas tout. »

NATHAN / 12

Mon dossier pour la *graduate school* avançait. Il se mouvait dans les interstices, entre le boulot au restaurant, les cours, les moments de tendresse relative que je concédais à Alice, pour l'amadouer, quand la journée avait été difficile.

Parfois, je séchais les cours pour ça et je me trouvais bien bête d'être rentré dans ce cycle infernal de l'éducation, où l'on se retrouve toujours à préparer la suite, systématiquement plus importante que le présent. Le moment vécu n'est jamais assez, il faut y ajouter de la perspective.

Je me demande où je serais aujourd'hui, et aussi avec qui, si j'avais eu confiance dans mes propres aptitudes. Si j'avais taillé la route avec l'objectif, fait des petits boulots, serais-je devenu meilleur par la pratique plutôt que par l'absorption théorique *ad nauseam* ?

Mais je m'y collais. Chaque jour, je faisais ma propre rétrospective.

J'écrivais de nouvelles pages ronflantes pour accompagner les photos que j'avais prises et développées au cours de la semaine, comme si elles figuraient déjà dans un foutu livre, ou alors au musée. J'expliquais chaque détail, et je brodais sur toutes mes intentions. Souvent, je mentais pour avoir l'air plus cultivé. J'inventais des signifiants pour meubler le rien.

Les meilleurs parcours de photographie du pays, bien qu'affairés à sans cesse confirmer leurs différences, demandaient tous la même chose pour vous laisser entrer dans leur cénacle : une voix. Il fallait raconter les histoires différemment des autres, embarquer, immédiat et particulier. Comme je n'étais pas encore certain de réussir à le faire par les seules photos, j'adjoignais à ces dernières toutes les explications nécessaires pour les rendre spéciales, particulières, et infinies.

Ce n'était que par la pratique que je deviendrais meilleur, pas par ce parcours universitaire qui ne me ressemblait pas. J'étais coincé. Il me faudrait bientôt choisir ce que j'avais envie de faire de ma vie, pour de vrai. Ce n'était pas une éventualité désirable. Je n'aurais plus trop su quoi faire, si l'on m'avait laissé livré à moi-même. Ç'aurait été difficile d'occuper tout ce temps libre avec autre chose que de l'alcool, du sommeil, quelques filles. Je fonctionne mieux sous pression, c'est une évidence.

Pourtant, moi, à la base, mon truc ce n'est pas le portrait. Je préfère photographier les paysages et la banalité du quotidien, la continuité des choses sous des latitudes différentes. Mon maître à penser, c'est Stephen Shore. Alice était disponible, et je m'astreignais à utiliser sa présence dans mon appartement. Ç'aurait été idiot de ne pas le faire. Mais si j'avais eu le choix, s'il n'avait pas fallu mettre de côté pour vivre, étudier, si je n'avais pas eu besoin d'argent, ou, devrais-je dire, de l'idée de l'argent, alors c'est ce que j'aurais fait.

La photographie réelle, c'était bien, et j'estimais Léonore, une fille géniale, mais plus j'y pensais, plus je me disais que ça ne devrait pas être *tout*. Bien sûr, Léonore n'était pas de cet avis. Elle pensait qu'elle devait aller au bout des choses pour être prise au sérieux, et je ne pouvais pas la contredire. Mais c'est aussi comme cela que l'on fait les meilleurs tyrans.

Stephen Shore, son nom ne vous dit peut-être rien, est-ce que vous pouvez seulement me citer cinq photographes vivants d'ailleurs, mais il a été le premier photographe exposé de son vivant au Met. Je pose ça comme ça. Je ne dis pas que c'est ce à quoi j'aspire, ce serait vain de ma part, mais quand même, voilà, il faut le savoir. Sa photographie est simple, et certains idiots ne s'arrêteraient pas dessus sur Instagram, mais c'est un des grands. C'est déjà quelque chose.

J'aime l'idée d'exposer dans un musée grand public comme le Met. Oui, bon, évidemment, ce n'est pas non plus pour le tout-venant, vous allez me dire, il faut avoir les moyens de venir jusqu'à New York se faire pomper son argent pour une nuit, taxes et pourboires non inclus, *bedbugs* en option. Mais quand même, c'est un lieu où s'aventurent les touristes et les gens dont le quotidien n'a rien à voir avec la photographie. Les gens qui viennent parce que c'est le putain de Met, le *fucking Metropolitan Museum of fucking Art*, comme les gens qui visitent les églises parce que ce sont souvent les seuls monuments dans lesquels un minimum de thune et de sens esthétique ont été investis. Les gens qui, trois cent soixante-quatre jours par an, n'en ont rien à branler. Mais, une fois de temps en temps, ils font face à une toile, une photo, et là, c'est l'émoi.

Stephen, il s'y était mis tout seul, à la photo. Il n'avait pas eu besoin de l'institution. Six ans, à peine debout, déjà un Kodak dans une main quand les autres gamins l'utilisaient encore pour se curer le nez ou dribbler sans conviction.

Il est juif, comme moi. C'est la première fois que je le mentionne, ce n'est pas une partie immense de mon identité. J'éteins mon téléphone le jour de Kippour et c'est tout. Les points communs s'arrêtent là. Il a vendu ses premières photos au MoMA à quatorze piges, quand je roulais des pelles à des filles moches dans les garages de Westport, Connecticut.

Avant de devenir qui il est aujourd'hui, ou plutôt pour devenir celui qu'il est aujourd'hui, Shore a vécu une vie de road trips. C'est la route qui l'inspirait, c'est comme ça qu'il s'est intéressé à la couleur et lui a donné son importance. En somme, on lui doit tout. Il est sorti de la pub, de la photo de mode, il a utilisé son appareil pour faire autre chose, trouvant la beauté dans la banalité.

Parfois les gens qui analysent son corpus disent qu'il fait partie des « photographes excursionnistes ». C'est leur rôle des commentateurs de mettre tout le monde dans des cases, mais je trouve que le terme est mal choisi. Quand j'entends ça, je pense à des vacanciers en rang d'oignons derrière un petit panonceau numéroté, fraîchement descendus de leur bateau de croisière, prêts à en découdre avec une capitale européenne pour dix heures top chrono avant de lever l'ancre.

ALICE / 13

Cela faisait une semaine que je n'avais plus le droit de me laver.

C'étaient les cheveux, le pire. Ils brillaient de crasse, fidèles aux jours les plus sombres de mon adolescence, des clichés là aussi en attestaient. La responsabilité n'était plus à imputer à mon manque évident de sens esthétique mais bien aux règles toujours plus précises auxquelles le groupe me soumettait.

Quand il sortait, Nathan coupait l'eau dans l'appartement. Ce n'était pas nécessaire, je ne m'y serais pas risquée, moins par peur des représailles que par respect des règles en vigueur.

Chaque jour, lorsqu'elle venait me voir, Léonore me caressait la tête, comme on le fait avec les animaux domestiques. C'était presque agréable. J'avais l'impression d'être spéciale. Quand elle faisait ça, je restais tétanisée, incapable de bouger. Les mèches luisaient, couleuvres rousses, sous ses mains bleues. Elle portait toujours le même vernis outremer, sans doute choisi pour le violent contraste qu'il offrait avec sa peau translucide. Ses veines lui faisaient comme un labyrinthe à même le corps, insondable.

L'odeur corporelle, je m'y étais habituée, à force. Cela m'avait dérangée les premiers jours, jusqu'à ce que cette conscience-là de moi, elle aussi, disparaisse.

On remarque plutôt l'odeur des autres, les bruits des autres. Les siens, on baigne dedans. On s'y habitue lentement, même aux plus déplaisants. Ce ne sont jamais les gens avec qui l'on vit qui remarquent que vous avez grossi ou que votre teint s'est hâlé. Alors soi-même, comment le voir, le sentir ? En cohabitant, vous devenez un décor, aux transitions aussi fluides que la façon dont les couleurs se mélangent lors d'un coucher de soleil. On se fond dans la masse des versions de nous-même, incapable de les dater, de les identifier, de les différencier.

Les cheveux, en revanche, je ne m'y habituais pas. Ils encadraient mon visage, impossibles à dissocier de qui j'étais, Méduse sale. La texture des mèches de devant ressemblait à celle du câble avec lequel je persistais à charger mon téléphone inutile. Elles étaient un peu froides, lourdes, et comme gorgées d'eau.

« Aujourd'hui, on va au musée », me dit Léonore lors d'une de ses visites matinales.

Elle offrait par ces mots un changement dans notre mécanique bien huilée. J'aurais accès à l'extérieur et, l'espace d'un instant, j'oubliai mes cheveux. Le musée existait comme promesse, c'était le monde du dehors, la garantie d'être *en situation*, avec des gens qui ne faisaient pas partie du petit cercle de March, des gens qui n'étaient ni photographe ni étudiant. Des gens qui ne sauraient pas ce que je faisais ici, et dont je pourrais soutenir le regard avec aplomb. Le savais-je moi-même ? C'était déjà ça, un peu de certitude grignotée dans l'errance.

Je laissais de côté la vérité tragique : je ne ressemblais pas aux formes soignées qui arpentent les musées, ni même aux touristes gras qui foulent leurs galeries, gênants et pleins de bruits. Je ne pensais pas à grand-chose, et surtout pas au désordre que peut créer dans des endroits guindés le lent déplacement des monstres.

Un musée. Je n'ai pas demandé quand, comment, ni lequel. De toute façon, elle ne m'aurait pas répondu. Elle n'a pas non plus sollicité mon avis. La voix de Léonore ne tolérait ni intonation montante ni point d'interrogation ; elle était faite pour les affirmations. Il y a une raison pour laquelle on remercie les voitures qui s'arrêtent d'un signe de la main au passage piéton : un instant, on a imaginé le bolide vous écraser, la possibilité de l'anéantissement. Cette main en l'air ça veut dire je viens en paix, merci de m'avoir épargné, je vous offre cette faiblesse qui est la mienne, qui est aussi celle de l'espèce humaine. C'était ça que j'offrais à Léonore par chacun de mes hochements de tête.

Il faisait encore un peu nuit. Le soleil cherchait à rentrer dans le paysage par en dessous, mais il restait bloqué au stade de vague lumière, ne méritant pas l'adjectif de *levé*. Derrière la fenêtre, on sentait le mois de décembre, poisseux, affalé contre la vitre.

En dehors des indices fournis par la météo, j'avais perdu la vraie mesure du temps. Comme ces prisonniers qui se leurrent à coups de bâtons gravés sur les murs, je restais persuadée d'être en totale maîtrise de mon environnement parce que mon téléphone, chaque jour, m'offrait la date en grandes lettres de lumière.

Je n'avais jamais aussi bien su *ce que* j'étais. Moi qui auparavant évitais les miroirs, j'avais développé une accoutumance à mon propre corps, présent sur les photos, immédiat, quadrillé à trois cent soixante degrés, en somme, exhaustif.

Contrairement à son habitude, Léonore s'est livrée sur le chemin. Il fallait occuper le silence, on avait une heure de route jusqu'au Dia:Beacon. Elle ne me l'avait pas dit. Ce n'était pas son genre de me préparer à ce qui pouvait venir, de me dire où on allait, ou même avec qui. Cette fois, le GPS était fautif. Volume réglé sur « MAX », il avait trahi la destination et dévoilé les conditions exactes de notre huis clos de sa voix robotique. *Fifty-five miles to Dia:Beacon. Drive safe !*

« Nathan tient à toi, tu sais », a-t-elle dit une fois qu'on eut traversé l'Hudson et se fut engouffrées sur la route principale.

C'était une ligne droite toute bête, mais elle roulait trop vite. Léonore n'avait aucune raison de me dire ça, alors je l'ai remerciée. C'était ce qui se rapprochait le plus d'un compliment dans sa bouche amère. Elle ne me regardait pas, fixée sur la route, c'était à peine si elle faisait ses contrôles quand elle se rabattait sur la voie de droite devant les grands camions. De profil, j'ai pensé qu'elle avait vraiment des traits de riche, comme ceux grâce auxquels on distingue les animaux de race au premier coup d'œil.

« C'est difficile de savoir pourquoi, a-t-elle poursuivi,

pensive, mais ce qui est sûr c'est que personne ne s'est jamais inquiété de moi comme il se préoccupe de toi en ce moment. »

Est-ce que je la dégoûtais, était-elle jalouse, ou alors avait-elle peur de moi ? ai-je osé penser, avant de trouver la réponse dans le reflet que m'offrait le rétroviseur.

« Tu ne t'en rends peut-être pas compte maintenant, mais tu t'apercevras plus tard qu'on t'a rendu service, avec tout ça », a-t-elle conclu d'une voix sèche, refermant la parenthèse comme si cette conversation entre nous n'avait jamais eu lieu.

Elle a lâché le volant pour faire un geste vers le haut que je n'ai pas su interpréter. Elle voulait peut-être insister, dire qu'ils avaient fait beaucoup pour moi. Elle avait besoin de ses mains, comme si sa voix ne suffisait pas pour traduire l'immensité de ma dette.

À cette vitesse, la route coulait sous la voiture comme un fleuve boueux.

Je connaissais le Dia:Beacon de nom. La curatrice de l'Alliance française l'avait mentionné plusieurs fois comme une source d'inspiration possible pour nos campagnes marketing.

Situé à un peu plus d'une heure de New York, le musée, malgré sa grande taille (plus de vingt mille mètres carrés), était suffisamment confidentiel pour arborer en semaine des airs d'alcôve. Il était situé dans une ancienne usine d'impression sur les rives de l'Hudson. L'institution avait acheté et commandé des œuvres hors norme, avec pour objectif de libérer les artistes de toutes les contraintes de temps, d'argent, mais aussi d'espace.

C'était un endroit calme où les gens venaient moins profiter de l'art conceptuel exposé dans des salles trop grandes que se reposer des bruits de la ville, errant parmi les sibyllines statues du jardin le temps d'un après-midi. Même les murmures y dessinaient un écho.

Léonore a effectué un créneau parfait sur le parking et m'a expliqué le mode opératoire de cette session-là. Je n'étais pas dupe, je l'avais vue charger son appareil photo dans la voiture. Je me doutais bien que nous n'allions pas simplement nous cultiver ou faire un foutu *teambuilding* toutes les deux.

« Tu vas te rapprocher des gens qui regardent les œuvres, jusqu'à ce qu'ils s'éloignent de toi, dit-elle. Je veux que tu réfléchisses à ce que ça fait, d'être refusée, rejetée. Concentre-toi sur ce sentiment. »

J'ai hoché la tête immédiatement, j'avais compris la consigne. Ma plus grande peur à ce stade était de demander de répéter, ou de ne pas avoir tout à fait saisi ce qui était requis de moi. Là, c'était clair. Il fallait juste me déplacer dans l'espace, faire usage de mon corps, subir ses externalités, le rejet, obligatoire, qu'imposerait mon odeur, qui ne serait pas sans me rappeler toutes les autres fois où j'avais pu subir honte et indifférence.

Moi qui si souvent étais enfermée dans l'appartement, pour être honnête, j'étais soulagée de pouvoir enfin me dégourdir les jambes. Léonore aurait pu me demander n'importe quoi, j'aurais fait pareil. J'étais là, autant obtempérer, mériter toute cette attention qu'elle déployait vers moi.

Elle m'a donné des écouteurs, « pour la suite des instructions », et elle a composé d'une main experte son numéro sur le clavier de mon téléphone. Bien sûr, elle en connaissait le code. C'était le jour de ma rencontre avec Nathan. 130714.

« On reste en contact, ne raccroche pas, dit-elle d'un ton impérieux. Mais toi, tu ne parles surtout pas. Je ne suis pas là. Je suis la voix dans ta tête. Ce n'est pas ce que tu dis qui doit les faire partir, c'est ton corps. »

J'avais seulement acquiescé et remis le téléphone dans ma poche, comme si le silence devait commencer à la seconde même, terrifiée de déjà faire un faux pas si jamais je le rompais d'un innocent « Okay ».

Je m'étais attelée à la tâche de bon cœur. Ce n'était pas très difficile. J'avais les œuvres pour moi, dès lors que mes proies se détournaient de leur intérêt initial pour se déplacer un peu plus loin de moi. Une maman manucurée tournait les roues de sa poussette dernier cri dans la direction opposée, une vieille dame hâtait le rythme claudiquant de sa canne sur le béton ciré. Ils se cassaient tous. Je passais d'une œuvre à l'autre, méthodique, sans ressentir quoi que ce soit.

L'art minimal m'avait toujours laissée indifférente. Moi, j'aimais le figuratif, ce qui pouvait me permettre de retrouver dans le tracé d'une bouche ou d'un regard mon propre visage. J'étais souvent choquée par la simplicité, je ne pouvais réprimer ce sentiment : moi aussi, j'aurais pu le faire, ce truc.

Je prenais un malin plaisir à imaginer tous les faux que je pourrais créer si je décidais de m'adonner à cet onanisme artistique. Une toile blanche. Un miroir. Un foutu tas de sable. J'étais capable de tout, et même plus.

Plus que les œuvres elles-mêmes, c'était l'intention qui était importante ici. Vu ce qu'il se passait dans ma vie depuis quelques mois, je comprenais comment on en arrivait à faire d'un concept sa seule réalité, jusqu'à ce qu'il semble évident que oui, ce que l'on est en train de manigancer, c'est de l'art.

Seule l'araignée en bronze de Louise Bourgeois était impressionnante, vue de près. C'était donc ça, la *Crouching Spider*. Je l'avais déjà aperçue sur les brochures du musée, c'était une des pièces les plus connues exposées ici. J'avais minimisé sa taille et l'effroi qu'elle pouvait procurer, face à face. Elle représentait parfaitement ce que je ressentais à ce moment précis.

Dans le lexique de Bourgeois, l'araignée représente aussi bien la femme protectrice que la prédatrice. Protectrice, l'araignée, explique le panonceau (car ça ne va pas de soi), parce qu'elle dévore les moustiques, ces présences toxiques indésirables. L'araignée, c'est aussi la mère de Louise Bourgeois. J'ai jeté un coup d'œil à Léonore, et à ce moment-là, j'étais persuadée que nous pensions la même chose, dans une sorte de communion malsaine. Cette araignée, c'étaient eux, et j'étais collée à la toile. Dans ma vie, leur présence était aussi lourde et imposante que cette structure de bronze. J'avais de l'espace pour respirer, mais je savais que j'étais prise au piège à l'intérieur de la monumentale prison de pattes.

Beaucoup d'œuvres ici étaient, comme *Crouching Spider*, conçues pour être découvertes en marchant autour ou même sous elles. C'est sûrement pour cette raison que Léonore avait choisi le Dia:Beacon parmi tous les musées.

Torqued Ellipse, dans la pièce suivante, était une œuvre assez connue de Richard Serra. Le petit panonceau à côté disait que les sculptures de Serra étaient destinées à être examinées en mouvement, obligeant le spectateur à devenir un flâneur. On a une sensation différente à l'intérieur et une autre à l'extérieur.

Quand j'ai franchi la porte de la grotte, j'ai eu l'impression que la structure se déplaçait en fonction de mes mouvements. À un moment donné, elle a même semblé se pencher au-dessus de ma tête. Je rentrais entre les plaques de métal, destinée à ne l'avoir que pour moi, à ressentir quelque chose.

« Arrête-toi à l'intérieur, et pisse, s'il te plaît. Tu te balades depuis une heure, t'as pas envie de faire pipi ? »

On me disait quoi faire, c'était plus facile que de prendre des décisions. Il y avait en moi quelque chose d'animal qui était plus fort que l'humain. Ma vessie était d'accord, les ordres déclenchaient une réponse physique, comme si la pensée venait de moi. Alors je l'ai fait. Elle m'avait fait boire de l'eau dans la voiture, c'est venu tout seul. J'imaginais Léonore, avec son appareil photo, ne pas en rater une goutte.

Un instant, et un instant seulement, avant de me rendre compte de l'horreur de cette pensée, j'ai presque trouvé ça dommage que l'on ne soit pas à Paris. Avec sa technique, j'aurais peut-être pu avoir *La Joconde* pour moi toute seule.

Puis, si j'avais fait ça, on m'aurait peut-être arrêtée. La police serait venue me chercher dans la petite salle de pause des gardiens, nichée dans les sous-sols du Louvre, que j'imaginais transformée pour l'occasion en salle d'interrogatoire. Elle m'aurait soustraite pour toujours à l'influence de Léonore, Nathan, et de tous ceux qui dictaient mes faits et gestes comme d'experts marionnettistes.

LÉONORE / 14

Un lundi, tu t'étais fait convoquer par le prof référent du programme après le cours de portrait. Il avait juste dit « Léonore, vous restez deux minutes ? », mais ça puait.

Tu avais jeté un coup d'œil à ton reflet dans le miroir de la porte alors que les autres élèves sortaient en grappes bavardes. Ton visage était cerné, tu n'avais pas pris le temps de te maquiller ce matin et tu avais peu dormi. Il aurait fallu t'encadrer, là, maintenant : tu étais la définition de la fatigue. Mais toi, personne ne te prenait plus en photo.

Depuis qu'Alice était sur le campus, tu avais l'impression que c'était gâcher ton temps libre que de ne pas le passer avec elle, disponible. C'est un peu comme les gens qui réservent une chambre d'hôtel et qui arrivent au milieu de la nuit, que font-ils de toutes ces heures en puissance dont ils n'auront pas profité, dans ce carré conquis aux draps propres ? Est-ce qu'elles les hantent ? Tu avais décidé de ne pas te laisser ce choix. Alice t'appartenait, donc tu la possédais, peu importait la charge horaire. C'était simple.

Ben et Nathan avaient été les derniers à sortir de la classe. Le prof était de dos, alors ils t'avaient jeté un regard inquiet. Nathan avait mimé un téléphone, ses lèvres silencieuses disaient « on s'appelle après », évidemment qu'il s'inquiétait aussi pour son cul.

Une fois la classe vide, le prof avait fermé la porte. Vous vous étiez assis, lui les fesses sur l'estrade et toi au premier rang, à ta place. Vous étiez presque à la même hauteur, il était descendu de son piédestal. Sur ta chaise, tu étais même un peu plus grande. Tu t'étais étirée, comme avant un combat.

Il avait « des questions à te poser », avait-il expliqué avec douceur. On lui avait dit qu'il se passait « quelque chose ».

Il était resté vague. Tu sentais bien qu'il n'avait rien de concret à te dire, qu'il allait seulement à la pêche. Tu l'écoutais, ta bouche figée dans sa moue de jeune fille sage, l'air inquiet. Il avait l'air désolé de t'embêter, toi l'héritière, il savait d'où venait l'argent qui avait payé le bâtiment dans lequel il te faisait cours. Mais il avait un « devoir moral de te poser la question », il faisait des petits guillemets avec ses doigts chaque fois qu'il disait quelque chose qui aurait pu, peut-être, te heurter. Il devait se renseigner, poser des questions sur les « agissements », encore les doigts, qu'on lui avait rapportés la semaine dernière.

Il n'était pas entré dans le détail sur la façon dont les choses qu'il te racontait étaient parvenues à sa connaissance. C'était comme si une voix était passée sous la porte et lui avait soufflé cette idée, comme s'il avait juste reçu une missive anonyme sertie de lettres découpées dans les journaux, quand toi tu étais persuadée que c'était un être de chair qui était venu frapper à sa porte pendant ses *office hours*, un traître, quelqu'un que tu connaissais.

Tu aurais aimé l'interroger, toi. Lui demander qui c'était. Le punir.

« Si je vous demande à vous, Léonore, c'est parce que j'ai vu certaines des photos que vous avez ajoutées dans le dossier, elles sont, *ahem*, perturbantes. »

Tu avais haussé les sourcils, et comme ça, tu avais osé : « Il en faut peu pour vous perturber. »

Il avait retenu un rire gêné et plongé son regard dans le tien.

« C'est parce que ce sont les meilleures, n'est-ce pas ? »

Le prof avait secoué la tête et continué à réciter ce qu'on lui avait dit, visiblement un condensé plutôt *soft* de choses confidentielles. Il ne t'avait pas parlé des filles et des verrous. Il t'avait surtout parlé des photos, et des orgies dans la cave, comme si le traître avait volontairement laissé certains détails en dehors de son récit. Ça pouvait être n'importe qui.

Histoire de ne pas nier en bloc et de t'extirper de la situation, tu avais admis l'existence de la photographie réelle à demi-mot. Tu étais fière de ton œuvre. C'est lui qui vous avait parlé des écoles de photo en première année, tu avais insisté, hautaine, qu'y avait-il donc de mal à prendre des initiatives ?

« Créer sa doctrine, c'est exercer son esprit critique », avais-tu dit, et il avait admis que tu avais raison, après tout, vous étiez là pour apprendre.

« J'aurais simplement aimé que vous m'en parliez, Léonore », avait-il conclu et tu lui avais fait un grand sourire, histoire qu'il ferme sa gueule et qu'il te laisse partir.

« En ce qui concerne le reste... je ne suis pas au courant de ces *orgies* », avais-tu dit, surjouant, l'air franchement apeuré, tu avais buté sur le mot comme si ça te tuait de le prononcer.

Tu jouais bien, trois ans au cours d'art dramatique au collège payaient enfin, « est-ce que vous pensez que je suis en danger ? ».

Le prof t'avait regardée. Tu savais qu'il voyait clair dans ton jeu mais il savait de quel côté le pouvoir se trouvait, alors il n'avait pas insisté.

« Si vous entendez parler de quelque chose, venez me voir, d'accord ? »

Il te faisait pitié, à ramper comme tous les autres. Tu avais acquiescé, oui, évidemment, il ne fallait pas prendre ce genre de situations à la légère. Tu ouvrirais l'œil.

ALICE / 15

Le lendemain de notre escapade, Léonore m'a montré les photos de l'araignée. Elle était contente du rendu final. Moi aussi, je me trouvais plutôt bien dessus.

Pas *jolie*, évidemment, j'y suis sale et je sais qu'en prenant ces photos Léonore ne cherchait pas mon meilleur profil. Il y a néanmoins une sorte de noblesse dans mes traits qui fait que je ne me reconnais pas tout à fait. J'ai le visage un peu plus émacié, les lignes de la mâchoire plus fortes, presque une tête d'actrice, en fait. Je m'aime bien, sur cette série, je dois l'avouer. Dessus, mon visage est calme, j'accepte la mort certaine. Il n'y a personne autour de moi. Mes cheveux brillent autant que le corps de bronze de la sculpture gigantesque ; nous luisons de concert.

Elle ne m'a pas montré les photos où j'urinais dans l'ellipse de Richard Serra. Après tout, j'ai peut-être rêvé ce moment.

J'étais encore sale quand elle m'a annoncé, magnanime, que je pouvais me laver, cette phase du travail étant terminée. D'abord, je n'ai pas osé y aller. J'ai pensé à une blague. C'était peut-être un test, pour voir combien de temps je tiendrais. Je suis restée sur le canapé, muette, avec la conscience aiguë de mes plantes de pied plaquées au sol. Il ne fallait pas qu'elle interprète dans un relâchement minime de cette pression que j'allais me lever. Je n'en avais pas l'intention.

« Si tu ne sais plus faire, je vais te laver les cheveux moi-même », m'avait-elle dit d'une voix douce après quelques minutes d'un silence insoutenable.

J'avais laissé mes pieds se décontracter et Léonore m'avait emmenée dans la salle de bains. Je me suis assise dans la baignoire vide, et elle a ouvert l'eau sans tarder. Une cascade chaude a inondé mon visage, emportant sur son passage toutes les saletés qui s'y étaient déposées lors de la dernière semaine. Je renaissais sous la force de ce baptême libératoire.

Sous le pommeau de douche, on ne pouvait plus distinguer l'eau courante de mes larmes.

« Est-ce que tu voudrais porter l'enfant de Nathan ? » m'avait-elle demandé de but en blanc, alors qu'elle émulsionnait de ses mains bleues le shampoing le long de mes pointes.

Elle était derrière moi, assise sur le rebord de la baignoire. Elle avait retiré son tee-shirt pour ne pas le mouiller, et je n'avais pas pu m'empêcher de regarder ses seins qui pointaient sous la tulle d'un soutien-gorge de couturier. Je repensais à la fois où j'avais léché son sexe dans la cave. Nous n'avions jamais recommencé, peut-être qu'elle n'avait pas aimé. Je n'avais pas été assez convaincante.

« Quel enfant ? » j'avais interrogé sans la regarder, pourtant sûre d'avoir déjà bien compris sa prochaine requête.

Un enfant qui naîtrait pour ce projet, il n'aurait pas d'existence propre, on ne devrait même pas lui donner de nom. Personne n'aurait rien à y redire.

On me ferait accoucher à Willowbrook, et l'enfant pourrait grandir dans le plus grand secret. Elle avait une amie qui finissait ses études de pédiatrie et qui avait une dette envers elle, je ne serais pas livrée à moi-même, m'avait-elle rassurée. Dans la précision de la logistique qu'elle me décrivait, j'ai compris qu'elle y avait suffisamment réfléchi pour être sérieuse. Elle ne venait pas d'y penser. Parfois sa mégalomanie flirtait avec la folie. Personne n'osait lui dire, mais jusqu'où serait-elle allée dans cette quête d'exhaustivité de la photographie réelle ? Quel tabou n'aurait-elle pas transgressé pour prouver qu'elle avait raison ?

Elle avait marqué une petite pause pour me rincer. Elle avait mis la main à la racine de mes cheveux et penché ma tête vers l'arrière pour que je ne reçoive pas la cascade d'eau savonneuse dans mes yeux. C'était attentionné de sa part, presque maternel.

Le problème avec la photographie réelle dans sa forme actuelle, s'était-elle livrée, comme si nous étions égales, c'est qu'on ne pouvait pas laver la mémoire des gens. Les gens venaient avec leur propre histoire, ils pouvaient changer d'apparence et d'habitudes, mais ils garderaient pour toujours en eux leurs souvenirs. Dans leur regard, on voyait bien qu'ils avaient vécu d'autres choses avant, qui avaient fondamentalement brisé quelque chose en eux.

« Le développement de la personnalité de cet enfant, continua-t-elle, comme enivrée par sa propre idée, ne serait pas impacté par le monde extérieur. »

La photo deviendrait son seul miroir. On pourrait lui créer

un système de croyances qui n'implique ni Dieu, ni maître, ni parents. Cette personne n'aurait pas à subir ce cadre toxique qu'est la famille. Il aurait une vie cachée, protégée du monde extérieur.

Elle-même aurait rêvé de ça, m'avait-elle avoué dans ce qui me sembla être un véritable élan de sincérité, elle avait grandi dans une famille de tarés. Je voulais bien la croire.

« Réfléchis-y, avait-elle suggéré avant de me laisser finir de me rincer les cheveux, ce serait une chance, pour toi. »

NATHAN / 16

« Ouais, ça m'exciterait, que tu t'assoies sur ce gâteau. »

Le visage d'Alice n'avait pas changé quand j'avais dit ces mots. Je me serais attendu à ce qu'elle fronce au moins un peu les sourcils, comme pour se concentrer, mais elle n'en a pas eu besoin. Je l'avais bien dressée. Son visage était resté impassible, c'est à peine si l'on voyait qu'elle respirait. Elle aurait pu être morte, niveau réaction, ç'aurait été pareil.

Le lendemain, c'était mon anniversaire. Alice m'avait demandé ce que je voulais pour mes vingt-deux ans. Je crois qu'elle voulait faire la conversation, ou peut-être s'agissait-il de me montrer qu'elle n'avait pas oublié que j'étais né un 2 décembre, et que ce jour approchait.

Les anniversaires sont une façon annuelle de réaffirmer notre amour à notre entourage, ou de l'annuler, temporairement ou pour toujours. On connaît toujours les dates des gens qui ont compté pour nous au fond de soi, c'est un choix délibéré de le souhaiter ou de ne pas le faire.

Par exemple, je ne souhaite pas son anniversaire à mon père.

Je ne réponds pas non plus aux messages dont il me gratifie, bon prince, pour le mien. Qu'il s'éclate à Miami avec sa copine, je n'en ai rien à foutre.

J'allais enfin quitter l'âge qui voulait tout et rien dire après trois cent soixante-cinq jours qui n'avaient pas changé ma vie. Quitter les vingt et un ans, cet âge où j'avais fait l'expérience de la pauvreté en société. C'était mieux quand, avant d'atteindre l'âge légal, on buvait en cachette dans les jardins et les hangars. L'alcool ne coûtait virtuellement rien. Il était volé aux parents, dans les placards à liqueurs où nul n'en faisait usage, les vieux trop occupés à divorcer ou à soigner leurs dépressions. Parfois, le pack de bières qui manquait à l'appel était offert par les grands frères ou les amies redoublantes avec un œil expert. On ne parlait pas d'argent, il n'y avait pas de dette, le véritable coût était de se le procurer. Offrir l'alcool, pour eux, était une façon d'affirmer leur supériorité et leur accès à un monde qui nous était interdit. C'était ça, le gain qu'ils en tiraient.

« Honnêtement, j'aime pas trop les surprises », je lui avais confié, avant de lui parler de cette histoire de gâteau.

Je préférais dire ce que je voulais. Comme ça, j'étais moins déçu. Sinon, je m'imaginais toujours à tort que les autres me connaissaient assez pour m'offrir exactement ce que je voulais.

Là, en l'occurrence, j'aurais aimé qu'on s'intéresse à moi. Je voulais que l'on m'offre, avec son cul sur un gâteau, le soir de mon anniversaire, le statut de roi. Tout le monde n'en avait que pour Léonore, alors que la réussite de cette entreprise avec Alice, c'était en grande partie grâce à moi. Il était temps pour César de recevoir son dû.

« Euh, okay », avait-elle dit, et je lui avais offert mon plus beau sourire, ma façon à moi de la payer en monnaie de singe.

J'avais enchaîné avec mon argument d'autorité : « J'ai vu ça sur Internet. »

Ça s'appelait du *cake sitting*, et même Christina Aguilera l'avait fait, elle pouvait vérifier.

Je lui avais demandé que ça reste entre nous, pour l'effet de surprise. Les rois, lorsqu'ils divertissaient leurs foules, n'y mettaient pas de grands panneaux lumineux annonçant les tours de force à venir.

Le soir de la fête, personne ne s'était étonné du fait qu'Alice soit en sous-vêtements.

Les gens la saluaient, comme à leur habitude, avec ce mélange de mépris et de déférence. Tout le monde était si habitué à ce qu'elle soit en performance que personne ne me posait la question. Chacun pensait à tort avoir loupé l'information, ne voulait pas avoir l'air idiot en étant le premier à s'interroger à voix haute. On s'habituait vite à ce sentiment d'étrangeté que provoquait notre domination sur les autres. On ne voulait pas être le seul à s'indigner de quelque chose que tout le groupe tolérait.

Le gâteau d'anniversaire était arrivé vers vingt-deux heures, sans bougies. C'était un *vanilla layer cake* acheté au rayon boulangerie du Walmart de Kingston. Sur le biscuit immaculé, il y avait des *sprinkles*, des vermicelles multicolores. Ça faisait comme une rue un jour de carnaval, après le passage des enfants. Seul Ben était dans la confidence. C'est lui qui avait déposé le gâteau sur la table.

Léonore, que j'avais évitée soigneusement depuis le début de la soirée, s'était alarmée, sarcastique : « Les gars, vous avez oublié quelque chose ! »

Tout le monde s'était esclaffé, ce qui confirmait une fois de plus que c'était elle, la reine. C'est elle qui décidait des moments où l'on allait rire. Ben, indifférent à ce qu'il se passait et à l'avis de Léonore, avait tamisé la lumière. C'était mon ami avant d'être son vassal.

Il avait éteint le spot principal de la pièce, et de la foule rassemblée dans le salon s'était élevé un petit « ohhhhhh », murmuré comme celui qui suit le premier crépitement d'un feu d'artifice.

C'était le signal. Alice était montée sur la table et avait laissé tomber son peignoir. Elle portait une paire de talons hauts, un string rouge et un soutien-gorge à corbeille assorti. Je les lui avais achetés pour l'occasion. Cinquante-deux dollars l'ensemble, en promo. Une petite fortune, mais il fallait bien se faire plaisir.

Dans la pièce était revenu le silence, aussi pur qu'avant l'arrivée des premiers invités. Tout le monde s'était demandé ce qu'il allait se passer. Alice avait esquissé un petit sourire timide, elle s'était tournée pour se mettre dos à nous. Lentement, elle s'était baissée, comme dans un squat, ses genoux de plus en plus pliés, les fesses en arrière façon Kardashian, on sentait qu'elle forçait sur les adducteurs. Elle avait essayé de rester sexy jusqu'à ce que ses fesses se posent, lentement, sur la crème. C'était plus excitant dans mon imagination, mais j'étais content qu'elle l'ait fait.

Deuxième « ohhhhhh » de feu d'artifice.

Quand elle s'était levée, ses fesses étaient pleines de *sprinkles*, la crème s'était déposée en petits monticules un peu partout sur ses fesses.

Ben avait coupé le gâteau en plusieurs parts, tout le monde était bourré et l'avait mangé comme si de rien n'était. J'ai même eu le droit à quelques tapes viriles.

« Bien joué, mec. Bon anniversaire ! »

Quand j'avais exprimé mon souhait à Alice, j'avais insisté sur le fait qu'elle ne devait pas aller se laver ou s'essuyer après. C'était beau, de la voir essayer d'exister normalement dans toute cette crème qui la recouvrait. Elle était *ma* chose, et cette performance la preuve vivante de mon pouvoir, à moi aussi.

Sur sa peau, le gâteau avait dessiné une lèpre de chantilly. Elle passait d'un groupe à l'autre, mal à l'aise sur ses hauts talons, feignant l'hilarité pour se donner une contenance. Avec toute cette mousse sucrée qu'elle avait sur le cul, elle n'osait pas s'asseoir.

Ça me donne faim, de parler de ça, vous n'auriez pas quelque chose à manger ?

On a ouvert mes cadeaux juste après la performance, et je me suis dit que j'avais eu raison de programmer *celui-là*, car ils m'ont tous déçu. Je l'ai déjà dit, je n'aime pas les surprises.

On m'a offert des livres que j'avais déjà lus avec des sourires convenus, et des ustensiles de cuisine. Les gens pensent souvent à tort que j'aime ça, à cause du travail au restaurant. Ils ne savent pas que je fais ça parce que je suis pauvre.

En partant, plus tôt que tous les autres, Léonore était passée devant moi sans même me regarder.

« Alors comme ça, pour toi, rien de tout ça n'est sérieux », avait-elle dit entre ses dents alors qu'elle mettait son manteau.

Elle se trompait sur toute la ligne. Au contraire, c'était important de poser ses limites. Il fallait qu'elle comprenne que moi aussi, j'en avais.

ALICE / 17

Au bout d'un mois de cette vie, je me suis enfuie.

Je n'avais pas envie d'enfant-muse, ou de ce statut de confidente de Léonore dont elle semblait vouloir me gratifier depuis quelques jours.

D'ailleurs, si j'avais dû poser une fois de plus pour des étudiants libidineux dans un lieu toujours plus glauque et avec des contraintes obscures, je ne sais pas si j'aurais trouvé dans mes jambes l'énergie nécessaire pour me lever. Je serais probablement restée allongée sur le sol, incapable de me redresser, comme dans l'épisode dépressif que j'avais traversé au lycée, et dont seuls les médicaments à posologie sur mesure avaient réussi à me délivrer.

Ils avaient continué à me toucher et à me photographier pendant mes règles.

« Tes dernières, peut-être », m'avait dit Léonore avec un clin d'œil, une main sur son ventre.

Ce sont ces derniers mots, glaçants, qui m'ont fait prendre la décision et planifier ma fuite.

On n'était pas encore à la moitié du mois de décembre mais déjà dans les rues le ciel bas avait été remplacé par les LED des guirlandes. Au-dessus de nos têtes, elles délimitaient l'espace de l'hiver de leurs lumières chaudes. Ici non plus, on ne voyait pas les vraies étoiles.

Quitter l'appartement a été plus simple que je ne me l'étais figuré. J'ai profité d'un court répit entre la visite quotidienne de Léonore et l'arrivée de Nathan après ses cours de la matinée pour appeler un taxi, qui m'a déposée à la gare de Rockhaven. Jusqu'au moment où les portes du train se sont fermées, j'étais persuadée qu'ils allaient me retrouver.

Je m'étais cachée dans les toilettes jusqu'à ce que le contrôleur tambourine sur la porte. Je n'avais pas le droit d'être là pendant qu'ils vérifiaient les titres de transport.

Il avait inspecté mon billet acheté plein tarif au distributeur de la gare une demi-heure avant et lâché un petit soupir réprobateur : « Tout est en règle, alors pourquoi est-ce que vous êtes cachée là, *miss* ? »

Sur le mot que j'ai laissé sur la table de la cuisine, à côté des cartons de pizza, j'ai prétendu avoir un rendez-vous au consulat au sujet de mon visa. Il fallait que je passe à New York régler ce sujet en urgence, sans quoi mon passeport serait perdu pour de bon. Je reviendrais dans deux jours, maximum.

Ça aurait pu être vrai. Depuis que j'avais abandonné mon poste à l'Alliance française, je n'avais plus légalement le droit de rester sur le territoire américain. Mon alibi était béton.

Je savais que personne ne serait dupe, mais j'avais préparé cette version au cas où je regretterais. Au cas où j'aurais envie de revenir dans cette vie qui était désormais la mienne.

Avec eux.

LÉONORE / 18

Le lendemain matin, tu étais descendue, seule, dans le labo photo. Tu ne savais pas encore qu'Alice était partie, tu venais de quitter l'appartement. Dans ta propre chambre, il y avait trop de lumière, les rideaux n'occultaient rien. L'environnement sombre et calfeutré du labo t'apaisait.

Ici, tu pouvais t'asseoir, baisser la garde : c'était ton royaume. Tu baignais dans la lumière rouge comme d'autres font une séance d'UV. Tu étais aussi venue là sans réfléchir, comme mue par ton inconscient. Sous la lampe inactinique, tu avais tiré quantité de photos noir et blanc. Là, par imitation, c'était toi que tu aurais aimé développer, tirer le fil, pour trouver l'erreur, la brèche dans laquelle tu avais laissé passer la lumière.

Ton altercation avec le professeur t'avait profondément contrariée. L'anniversaire de Nathan aussi. Toi qui avais l'habitude de tout décider, tu étais contrainte d'accepter d'être surprise, de répondre à des questions. Tu n'étais plus au centre. Tu étais en danger. Et si tu étais en péril, la photographie réelle l'était aussi.

Tu cherchais le traître. Il était forcément parmi vous et tu connaissais son visage. C'était ça, le pire. Tu revoyais, en boucle, les vingt-deux têtes de tes membres, comme des objets rituels, visages de momies dont on aurait tordu la bouche dans un rictus.

Tu avais une telle confiance en tes méthodes pour contraindre chacun à la discrétion que tu pensais que la fuite ne pouvait venir que de l'intérieur, d'un endroit où tu aurais lâché trop de lest.

Tu avais d'abord pensé aux étudiants de première année. C'étaient eux qui t'avaient mise en difficulté. Ils remontaient à terre comme des petites racines vénéneuses. Tu aurais voulu que ce soient eux, pour tous les exclure et qu'on ne te mette plus en doute. Tu aurais regagné la pleine maîtrise de ton royaume.

Vite, et à contrecœur, tu les avais disculpés. Ils n'y étaient probablement pour rien, ils ne connaissaient pas encore certains des détails sur lesquels t'avait interrogée le professeur. Il s'agissait donc d'un élève de troisième ou de quatrième année. Cela restreignait la liste à seize personnes.

Les têtes, ainsi réduites, tournaient dans ta tête, comme sur un plateau de centre de table au restaurant chinois, de plus en plus vite, jusqu'à déborder de sang.

C'est à ce moment-là que Ben était entré dans le labo photo. Tu avais oublié de fermer la porte à clé. Tu le faisais toujours, d'habitude. Tu perdais la tête.

Il y avait eu un moment de silence, lui debout, statut haut, toi par terre, statut bas. On aurait dit que vous étiez en train de rejouer les photos de votre premier projet, à l'époque où rien de tout ça n'existait, où tu n'étais personne.

Vous étiez rarement seuls tous les deux désormais. Il faisait partie des personnes qui ne te déplaisaient pas au milieu d'un groupe mais qui, dans l'intimité, donnaient irrémédiablement lieu à de longs silences. Vous n'aviez rien à vous dire.

« Qu'est-ce que tu fais ici ? » avais-tu dit d'un ton qui n'autorisait pas le commentaire, avant de te remettre sur tes pieds, quittant la position fœtale dans laquelle il t'avait trouvée.

Avec Ben, il n'y avait rien eu. Pas entre toi et lui. Pas entre lui et les autres. Ce n'était pas ton genre. Il ne recrutait pas de filles, c'était une sorte d'assistant. Un parasite, pour le dire différemment. Cela faisait trois ans qu'il payait ses cotisations, certes, mais il ne montrait aucun engagement concret envers la photographie réelle. Il ne s'était pas mouillé.

« Je venais tirer des photos. Sans rapport, évidemment. »

Cela t'exaspérait, quand les membres gâchaient leur temps et leur pellicule avec d'autres types de photos.

Puisque tu n'avais rien à lui dire, tu l'avais attaqué : « Ben, est-ce que tu prends tout ça au sérieux, au moins ? »

Il t'avait assuré que oui.

« Je sais qu'il y a un traître », l'avais-tu confronté, ta poitrine vibrant d'une haine silencieuse. Il t'avait regardée avec un air triste, et il était sorti.

Tu ne te trompais pas, quelqu'un allait précipiter ta chute, mais tu faisais fausse route sur son identité.

ALICE / 19

Le soir où la journaliste du *New York Times* m'a contactée pour le reportage sur ce qu'elle appelait « le culte de Mars », je n'ai pas fait le rapprochement tout de suite.

Je dormais chez une de mes collègues depuis cinq jours quand c'est arrivé. Barbara m'avait accueillie quand j'étais rentrée en courant de Willowbrook, sans poser de questions. Elle me laissait vivre chez elle sans voyeurisme. Je pouvais faire ma vie, je parlerais quand je pourrais, avait-elle dit. Son canapé était confortable et, la première nuit, j'ai dormi douze heures.

« Le culte de Mars », ça ne me disait rien. Je ne les avais jamais entendus faire référence à eux-mêmes en utilisant ce terme, et je n'y avais jamais pensé avec ces mots-là.

Ce nom de code, la journaliste l'avait probablement inventé pour créer une suite logique entre les histoires qu'elle avait glanées ici et là au hasard de rencontres singulières. Ça sonnait bien, on avait envie de les rejoindre. Dès que j'ai compris de quoi elle parlait, j'ai tout de suite pensé qu'il faudrait que je lui dise que c'était contre-productif. Elle allait leur faire de la pub, avec un nom comme ça.

Moi, c'est ça qui m'avait plu, leur musique, à ces joueurs de flûte, et New York, c'était Hamelin.

« Vous êtes bien Alice Rocher, de l'Alliance française ? »

J'ai d'abord cru qu'elle avait eu mon numéro par le biais du travail et qu'elle faisait référence à l'un des nombreux spectacles d'art contemporain que nous avions produits avec le centre culturel à l'automne. Je ne les connaissais pas tous, les noms étaient toujours un peu ronflants. Je n'aurais pas été jusqu'à dire qu'ils étaient interchangeables, mais ils contribuaient tous à rendre l'art un peu plus inaccessible au commun des mortels.

« Le culte de Mars », ça aurait clairement pu être une performance immersive d'art contemporain au MoMA PS1. Mais non, elle parlait d'eux. Enfin, elle parlait de *nous*.

Je sortais tout juste de la douche quand le téléphone a sonné. J'avais enfilé le peignoir blanc de Barbara, elle était au travail. Je n'y avais pas remis les pieds depuis mon départ, il fallait que je trouve la force de leur expliquer. Je ne savais pas s'ils me rendraient mon emploi, mais ils me permettraient de ne pas me mettre en défaut avec mon école ni avec les autorités américaines.

Je ne connaissais pas le numéro qui s'affichait. J'ai cru que c'était du démarchage téléphonique, et j'ai décroché par ennui. Depuis que je ne travaillais plus, la solitude avait dégradé mon niveau d'exigence en matière d'interlocuteurs. J'étais prête à accepter d'écouter les louanges d'un robot ménager ou les prix cassés d'une assurance-vie.

En lieu et place d'une pub, j'ai eu un curriculum vitae. Au début, je ne faisais pas très bien la différence. C'est donc seulement quand, après s'être présentée longuement, la femme m'a posé la première question, que j'ai réalisé de quoi elle me parlait : « Comment avez-vous rencontré ce... Nathan ? »

On a bavardé dix minutes au téléphone et face à ma réticence, elle m'a proposé qu'on se retrouve en vrai le lendemain midi, dans un café. Elle avait bien jaugé ma défiance. Je n'avais pas envie de confier mes secrets les plus sombres à une voix. Qui sait qui se trouvait derrière le combiné ? C'étaient peut-être eux. Il était possible que ce soit encore une performance qu'ils enregistraient. C'était tout à fait dans leur style. J'avais besoin de parler, mais je voulais un visage auprès duquel me confier, et pas un timbre anonyme.

D'un coup, je suis devenue parano. Je furetais et regardais partout, en quête de l'objectif. Nathan n'avait jamais pu venir dans cette chambre, il ne connaissait même pas Barbara, mais j'avais déjà fait visiter la résidence à Léonore, à l'époque où l'on s'apprivoisait. Elle avait rencontré Barbara au concert de Patti Smith, il y avait quelques mois. Peut-être avait-elle glissé, quelque part dans mes affaires, un micro, une puce, une caméra-cravate ou autre objet versatile qui m'observait en silence depuis des mois. La Stasi l'avait fait avant eux sans moyens technologiques modernes. Ils en étaient bien capables pour contrôler mes faits et gestes, à moi qui les avais trahis et abandonnés.

« Ce n'est pas trop loin de chez vous, la 110e Rue ? » avait demandé la voix.

Je me souvenais du CV, j'avais oublié le prénom. Ça

commençait par un V ou un W mais je n'osais pas redemander, de peur qu'elle disparaisse ou raccroche, ma mémoire défaillante mettant en doute ma capacité à me rappeler les détails sur lesquels elle souhaitait sûrement m'interroger. J'ai acquiescé d'un hochement de tête et elle a répété sa question. Sa voix était douce.

« Alice, vous êtes toujours là ?

— Oui, pardon, c'est d'accord. Demain, à treize heures. »

C'était sûr, il n'y avait pas de caméra embarquée chez Barbara, elle ne me voyait pas. Sinon, elle aurait su que j'avais bougé la tête. C'était déjà une bonne raison de lui faire confiance. Au point où j'en étais, il ne me fallait pas grand-chose pour voir dans les autres des alliés.

NATHAN / 20

Le jour où j'ai décidé de vous écrire, il était presque midi. Je sortais tout juste de la douche. J'avais encore la gueule de bois des shots de tequila que l'on s'était faits au resto, la veille, après le service. C'était une soirée d'anthologie, on avait fait deux fois plus de chiffre que d'habitude. Le chef avait voulu célébrer ça et je suis de toutes les fêtes.

D'un côté, j'ai trouvé ça amusant qu'aucune des victimes ne l'ait fait et que ce soit moi qui veuille vous raconter cette histoire. Mais j'étais acculé, vous voyez. Il fallait que ce soit moi qui parle.

Il fallait que je sois le maître du *vrai* récit. D'autres s'en seraient chargés, je sentais le vent tourner. Je ne cherche pas à prétendre que je n'ai pas fait ça par intérêt.

Je vous avais donné le numéro d'Alice, et je ne vous avais demandé qu'une seule chose. De ne pas lui dire que c'était moi qui vous avais filé le tuyau. Vous pouvez me dire, maintenant, est-ce que vous lui avez dit ? Non, vraiment ? Depuis tout ce temps, elle croit que je suis le prédateur alors que je suis devenu la proie. Statut haut, statut bas.

En échange de votre silence sur ma participation à cette histoire, je devais tout vous raconter sur moi et sur Léonore, pour que vous écriviez votre petite enquête. Je devais vous dire la vérité.

Alice est partie de March juste à temps pour votre appel, comme prévu, j'avais respecté ma part du contrat. Je l'ai laissée partir.

J'étais en cours, je l'ai « appris » sur le petit mot qu'elle avait laissé sur le frigo à côté de la liste de courses. Œufs, lait, je suis partie pour urgence, je rentre lundi, salade, pain complet (souligné deux fois). Léonore n'y croyait pas, mais j'étais insoupçonnable.

Elle m'en avait mis plein la tête, pas parce qu'elle se doutait que c'était grâce à moi qu'Alice était partie, mais parce qu'elle me blâmait pour ma négligence. Elle avait marché en long et en large dans l'appartement comme si elle cherchait à l'agrandir, ne s'arrêtant que pour me regarder dans les yeux et me pointer du doigt.

« Un mois, elle est seulement restée un mois ! On touchait presque au but », s'était-elle énervée quand je lui avais appris la nouvelle.

Il me faudrait bientôt tout recommencer. J'étais fatigué de ce cirque où j'étais à la fois le dresseur et l'animal.

« Il faudrait que tu ailles me la chercher à New York », m'avait demandé Léonore, ses petites mains de poupée posées sur les hanches, statique désormais.

J'avais refusé, pour la tester, et elle m'avait regardé avec des yeux très colériques : « On va voir ça. »

Ce jour-là, tous les deux, on n'avait pas fait l'amour, pourtant c'était notre habitude lorsqu'on était énervés. Je suis allé à New York, ça faisait partie du plan, et c'est là que je vous ai rencontrée pour la première fois.

Vous aviez une voix qui n'allait pas avec votre corps.

J'ai essayé de vous expliquer notre démarche.

Ce que je voulais, c'était surtout protéger Alice, et puis me protéger moi-même, mais vous vouliez *tout* savoir, alors j'ai essayé de remonter aux racines.

Je vous ai raconté nos frustrations, nos peines. Est-ce que ça servait vraiment à quelque chose de commencer des études d'art pour constamment rester dans l'académisme, et les théories ? Une fois qu'on avait lu Barthes une fois, ça suffisait, pas besoin de se farcir une analyse de *La Chambre claire* à chaque trimestre, il fallait bien faire quelque chose de vrai.

Dans cette histoire, c'est moi qui avais tout à perdre, c'est pour ça que je vous ai appelée. Pas par bonté, pas par amour, juste pour limiter les dégâts.

Léonore, avec sa gueule d'ange et ses parents friqués, personne n'aurait jamais été lui chercher des noises. Probablement que les conseillers en relations publiques de son père étaient déjà sur le coup. J'étais le maillon visible, c'était moi le point de contact avec les muses. Les preuves, c'étaient mon nom et mon visage dessus, les autres jouissaient toujours de leur relatif anonymat, ils formaient un collectif masqué.

Léonore était la seule que je pouvais accuser, et j'ai eu raison de le faire. C'est une femme, si un jour on la retrouve, elle aura un traitement moins sévère. Le féminisme a le vent en poupe, ils n'oseront pas la brûler comme une sorcière. À son tour de prendre pour la cause, ce sera indolore. La foule va être déçue si elle pensait clouer encore une nouvelle paire de testicules sur l'autel de #MeToo, le diable est une femme.

Je me demande si, moralement, vous vous sentez responsable. Si, niveau déontologie, vous êtes au clair avec vous-même. C'étaient l'enquête, les photos, tous les détails, l'*insider scoop*, contre mon amnistie. Je vous ai même servi Ben sur un plateau.

Et puis vous m'avez trahi.

ALICE / 21

Quand elle est entrée dans le café, je l'ai tout de suite reconnue. J'étais en avance, mais elle aussi.

J'étais inquiète de ce que je pourrais découvrir, mais j'étais rassurée qu'elle existe vraiment. Je n'avais pas imaginé la voix. Son corps, en envahissant l'espace, m'a tranquillisée. C'était exactement comme ça que j'imaginais une journaliste d'investigation.

Elle portait des lunettes rondes, probablement moins par besoin que par coquetterie, car elle a enlevé la monture rose plusieurs fois au cours de notre échange, comme pour me regarder sans filtre et vérifier que je disais la vérité. Ses cheveux longs couraient, symétriques, le long de ses épaules comme de petites vagues brunes, lui ajoutant la part de mystère nécessaire sans pour autant masquer son joli visage, sophistiqué et sans défaut.

Elle avait un physique très agréable. C'était tout à fait le genre de femme qui n'avait pas l'air de le faire exprès ou de faire des efforts pour le mériter. Elle mangeait très certainement des cookies l'après-midi sans conséquence, quand elle avait une petite fringale. Je l'ai un tout petit peu moins aimée pour cette raison.

Elle portait une sacoche en bandoulière qui rebondissait en rythme sur sa hanche quand elle marchait, et dans laquelle j'imaginais une prolifération de petits carnets en cuir. J'ai été déçue quand, plus tard, elle en a sorti un ordinateur gris et banal, qui aurait pu contenir des lignes de comptabilité assommantes tout aussi bien que des secrets d'État.

Quand s'ouvre un ordinateur, contrairement à un dossier, on ne visualise pas la somme des mots. Elle aurait pu avoir une centaine de pages comme un paragraphe dans son logiciel de traitement de texte. J'aurais préféré pouvoir jauger l'étendue de ses connaissances.

La femme s'appelait Vera. C'était ça, le joli prénom que j'avais oublié.

Elle était sicilienne d'origine et travaillait au *New York Times* depuis six ans. Elle n'avait pas eu besoin de passer par la case d'un petit journal régional, un parcours d'excellence et un MFA à Harvard estampillé d'un GPA 4.0 ayant eu raison des doutes éventuels du rédacteur en chef au moment de son embauche, si jamais son physique n'avait pas suffi.

L'article qu'elle avait sorti dans le magazine en ligne *Vice*, alors étudiante, au sujet des visions hallucinogènes sur l'île d'Alicudi, dans le nord de Messine, l'avait propulsée dans la liste des journalistes les plus prometteurs de sa génération. Les habitants de l'île avaient mangé, sans le savoir et pendant des années, un pain contaminé par un champignon d'une puissance comparable au LSD qui leur avait fait croire aux sorcières.

Sa spécialité, c'était d'écrire sur la nôtre, de génération. Y, Z, bref, ceux qui n'avaient pas encore trente ans mais se posaient déjà trop de questions sur la vie. Elle écrivait sur notre solitude ultraconnectée, notre besoin de communauté et de sens, et les abus qui en découlaient. C'est comme ça qu'elle en était venue à s'intéresser à eux. Elle était tombée sur un message par hasard, et elle avait suivi leurs traces.

Elle en savait plus sur eux que moi, mais elle m'a aussi dit que, pour l'instant, toutes les autres victimes refusaient de témoigner sous leur véritable nom. Elles avaient honte. Moi seule pouvais faire en sorte que l'histoire voie le jour avec suffisamment de fracas. Son rédacteur en chef voulait publier un portrait, pas des rumeurs d'étudiantes.

« Un vrai con », a-t-elle glissé.

Dans son laïus, je n'ai entendu que « toutes les victimes », toutes, toutes, comme plusieurs ? Alors, même dans l'oppression, je n'étais pas spéciale ? J'étais une parmi d'autres, interchangeable ?

J'ai dit que je devais réfléchir à ce sujet d'anonymat, mais qu'on pouvait discuter. Je pouvais lui dire ce que je savais, et on parlerait un peu plus tard de la façon dont elle le présenterait. C'était son affaire. Je parlais en marmonnant, ces premières révélations m'avaient assommée.

Il fallait que je me décharge. Il fallait que je revive ces derniers mois, que je les raconte à quelqu'un, pour comprendre ce qui avait pu m'amener à accepter l'inacceptable.

« Vous êtes une victime, Alice, a-t-elle dit, comme pour me mettre à l'aise. Je ne suis pas là pour vous juger. »

On a commandé deux thés à la menthe et elle a allumé son dictaphone, après s'être assurée que j'étais d'accord. Elle avait peur de louper quelque chose d'important si elle prenait juste des notes, s'est-elle justifiée, mais on n'était pas obligées. Ça lui permettrait d'avoir une vision plus complète des choses quand elle comparerait ce qui m'était arrivé avec les récits des autres filles.

Les autres filles, encore elles, ces spectres que je n'avais pas envie d'affronter. J'ai haussé les épaules et dit que j'étais d'accord.

« De toute façon, toute ma vie ici est enregistrée, alors si c'est plus simple pour vous, allons-y », ai-je dit en haussant les épaules.

J'ai senti dans son regard gêné que déjà, j'avais été trop dramatique. Si jamais je voulais qu'elle me prenne au sérieux, il fallait que je sois factuelle.

Le voyant rouge du dictaphone, brillant, signalait le début de quelque chose de différent. Cet œil-là était bienveillant, il fallait que je le suive, et que je lui fasse confiance.

« On commence ? a-t-elle demandé.

— C'est parti.

— Je vous repose la question pour la forme : comment est-ce que vous êtes tombée sous l'influence de Nathan ? »

LÉONORE / 22

Tu as été contactée en tout dernier par la journaliste du *New York Times*. C'est ce que tu as déduit de la somme immense de choses qu'elle avait déjà contre toi.

De l'autre côté du combiné t'avait interpellée une femme à la voix douce qui ne s'était pas présentée et qui disait vouloir te poser quelques questions. Elle avait un léger accent, presque imperceptible, mais le numéro indiquait qu'elle t'appelait de New York.

« Désolée, je n'ai pas le temps de répondre aux sondages », tu lui avais dit avant qu'elle ne finisse sa phrase.

Tu étais habituée, on t'appelait pour tout, des canapés convertibles aux nouveaux tarifs de l'énergie, à croire que ton numéro était sur toutes les listes des commerciaux losers de l'État avec marqué, en gras, *pigeon*. Elle t'avait répondu du tac au tac avant que tu ne finisses la tienne, de phrase.

Vous étiez en ligne depuis seulement quinze secondes mais entre vos deux combinés il n'y avait pas encore eu de silence, deux factions ennemies qui tiennent à ne pas laisser d'interstices dangereux entre leurs fantassins. Les brèches peuvent être fatales et là tout allait déjà trop vite.

« Je n'ai pas Léonore au téléphone ? » avait demandé la voix chaude, déçue.

On n'aurait pas eu envie de lui dire non. Ton prénom dans sa bouche sonnait comme un bonbon, tu avais presque envie qu'elle le répète de sa torture acidulée.

Un ouragan de reproches et de faits avérés s'était abattu sur ton visage à travers le combiné. Elle ne dévoilait pas les noms de ses sources, mais cela voulait dire que l'un des tiens t'avait dénoncée, encore une fois. Elle était entrée à l'intérieur, elle savait des choses qu'elle ne pouvait pas avoir vues.

Quelqu'un vous avait livrés.

Avec l'orgueil blessé d'une mère trahie par son clan, tu avais passé en revue les seize visages dans ta tête. Ils défilaient devant tes yeux comme un présentoir de cartes postales, ça tournait de plus en plus vite. Qui aurait pu parler et donner ce niveau de détails, qui se serait éloigné du troupeau ? Quelle était la brebis galeuse qui réduisait ainsi vos efforts à néant ? Si tu l'avais eue devant toi, là, maintenant, tu l'aurais tuée à mains nues.

« Pardon, une *secte* ? »

Tu avais mimé l'indignation en prononçant ce mot que tu n'utilisais jamais toi-même. Tes talents d'actrice laissaient à désirer, on sentait que tu étais sur la défensive.

La journaliste n'était pas idiote : « On m'a dit que vous nieriez tout en bloc, je ne suis pas surprise. »

Tu avais ravalé ta salive sans te démonter.

« Vous avez des preuves ? »

Tu connaissais déjà la réponse. Toutes les preuves photo et vidéo de ce qu'il se passait, c'est toi qui les gardais dans un coffre dont tu étais la seule à disposer de la clé, avec Nathan. Tu étais hors d'atteinte. Cette fille au bout du fil, elle n'avait que des mots. Qu'elle s'amuse à construire son château de cartes avec des syllabes éparses, tu saurais le détruire d'une pichenette habile.

« Si vous publiez cet article sans fondement, je vous poursuivrai pour diffamation », avais-tu avancé.

Elle t'avait ri au nez, la pute.

Avec l'argent du compte, tu pouvais te payer un bon avocat. Tu t'en sortirais. Il faudrait que tu évites de faire appel à un ami de ton père, étouffer cette histoire, préserver le nom à tout prix. C'était tout ce qu'il te restait. Chez toi, il n'y avait plus aucune trace. Tout était caché, elle ne le trouverait pas. Tu n'étais pas venue jusque-là pour que tout s'arrête. Il te fallait continuer jusqu'à la fin. Vous étiez si près du but.

« Les lecteurs de votre canard, ils vont être ravis de payer pour lire des mensonges, avais-tu dit. Dans mon esprit, le *New York Times*, c'était du grand journalisme, pas du racolage. »

Quand elle t'avait proposé une rencontre pour discuter plus calmement, tu t'étais payé sa tête.

« Et puis quoi encore, on va se faire une dînette ? »

Tu avais raccroché sans lui donner le temps de répliquer. Vous partiez de deux points de vue clairement opposés, il n'y avait aucune chance pour que vous soyez un jour d'accord. Mais alors qui, qui, qui lui avait donné ton numéro ?

Tu savais que tu avais raison. Les filles se trompaient.

Ce que vous aviez essayé de créer ici, ce n'était ni un culte de la personnalité ni un délire de mégalomanes. Tu ne te reconnaissais pas dans la figure du gourou. Vous aviez une mission, et vous aviez *presque* réussi. Parvenir à la vérité des gens grâce à la photographie réelle. Et se faire un peu d'argent, d'accord. Pas de mal à ça. On a toujours besoin d'argent pour la recherche médicale, alors pourquoi pas pour cette chose plus viscérale que tu as presque réussi à atteindre ? Pourquoi est-ce que la science serait plus importante que l'art ?

Elle allait écrire son article, cette conne, condamner tes actions à la lueur de l'interprétation de personnes plus promptes à assumer le statut de victime que celui de dévot. Ce n'était pas le manque de preuves physiques qui allait l'empêcher de composer l'oraison funèbre de tout ce que tu avais entrepris ces trois dernières années. Tu ne tolérerais pas l'ère du soupçon.

Tu avais perdu, tu l'admettais. Tu avais au moins essayé. On ne pouvait pas tout réussir du premier coup. Tu te disais que tu irais ailleurs, tu recommencerais. Ceux qui t'avaient trahie, tu ne les reverrais jamais, ils étaient trop loin de la vérité. Ils n'avaient rien compris à ton programme.

Il fallait que tu te reprennes.

« Le problème avec les photos, c'est que les gens ne les regardent pas avec le même sérieux qu'ils mettent à lire le journal. Il faut faire de la photo si vraie qu'on puisse la voir comme on consulterait une chronique, un article, un bulletin d'information. La photographie se doit d'être aussi vraie que le monde qu'elle raconte. »

Manifeste de la photographie réelle, VI

LÉONORE / 23

C'est fini, rideau. C'est en une du *New York Times*, daté du 4 février 2015 : « Les victimes disaient *vrai*. »

L'article de Vera machin-chose est sorti hier. Le titre n'est pas trop mal. Ils n'y ont pas glissé le manifeste de la photographie réelle. Ils ont juste parlé du système pyramidal, du sexe, des marques sur la peau. C'est ça qui fait vendre, mais pour toi, ça n'a jamais été le plus important. Dans leur papelard, il manque l'essentiel.

Après l'appel de la journaliste, il t'a fallu seulement deux heures pour vider le compte bancaire du groupe, faire une valise succincte et acheter un aller simple pour le Mexique. Il y avait presque dix mille balles, de quoi tenir quelques mois au chaud. Un jour, tu pourras recommencer. Prendre une fausse identité, ça ne te dérange pas. C'est plus simple de mentir sur son nom que sur ses convictions. Tu iras sur la côte ouest, où il fera plus chaud.

Parfois, dans la salle de bains du petit hôtel d'Oaxaca dans lequel tu te caches en attendant la prochaine rentrée scolaire, tu rejoues l'interview que tu aurais faite, si jamais tu avais donné ta version à la journaliste. Tu mets du rouge à lèvres et tu fais les questions et les réponses, face au miroir, visage neutre.

Tu lui aurais tout raconté, en commençant par ton enfance cousue au fil doré. Tu aurais parlé de ton père, du regard lubrique de ses amis dans le jacuzzi de Patmos, de ta mère qui toujours obéissait. Tu aurais raconté le viol sous le soleil et le silence éblouissant.

Tu aurais raconté comment on ment, ensemble, comment les gens se taisent et ne disent rien. Tu aurais détaillé la façon dont on achète le calme, l'enterrement de ta grand-mère quand tu avais quatorze ans et l'ami de ton père au premier rang qui même avec un cercueil dans la pièce pose sa grande main sur ton collant noir.

Tu aurais raconté ton dégoût du monde, ton sentiment de toujours exister en dehors. Le détachement progressif entre toi et les choses, ta préférence pour les concepts, davantage que pour les émotions. Les carnets noirs.

Toi aussi, tu pouvais faire mal, et faire taire. Tu avais ça en toi, c'était dans ton sang. Ton corps se souvenait.

Tu ne te sens pas coupable. À March, il n'y avait pas besoin de toi pour que ça dégénère. Les élèves des campus étaient déjà à la recherche du favoritisme, du statut et de la distinction.

Ils voulaient appartenir non seulement à un club, mais surtout à celui qui était le plus compliqué à rejoindre. Ils désiraient être invités à affronter les parcours d'initiation à rallonge, les secrets chuchotés, entrer dans la danse macabre qui leur donnerait le sentiment de faire quelque chose de leur vie.

Le système éducatif manque d'action, et les étudiants veulent faire quelque chose, même si les rituels auxquels tu les soumets relèvent de l'abus. C'est la seule façon dont ils peuvent se sentir vivre, alors ils s'y prêtent. Pourquoi pas ?

Et puis surtout, tu y crois. Ce manifeste, c'est ta vie. Tu préfères abandonner la vie telle que tu la connais, à savoir tes habitudes, plutôt que ton idéal.

Contrairement à toutes ces gamines expatriées que vous avez intégrées au groupe de photographie réelle, tu ne te fais pas d'illusions. Ce n'est pas parce qu'on va vivre ailleurs que l'on devient quelqu'un d'autre. Les démons sont tenaces, ils ne vous laissent pas partir comme ça.

Où que tu ailles, tu recommenceras.

Dans la vie, il y a les maîtres et les esclaves. Tu as décidé de quel côté tu serais.

Si, enfant, on t'avait enseigné que les choses peuvent être égales, que l'on peut exister hors d'un système de domination, peut-être que les choses auraient été différentes. C'est dommage mais ce n'est pas ta faute, qu'on te laisse tranquille. Toi non plus, comme tous les autres, tu ne te sens coupable de rien.

Avant de teindre tes cheveux dans la baignoire, tu te prends en photo. Réelle.

ALICE / 24

Je ne vous ai pas tout dit.

Peut-être que, d'une certaine façon, j'avais honte de ce que je suis devenue. Certains m'ont dit que j'aurais pu le voir venir. J'ai écouté les opinions des autres sur mon manque de discernement. Je les accepte. On est tous libres de penser différemment, de dresser les conclusions alternatives aux endroits qu'il faut. C'est compliqué d'être à la fois à l'intérieur et en dehors des choses. Je sais ça mieux que personne.

Je ne pense pas que ce soit possible de se rendre compte du mal quand il vous afflige. Il faut que les autres vous le disent. Quand on est susceptible à l'excès, comme moi, on a tendance à ne pas écouter ou à préparer une parade afin de se justifier auprès de la personne qui nous attaque. On n'écoute pas ce qui nous est dit. Si je suis coupable d'une chose, c'est de ça.

Je ne suis jamais rentrée à Paris.

Il a fallu que je reste pour témoigner. J'ai passé du temps

avec les journalistes et avec la police à répondre aux mêmes questions.

Dans leur bouche, la suspicion a peu à peu remplacé l'inquiétude. Comment avais-je pu y croire ? Pourquoi n'avais-je rien dit ? C'était comme si j'étais coupable de non-assistance à moi-même. Parfois, j'éclatais en sanglots et ils me laissaient un peu de répit. La manifestation physiologique de mon inaptitude à vivre en société semblait leur suffire.

Je suis retournée vivre à la résidence Webster début janvier. J'avais assez abusé de l'hospitalité de Barbara pendant ce qu'elle avait la bonté d'appeler ma « période de transition ». Je n'avais jamais créé de problèmes. Ils m'ont reprise sans poser de questions. En fermant derrière moi la porte du foyer de jeunes filles, je me suis sentie en sécurité. Personne ne viendrait m'y chercher.

L'Alliance française a aussi accepté d'étendre mon stage. Je n'avais rien trouvé pour la suite : je n'aurais pu conseiller personne, et surtout pas des entreprises. Cela faisait longtemps que je ne préparais plus aucun entretien en dehors de ceux avec Vera et la police. Je travaille toujours là, mais je ne suis plus coordinatrice marketing. Je m'en porte mieux.

Grâce à ce qui m'est arrivé, je ne suis plus une coquille vide. Je dirais même que je suis une personne intéressante. *A person of interest*, à plus d'un titre. On m'a autorisée à rejoindre le département programmation. Ce sont les seuls qui, en vérité, font des choses dignes d'être racontées. Ce sont eux qui décident de ce qu'il y aura sur les affiches. Ils parlent aux artistes. Mais l'artiste, maintenant, c'est moi.

J'ai décidé d'exposer les photos du groupe de photographie réelle dans le cadre du festival de printemps, avec mes textes. C'est là-dessus que je travaille.

Je sais ce que vous allez dire. C'est étrange. Oui, mais, en regardant les photos, je me rends compte. C'est important de s'autoriser le luxe d'un regard objectif. J'ai l'impression qu'il s'agit d'un processus de réparation, comme ces longs procès où de vieilles personnes inintelligibles viennent témoigner, les yeux humides.

J'enregistre aussi cette vidéo, que vous venez d'entendre. C'est mon témoignage. Et vous êtes libres de penser que j'ai tout inventé pour faire mon intéressante. Allez-y.

Je ne suis pas la première que l'on accusera de cela. Le féminisme est passé de mode. Il est loin le temps béni où l'on pouvait dire qu'un homme nous avait touchée et que le monde s'en émouvait à la juste mesure du tort. Je dis *moi aussi* et on hausse les épaules, on dit *encore une*.

Bref, je raconte, et vous choisissez. Vous êtes libres de ne pas me croire.

Le jour de l'ouverture de l'exposition, j'ai regardé partout autour de moi. La directrice de l'Alliance française était là, elle recevait des compliments, tendue comme un drapeau dans sa robe fourreau, lèvres pincées dans une moue contrite. L'expo, ce n'était pas son idée, mais il fallait bien limiter les dégâts et être du bon côté de l'histoire, par sa narration après coup.

« C'est osé, oui », ai-je lu sur ses lèvres mauves depuis l'autre bout de la pièce.

J'avais une coupe de champagne dans la main, et des mots

dans la bouche, mais mes yeux, eux, ne tenaient pas ce qu'ils désiraient. Voilà, je vous l'avoue, je me suis demandé si Nathan viendrait au vernissage.

C'est idiot, peut-être, mais je sais que les choses ne sont pas sa faute. C'est la justice qui le dit. Ils ne l'ont pas mis en prison. Il est libre, quelque part. En fait, il n'est mentionné nulle part, comme s'il avait tout bonnement disparu de la surface de la terre.

C'est aussi lui qui leur a transmis les photos. C'est grâce à elles que je sais que je n'ai rien rêvé. Il leur a remis ma vérité en haute résolution sur une clé USB. Il manquait juste ma voix. C'est pour ça que j'ai écrit ce texte, et que je l'ai enregistré.

Bien sûr, il s'est trouvé des personnes pour dire que j'avais tout planifié. Moi, Alice, inventer tout ça ? Ce serait moi, disent-ils, qui aurait manipulé ces personnes. Je les aurais trouvées, j'aurais désiré être leur victime. Elles m'auraient permis de devenir enfin quelqu'un. J'aurais orchestré mon succès.

Qu'ils parlent, ça fait monter les chiffres de la billetterie, et bientôt je pourrais prétendre à davantage de célébrité ou de réparations. Dans les deux cas, ça me fera plus d'argent. Si je fais l'addition, je suis gagnante, peut-être, je ne sais pas. Je ne me pose pas la question en ces termes. Par respect pour les autres filles.

Je ne crois pas qu'elles viendront à l'exposition. Elles ne veulent plus remettre les pieds à New York, comme si la coupable du crime, c'était la ville.

En écrivant mon témoignage, il s'est passé quelque chose dans ma tête. Un déclic. Aujourd'hui, je comprends Léonore.

Plus je regarde les photos, plus je comprends ce qui m'est

arrivé, et plus je me dis que la photographie réelle est la seule démarche artistique qui vaille. Cela vaut aussi pour l'écriture. Je crois en son idéal et je comprends qu'elle en soit devenue folle. Quand on a raison et que personne ne le sait, on devient enragé. C'est comme ça que des personnes intelligentes se retrouvent à commettre des crimes horribles.

Je ne le dirai jamais en ces termes, et je vous invite à ne jamais le répéter. Je le nierai, de toute façon. Mais voilà, il faut que je le dise à voix haute. À sa place, je pense que j'aurais fait pareil.

C'est pour ça que j'aimerais que Nathan soit là.

Je pourrais le lui dire, au creux de l'oreille, juste en passant. Son visage s'éclaircirait, il me regarderait comme au mois de juillet, d'un coup il ferait chaud dans la pièce. Peut-être que nous pourrions prendre le train de minuit cinquante-six pour Westport et tout recommencer, sans que je gâche tout.

NATHAN / 25

Vous auriez pu me dénoncer à la police. J'aurais préféré une salle de garde à vue, ou même Rykers, à cette drôle de maison dans laquelle vous me gardez prisonnier. Je ne sais même pas où nous sommes.

J'ai faim. Vous ne me feriez pas une assiette de pâtes ? N'importe quoi, juste de quoi combler ce trou dans l'estomac que vous creusez sans pitié. Je sais, manger, c'est mentir, mais quand même.

Vous savez, Vera, je pense que toute cette histoire fonctionne par contagion. Vous aussi, vous êtes sous influence. Il n'est pas trop tard pour arrêter. J'ai été à votre place. Je crois que tout ce récit vous a fait perdre la tête, et que vous n'êtes plus vous-même. Vous me faisiez moins peur, au début. Avant que vous ne lisiez le manifeste. Avant que vous ne m'attachiez.

Tous les jours, vous m'obligez à vous faire ce récit, face caméra. Vous me prenez en photo, vous me voulez vrai, vous voulez ma foutue confession. Eh bien la voilà, vous m'avez entendu, j'ai tout dit. Vous m'aviez promis que le jour où je serai *réel*, vous me laisseriez partir, est-ce que c'est bon, maintenant ?

Vera, s'il vous plaît, revenez. Ne me laissez pas seul.

J'ai tout dit, cette fois. Je vous ai tout révélé.

Composition : PCA.
Achevé d'imprimer par l'imprimerie Firmin-Didot,
à Mesnil-sur-l'Estrée, en janvier 2025.
Dépôt légal : janvier 2025.
Numéro d'imprimeur : 182633

ISBN : 978-2-07-305416-6 / Imprimé en France.

624008